RICOCHETS

DE LA MÊME AUTEURE

Paris couche-toi là !, Parigramme, 2014.
Sexpowerment : le sexe libère la femme (et l'homme), Anne Carrière, 2016 ; Livre de Poche, 2017.
Lettre à celle qui lit mes romances érotiques, et qui devrait arrêter tout de suite, Les Échappés, 2017.
Sang tabou : Ne plus jamais rougir de nos règles, La Musardine, 2017.
Le Goût du baiser, Thierry Magnier, 2019.

CAMILLE EMMANUELLE

RICOCHETS

BERNARD GRASSET
PARIS

L'auteure a bénéficié pour cet ouvrage d'une bourse de création du CNL

Avec le soutien du
CNL
Centre national du livre

Photo de la bande : JF Paga.

ISBN 978-2-246-82513-5

« Life's a piece of shit,
When you look at it.
Life's a laugh and death's a joke, it's true,
You'll see it's all a show,
Keep them laughing as you go.
Just remember that the last laugh is on you ! »

Les Monty Python,
« Always Look At The Bright Side »,
La Vie de Brian, 1979

À Céline, mon roc, mon ricochet.

À Camille. J'espère être à la hauteur
de ta merveilleuse amitié.

À Luz, pour le pire mais surtout
pour le meilleur.

Aux femmes de, maris de, amant(e)s de, parents de,
sœurs et frères de, enfants de, ami(e)s de.

La pizza d'anniversaire

7 janvier 2015, 20 h 17

J'appelle depuis une cour intérieure du 36, quai des Orfèvres, siège de la police judiciaire, à Paris :

— Pizzéria Lucky Luciano bonsoir !

— Bonsoir, j'ai fait une réservation pour dix personnes, et je voudrais l'annuler. C'est au nom de Camille.

— Un instant s'il vous plaît (*silence*). Pour ce soir, 20 h 30, c'est ça ? Dans dix minutes ? Mais attendez on a bloqué toute une table pour vous !

— Oui… je suis vraiment désolée… J'avais plus de batterie. Mais c'était un dîner d'anniversaire surprise, pour mon mec. Et je sais pas si vous savez, mais y a eu un attentat à *Charlie Hebdo* ce matin. Et au dîner, il devait y avoir trois personnes de *Charlie*. Enfin… y en a deux qui sont vivantes. Mais bon… on va pas venir… on va pas fêter son anniversaire.

— (*Silence*) Putain… Quelle horreur… On a regardé les infos toute la journée. C'est horrible. On pense à vous…

— Ah. Merci. Bon, ben… à bientôt, au revoir.

À 20 h 17, le 7 janvier 2015, alors que des millions de personnes, dans la France et dans le monde entier regardent, abasourdis, choqués, bouleversés, parfois en larmes les infos sur l'attentat commis le matin même contre le journal *Charlie Hebdo*, faisant douze morts et onze blessés dont certains dans un état grave, moi, Camille, 34 ans, journaliste, mariée à un dessinateur historique de *Charlie*, rescapé du massacre car arrivé en retard à la conférence de rédaction, j'annule une réservation dans une pizzéria.

Un geste personnel absurde qui se niche au cœur d'un événement tragique, historique, mondial. Au cœur des premières heures de vies bouleversées à jamais, celles des victimes, des rescapés et leurs proches.

Mon coup de fil à la pizzéria Lucky Luciano n'est pas un excès de politesse de ma part. Je l'ai fait car j'ai repensé à une nouvelle de Raymond Carver que j'avais lue à 20 ans, *Une petite douceur.*

Dans une petite ville américaine, une femme commande pour son fils Scotty un gâteau d'anniversaire sur mesure chez un pâtissier. Cette même journée, l'enfant de 8 ans est renversé par une voiture. Il reste trois jours dans le coma à l'hôpital, avant de mourir. Pendant ce temps-là, le pâtissier, méconnaissant l'événement tragique, est très en colère. Car personne n'est venu chercher le gâteau qu'il a préparé. Il appelle au domicile des parents. Souvent. Il les persécute au téléphone en se faisant énigmatique. « Vous avez oublié Scotty... », répète-t-il sans arrêt avec une voix glauque. Les parents sont fous de douleur. Comprenant enfin la source de ce harcèlement, ils se rendent dans la boulangerie pour affronter ce « monstre ». Le pâtissier, découvrant alors l'effroi de la situation, l'horreur de son comportement, la douleur de ce couple, les invite dans son arrière-boutique. Ils mangent tous les trois des petits pains, toute la nuit.

Une histoire de vie bouleversée en quelques secondes, une histoire de bourreau malgré lui, tragique et prosaïque.

En arrivant le 7 janvier au soir dans les locaux de la police, je n'ai plus de batterie. Plus tôt dans la journée, j'ai prêté mon chargeur, au poste de secours créé dans un théâtre de la rue Nicolas-Appert, à une inconnue. On en est sortis dans la précipitation, entourés de policiers qui maintenaient à distance les caméras et les photographes, j'ai perdu de vue la femme, et mon chargeur avec.

Dans la grande salle d'attente glacée, éclairée aux néons et surveillée par trois policiers en civil, je m'assieds, entourée de compagnons et compagnes de rescapés. Ils sont à l'étage, ils témoignent. Nous, on attend.

On se présente. « Je suis le mari de… », « Je suis la copine de… ». Je demande qui a un chargeur. Car j'ai eu un flash.

La pizzéria. Il faut que j'annule la pizzéria. Il faut que j'appelle cette putain de pizzéria. Avant même d'appeler mon père, que je n'ai pas eu de la journée.

Je n'ai pas perdu un enfant, contrairement à l'héroïne de Carver. Mais je me suis épargné l'écoute d'un message énervé sur mon répondeur, à 21 heures, parce que j'avais bloqué une table de dix pour rien.

Message qui aurait pu me faire m'effondrer de tristesse, alors que je devais tenir. Être forte.

Dans ce chaos, dans cette journée de morts, de blessés, de sang, de cris de douleur, d'effroi, cette journée de pays en guerre, je me suis raccrochée, ce soir-là, à quelque chose de pratique, de concret, quelque chose que j'ai pu maîtriser. Appeler un restaurant pour annuler une réservation, c'était plus facile que de penser que des journalistes, des dessinateurs, et des personnes venues travailler dans un journal avaient été tués, à la kalachnikov, en plein Paris, en conférence de rédaction, un mercredi matin. Moins horrible que de penser que parmi eux, il y avait le meilleur ami, le mentor, et des copains de mon mari, qui en avait réchappé à quelques minutes près. Moins effrayant que de savoir que les deux terroristes étaient toujours en cavale. Plus réel que la terrible et inimaginable réalité de cet événement.

Cet appel a marqué le début de mon nouveau rôle. Soutenir, consoler, écouter, répondre, prévoir, organiser, faire barrage, paratonnerre, encore répondre, rassurer les proches, prendre soin, être là, être solide, ne pas craquer, être forte, calmer les peurs, accueillir les larmes, anticiper les angoisses, trouver de la légèreté, déménager mille fois, gérer le quotidien, s'informer sur les menaces, donner de la joie, parler de l'avenir, porter la vie.

Etc.

Un rôle auto-attribué. Et flou. Il n'y a pas de manuel de parfait soutien aux personnes blessées psychiquement lors d'un événement traumatique. Mais une expression semble le définir : victime par ricochet.

Plouf

7 janvier 2015. Il doit être 14 ou 15 heures. Nous sommes une vingtaine, silencieux, assis sur des chaises en plastique, dans une salle d'attente d'hôpital, éclairée au néon. Ce pourrait être la salle d'attente d'un dentiste très populaire. Sauf que chacun, ici, a quelque chose à voir avec le fait que deux hommes cagoulés ont, quelques heures auparavant, commis un massacre au cœur de Paris.

À quelques mètres de là, dans le couloir, François Hollande serre la main au personnel médical, et aux personnes présentes dans les couloirs.

— Tu veux serrer la main du président ? demandé-je discrètement, avec un petit sourire, à Luz, assis à mes côtés.

— Qu'il aille bien se faire enculer, me répond-il avec une voix posée.

Ouf. Il tremble sans arrêt, il est sous le choc, il a pris dix ans dans la tronche en quelques heures, mais semble être fidèle à lui-même. C'est la deuxième fois de la journée que je me retrouve à quelques mètres du président de la République. La première fois, c'était devant les locaux de *Charlie*, le matin, au milieu des ambulances, des cris et du chaos.

Une femme, brune, trentenaire, assise non loin de moi, craque. Elle pleure à chaudes larmes. Je ne sais pas qui elle est. Il y a des gens qui étaient dans les locaux, des gens qui étaient dans l'immeuble, d'autres dans la rue. On nous distribue un petit prospectus sur le choc post-traumatique. Je lis les conseils aux victimes : « Dans les premières heures et les premières semaines après cet événement, nous vous conseillons d'éviter les déclarations aux journalistes, en particulier à la télévision et à la radio, que vous pourriez regretter par la suite. » Ok, mais comment faire justement pour éviter, pour stopper les dizaines de sollicitations médiatiques qui affluent déjà sur nos téléphones ? Ça, le prospectus ne le dit pas.

Au bout d'une demi-heure qui semble interminable, Luz est appelé par une infirmière. Une psychologue de la cellule d'urgence médico-psychologique l'attend dans une pièce, à côté, pour une consultation d'urgence. Il me demande de l'accompagner.

Nous nous asseyons l'un à côté de l'autre sur un lit d'hôpital, dans une toute petite pièce d'examen médical, un véritable placard à balais. Face à cette psy dont je ne me souviens plus du visage, ni du nom, juste de la voix calme, j'écoute.

Ce sera la première – et la dernière – fois que j'entendrai mon compagnon faire le récit, en détail, entrecoupé de silences et de sanglots, de ce qu'il a vécu, de ce qu'il a vu.

Deux chiffres tournent alors en rond dans ma tête.

Vingt-trois ans. Cela faisait vingt-trois ans qu'il bossait là-bas. Vingt-trois ans qu'il dessinait, riait, s'engueulait, partait en vacances avec certains d'entre eux. C'étaient des collègues, c'étaient des proches. Et il vient de les voir assassinés, à terre, tués par des kalachnikovs. De mes 27 à 31 ans, j'ai travaillé dans une agence de communication artistique à Paris. Seulement quatre ans. Tout s'est bien passé. Pourtant je rêve encore de mes ex-collègues et de mes boss au moins une fois par semaine. Combien d'années va-t-il, lui, en rêver, en cauchemarder ? La douleur qu'il porte sur son visage me transperce le cœur. Je suis démunie. Je ne peux pas effacer ce qu'il vient de voir. Je ne peux que tenir sa main, fort.

L'autre chiffre, c'est deux minutes. Il a dû arriver deux minutes après que les terroristes sont entrés dans les locaux. À deux minutes près… Tout ça parce qu'on ne s'est pas réveillés. Parce que c'est son anniversaire. C'est son anniversaire…

À la fin, la psy se tourne vers moi : « Et vous, madame, comment allez-vous ? » Je suis surprise par la question. Je ne fais qu'accompagner. « Vous êtes la proche d'une victime, vous êtes une victime par ricochet. » Je ne sais plus ce qu'elle a ajouté ensuite. Mais je me souviens m'être dit que c'était très mignon comme expression. Petite, j'adorais les ricochets.

J'habitais à la pointe de la Bretagne et allais souvent à la plage en famille, le week-end. Qu'il fasse beau ou qu'il pleuve, la balade au bord de l'océan était un rituel. J'aimais graver mon prénom dans le sable, grâce à un bâton de bois échoué. Avec un cœur sur le « i » de Camille. Quand on allait sur les plages de galets, et que l'océan était calme, il fallait trouver les galets les plus plats, les plus polis par les vagues, les plus parfaits. Les parents étaient bons, en ricochets. Ma grande sœur se démerdait aussi pas mal. Quant à moi, si par hasard mon galet rebondissait trois fois de suite avant de sombrer, je poussais des cris de joie. Tout le monde avait vu ?

Victime par ricochet… Pourquoi dit-elle ça ? Ce n'est pas un joli galet lisse, gris et plat, qui est tombé dans l'eau, aujourd'hui. C'est un tsunami, dont je ne mesure pas encore l'ampleur, qui a déferlé sur nous.

Et puis pourquoi victime ? Ce n'est pas moi la victime, c'est le moustachu assis à mes côtés. Et encore, il est rescapé. Ah là là ces psys, tout le temps à tout exagérer…

Logorrhée

Quatre ans et demi plus tard, alors que je commence l'écriture de ce livre, malgré la vie qui s'est transformée plusieurs mois en survie, malgré les jours à surveiller que l'autre « tienne le coup », malgré les nuits interrompues par ses cauchemars et ses cris, malgré les peurs quotidiennes, malgré l'obsession d'être dans la discrétion, malgré la fatigue psychique, malgré les huit déménagements, malgré la douleur de l'exil, malgré la solitude, malgré les opportunités de travail refusées, malgré le poids de devoir rassurer sans arrêt les proches, malgré celui d'être face à d'autres qui ne comprennent rien, malgré les journalistes qui chopent mon numéro pour choper le sien, même quatre ans après, malgré mon addiction au vin, mon anxiolytique à moi, malgré l'État qui a été incapable de nous aider, malgré le tumulte émotionnel des dates anniversaires, franchement : ça va.

Après tout, je ne suis pas en dépression au fond de mon lit ; je continue bon an mal an mon travail de journaliste spécialisée sur les questions de sexualités et de féminismes, même si c'est plus compliqué ; j'ai une enfant, née fin 2015, en bonne santé, qui me fait rire, me bouleverse absolument tous les jours ; je n'ai pas perdu d'amis de longue date : je connaissais juste un peu Charb ; je ne suis pas veuve ; il n'a pas été blessé physiquement. Victime ? Je suis la première à être agacée par ceux et celles qui se victimisent sur les réseaux sociaux, et qui sortent la carte de l'offense ou du trauma à tout-va.

Alors quoi ? Pourquoi donc en faire tout un foin et surtout tout un livre, de ce concept de « victime par ricochet » ?

Un exemple récent. C'est un mercredi soir. Il fait chaud et les terrasses sont pleines. Je suis à Paris, pour le travail. Je sais que ces quelques jours de travail vont me coûter environ 500 euros, et m'en rapporter 300. C'est le souci quand tu dois prendre l'avion, et non le RER B, pour aller taffer. Bref. Je retrouve en terrasse un pote ou plutôt une connaissance, un mec croisé auparavant deux fois dans ma vie, dans le cadre de mon boulot de journaliste, pour parler de ses projets artistiques, en lien avec les sexualités et la tech. On papote de choses et d'autres, et j'enchaîne les verres de vin rouge. Quand il apprend, au fil de la discussion, que mon mari est Luz, il me demande, gentiment, comment on a traversé tout ça.

Eh bien il ne fallait pas. J'ai bu. Donc pendant plus d'une heure, je lui parle des premières semaines d'angoisse, des crises paranoïaques, de Charb, et d'exil. Le pauvre, il était venu pour me parler de cul et de réalité augmentée…

Le lendemain, j'ai une double gueule de bois, physique et émotionnelle. Ce n'est pas la première fois que ça m'arrive. Ces logorrhées avinées sont même de plus en plus fréquentes.

Pourquoi ai-je déversé ce torrent de mots ? Pourquoi ai-je monopolisé la parole ? Ce n'est pas pour qu'on me plaigne, je ne cherche pas la pitié. Je crois que j'aimerais juste ne pas être la seule à porter ces souvenirs en moi. Comme si je devais sans cesse porter un sac rempli de petits cailloux, et la veille, comme d'autres soirs, j'ai distribué ces cailloux à la personne en face de moi. Mais le lendemain, le sac, même vidé, est toujours aussi lourd.

Y a un truc à la Docteur Jekyll et Mister Hyde, dans ce comportement. Le jour, je souhaite qu'on me foute la paix avec les attentats de janvier 2015. Il va mieux. Je ne suis pas « que » la femme de Luz. Ce n'est pas mon histoire. Je ne faisais pas partie de *Charlie Hebdo*. Je suis à Paris pour travailler, faire mon métier de journaliste. Et avancer.

La nuit, après quelques verres, une autre personnalité se réveille. Certains, quand ils sont bourrés, envoient des sextos à leurs ex. Moi j'ai envie de hurler : « Les gens, n'oubliez pas ce qui s'est passé. N'oubliez pas la barbarie. S'il vous plaît. Ne transformez pas l'événement en symbole, que l'on célèbre une fois par an. N'oubliez pas le nom de tous les innocents tués. Frédéric Boisseau, Franck Brinsolaro, Cabu, Elsa Cayat, Charb, Honoré, Bernard Maris, Mustapha Ourrad, Michel Renaud, Tignous, Wolinski, Ahmed Merabet, Clarissa Jean-Philippe, Yohan Cohen, Yoav Hattab, Philippe Braham, François-Michel Saada. C'étaient leurs noms. Et toutes les victimes blessées physiquement. Et les rescapés, atteints psychiquement. Et les proches. Et tous ceux et celles du 13 novembre, et de Nice, et de Strasbourg, et les autres. N'oubliez pas. Même si la vie continue, bien sûr, n'oubliez pas. S'il vous plaît. Parce qu'un attentat, ça ne s'arrête pas quand les attaquants sont morts. Ça dure. Les conséquences durent des années. Même quand on n'est pas une victime directe, même quand est juste la femme de, je vous assure. »

Après cette énième soirée à thème « vin et logorrhée », je décide qu'il faut aller plus loin que les trois, quatre trucs que je raconte à chaque fois. Je dois creuser dans mes souvenirs. Sans pathos. Et je dois rencontrer des gens qui connaissent le sujet.

J'ai cherché, en librairie, mais il y a un vide. Il y a des essais philosophiques sur le deuil, la perte, la transition, le destin. Il y a eu des romans, des films, des pièces de théâtre sur les attentats, les événements traumatiques et la résilience. Rien, directement, sur les proches de blessés psychiques.

Il n'y a pas d'associations de victimes par ricochet. S'il y en avait une, je ne sais même pas si j'y adhèrerais, mais je pense que j'ai manqué d'un espace de parole et de partage. J'ai besoin aujourd'hui de comprendre ce qui s'est passé, ce qui traverse les gens qui « accompagnent », ceux et celles dont la vie a été bouleversée par leur lien affectif fort à une victime psychiquement blessée. J'ai besoin de regarder avec lucidité ce rôle, cette situation. Juridiquement, psychologiquement, intimement, qu'est-ce que ça change ? J'ai besoin d'écrire des récits individuels qui ne soient pas noyés dans le récit collectif.

Depuis janvier 2015, en France, les attaques ont fait plus de 250 morts, des centaines de blessés physiques, et des milliers de blessés psychiques, qui correspondent à d'autres milliers de victimes indirectes. C'est une idée que l'on néglige globalement. Au-delà des attentats, qui parle des victimes secondaires des violences conjugales, c'est-à-dire les enfants ? Qui parle des soignants qui souffrent, par empathie vis-à-vis de leurs patients ? Qui prend soin d'une grande sœur, qui écoute, soutient, accompagne sa petite sœur de 20 ans après que celle-ci a subi un viol ? Qui pose des questions aux proches des victimes d'accident, à part pour leur demander comment va la victime directe ? Comment vont ces personnes ?

*

Un an plus tard, alors que je relis le manuscrit, ce côté très volontaire, très « Albert Londres des victimes par ricochet » me fait sourire.

J'ai donc écrit un livre sur le sujet, mais je n'ai pas réussi à rester une simple journaliste, même gonzo. Je n'ai pas mené d'enquête nationale ou internationale basée sur des dizaines et des dizaines de témoignages. C'est ce que je fais d'habitude, quand je parle de sexualités cheloues, de règles, de travailleuses du sexe, de masturbation, ou encore de féminismes. Je raconte ma vie personnelle, mais surtout je liste des gens, je récupère des contacts, j'appelle, je rappelle, j'interviewe, je compile, je synthétise, j'analyse. Pour chacun de mes livres, je crée de grands tableaux, sur Excel, avec plein de cases, de couleurs, de données, de coordonnées, de dates, de citations. Je les imprime, et je les scotche devant moi, face à mon bureau. Pour ne rien oublier. Ça fait marrer mon mec. Ça ressemble plus à un bureau de meuf qui travaille au service marketing de Leroy Merlin qu'à un bureau d'auteure cul.

Cette fois-ci, rien ne s'est passé comme cela. Cette fois-ci, ce n'est pas une enquête lambda. C'est ma vie.

Mon parfait petit tableau Excel de journaliste a accueilli des mots, des souvenirs plus intimes. La case du « je », celle du récit personnel, a pris une place de plus en plus grande dans le grand tableau. Celle qu'elle devait prendre petit à petit, sûrement. Après tout, dans les ricochets, les ondes circulaires grandissent avec le temps.

Une folle accessoiriste

C'est arrivé à tout le monde, dans une succession d'événements troubles ou dramatiques, de se dire : « Je suis dans un mauvais film, ce n'est pas possible. » C'est ce que je me suis dit, le 7 janvier 2015. Et les jours d'après. Mais dans ce film-là, personne n'a fait semblant de mourir.

Moteur, action.

1. INT – chambre d'appartement – jour

Un couple est enlacé dans un lit, sous la couette. La lumière du matin filtre à travers les stores. Le réveil du téléphone sonne sur la table basse. Il est noté 8 h 25. L'homme (43 ans), les cheveux en bataille, appuie sur un bouton du téléphone pour éteindre la sonnerie. La femme (34 ans) se retourne vers le mur et remet la couette sur sa tête.

Plan suivant : couple toujours enlacé, dans une position différente. Le réveil sonne de nouveau. L'homme se redresse, prend le téléphone et le regarde. Il affiche 9h37.

L'HOMME
Merde il est neuf heures et demie.

La femme se redresse.

LA FEMME
Merde. On s'est rendormis. J'ai mal au crâne, on a bu trop de vin hier, et on s'est couchés tard, non ?

L'homme se rallonge.

L'HOMME
Ouais. Mais on est bien là, oh là là, je veux pas sortir.

LA FEMME
Mais tu vas être en retard à la conf' de rédac !

L'HOMME
Je dirai que j'ai mangé indien hier…

LA FEMME (*en souriant*)
Combien de fois t'as dit à Charb, en vingt-deux ans de *Charlie*, que t'avais mangé indien la veille, quand t'es arrivé à la bourre ?

L'HOMME
Au moins trois fois par an. Mais des fois je dis chinois.

La femme rit et sort du lit.

LA FEMME
Bon mais là t'es très en retard. Allez mon amour, warrior ! Je t'apporte le petit déj'.

L'HOMME
Mais on était tellement bien, là, enlacés…

Ellipse.

La femme revient dans la chambre. Elle porte un plateau avec dessus deux tasses emplies de café, des biscuits, et sur les biscuits deux bougies réchauffe-plat allumées. L'homme, dans le lit, ouvre les yeux, se redresse et sourit.

LA FEMME (*en chantant*)
Happy birthday to you mon amour ! Happy birthday to you ! Happy birthday to you my love ! Happy birthday to you mon amouuuur !

L'HOMME (*avec un regard amoureux*)
Ma Marilyn…

La femme s'assied sur le lit, pose le plateau et embrasse l'homme.

LA FEMME
Tu diras aux gens de *Charlie* que t'as le droit d'être en retard, c'est ton anniversaire, merde !

L'HOMME
Ouais et en plus j'ai déjà mon sujet de la semaine. Bon je prends ma douche et zou !

2. INT – salon d'appartement – jour

Seule, la femme est assise à son petit bureau, devant son ordinateur portable. Elle porte un peignoir blanc, et boit un café. Elle répond à plusieurs mails. Son téléphone vibre, mais elle reste concentrée sur son ordinateur. Elle écrit. Puis, avant de se préparer un nouveau café, elle regarde son téléphone.

Un texto de l'homme, envoyé il y a dix minutes : « Merci mon amour pour ce réveilanniversaire amoureux drôle et bandant ! Ahlala je t'aime à m'en exploser le cœur ! »

Elle sourit.

Elle écrit : « Bonne journée my birthday boy ! Love love love. »

Il y a trois petits points qui s'affichent sur l'iPhone. Elle attend la réponse.

« prise d'otage à charlie, je suis dehors, ça tire dans tous les sens » Elle reste quelques secondes interdite, en regardant le téléphone. Puis elle pianote : « quoi ?? » Il répond : « des mecs armés ! cagoules ! kalach ». Elle essaie d'appeler, le téléphone sonne dans le vide, il ne répond pas. Elle cherche, dans son répertoire : « Céline sœur » et appuie sur le contact. On entend leur conversation.

LA SŒUR
Hello ! Ça va ?

LA FEMME
Nan je viens d'avoir un texto de Luz, y a une prise d'otages à *Charlie*.

LA SŒUR
Quoi ?! Tu l'as eu ? Il va bien ?

LA FEMME
Il répond pas. Mais lui est dehors je crois. Mais c'est horrible. Y a des mecs armés. Je fais quoi, je le rejoins non ?

LA SŒUR
Oui vas-y, le temps que t'arrives les flics seront là, et il va avoir besoin de toi. On sait qui c'est ?

LA FEMME
Non. Des mecs qui veulent leur faire peur, je pense. Mais ouais je vais le rejoindre. Ils vont tous être sous le choc, ils vont se retrouver après, au café peut-être, faut que je sois là. Bon je te laisse, je te tiens au courant. Faut que je me douche.

LA SŒUR
Hé mais vous partez pas en Thaïlande, le mois prochain ?

LA FEMME
Si, pourquoi ?

LA SŒUR
Ben du coup y aura un flic, un garde du corps, le mec il va être trop content de partir avec vous !

LA FEMME (*petit rire nerveux*)
T'es con, bon je te rappelle !

3. INT – salle de bains et entrée – jour

La femme prend une douche de quelques secondes, en sort, et regarde son téléphone. Message de l'homme : « y a des morts, c'est un carnage… c'est un carnage ». La femme répond : « j'arrive ». Elle s'habille en précipitation, se met du rouge à lèvres face au miroir de l'entrée de l'appartement, et sort en courant de chez elle.

4. EXT – dans un taxi en marche – jour

Dans le taxi, la femme rappelle « Céline sœur ». Ses mains tremblent.

LA FEMME (*voix affolée*)
C'est encore moi, il m'a envoyé un message, y a des morts !

LA SŒUR
Quoi ? Mais qui ? T'es où là ?

LA FEMME
J'en sais rien, j'suis en taxi, on arrive mais c'est bouché.

LE CHAUFFEUR DE TAXI (*voix bougonne*)
Je peux pas aller plus loin là, madame, c'est bloqué, y a eu une fusillade.

LA FEMME
(*au chauffeur, énervée*) Oui je sais !
(*à sa sœur*) Je dois courir, je te rappelle.

Si j'étais productrice et que je recevais ce scénario, j'annoterais direct, en rouge, dans la marge : « La femme met du rouge à lèvres ? Pas crédible vu le contexte. »

C'est vrai ça. Qui serait assez conne, assez superficielle, dans la vraie vie, pour passer ne serait-ce que deux secondes pour mettre du rouge à lèvres, avant de sortir retrouver son mari qui lui a envoyé le message : « y a des morts, c'est un carnage » ?

Moi. Pourquoi est-ce que j'ai fait ce geste cosmétique, que je fais certes quotidiennement à l'époque dès que je sors de chez moi, mais qui paraît si futile dans ce contexte ? Pourquoi même avoir pris une douche ? Pourquoi avoir à moitié plaisanté avec ma sœur sur notre futur garde du corps en Thaïlande ?

Parce que ce qui s'est passé était inimaginable. À Paris. Un mercredi matin. Dans les bureaux de la rédaction d'un journal. Je savais pour les caricatures de Mahomet. Je savais pour les locaux qui avaient brûlé. Je savais pour la protection de plusieurs personnes du journal, deux flics au quotidien, entre 2011 et 2013.

Un soir d'automne, j'avais rejoint, dans les bureaux du journal, Luz et Charb, pour qu'on aille ensuite manger un couscous. Il y avait une voiture de police en bas des locaux. Pas le 7 janvier. Le ministère de l'Intérieur avait considéré en novembre 2014 que la menace était moins forte. Bravo les gars.

Je me disais qu'il pourrait y avoir un jour un nouvel incendie. Mais pas un massacre d'innocents et d'innocentes à la kalachnikov. Pas des morts et des blessés, amis et collègues de mon mec depuis des années.

D'où le rouge à lèvres.

D'ailleurs on n'en a rien à carrer, de ce rouge à lèvres Chanel, non ? Pourquoi l'écrire aujourd'hui ? Parce que je m'en souviens parfaitement. Plus que d'autres choses. Cela m'a marquée. Et si le geste paraît futile, le souvenir le semble tout autant.

Est-ce dû au fait que je n'étais pas au cœur du drame ? J'étais physiquement présente après, mais pas pendant l'attentat. J'étais entourée de gens endeuillés, je ne vivais pas le deuil. Pourtant, quand je lis des choses sur les premières phases du deuil, celles du choc, du déni, de l'incrédulité, je les reconnais. Il est question souvent d'anesthésie émotive, suite à l'événement traumatique (deuil, annonce de maladie, agression sexuelle, etc.). La mémoire opérerait peut-être, elle aussi, un mécanisme de protection. Ce qui est bien relou quand on tente de faire le récit, au plus proche de la réalité, du vécu.

J'ai oublié tout un tas de choses, de cette journée du 7. J'ai perdu la notion de temps. À quelle heure a-t-on quitté le théâtre transformé en zone de Protection civile, pour partir à l'Hôtel-Dieu ? Combien de temps sommes-nous restés sur place ? Aucune idée. Les lieux aussi sont brouillés. À l'hôpital, nous avons d'abord été rassemblés dans un amphi. Nous devions être soixante, soixante-dix ? Témoins, rescapés, tous mélangés. Le gros bordel. On nous a distribué des bouteilles d'eau. Et aussi des madeleines dégueulasses, sous plastique. « Ah ben merci la punition », ai-je dit à une voisine d'amphi. Tout le monde – sauf Luz et moi, je ne sais pas pourquoi – avait autour du cou un truc en plastique, contenant une fiche d'informations. Comme les enfants accompagnés, en avion. Ensuite on s'est retrouvés dans une salle d'attente, puis dans une salle d'examen médical, pour un entretien avec une psy, mais après ? Sommes-nous partis directement au Quai des Orfèvres ? Ma mémoire s'est focalisée sur des points de détail. Des images, des bribes de dialogues.

Quand nous nous asseyons sur les sièges des bus RATP qui doivent nous emmener à l'Hôtel-Dieu, Patrick Pelloux rentre et lance un tonitruant « contrôle des billets s'il vous plaît messieurs-dames ». Premier rire de la journée.

On nous distribue des couvertures de survie dorées, dans ce bus. Parce qu'il fait froid. On a l'air fin, tous, emballés comme des Ferrero Rocher.

Au Quai des Orfèvres, après mon coup de fil à la pizzéria, je parle avec le petit ami d'une salariée de *Charlie*, qui était sur place, et qui est rescapée. « Il faut que je prenne ton numéro, on va avoir besoin l'un de l'autre, pour les aider, eux », lui dis-je.

J'appelle ensuite mon père. Ex-anesthésiste, ex-urgentiste à l'hôpital public, et ex-médecin pompier bénévole.

— Il faut tu sois forte, ok ? Il va être en stress post-traumatique. Tu dois être solide, s'il s'effondre, ok ? me dit-il avec une voix blanche.

— Oui oui bien sûr.

Je vais être forte, solide. Évidemment.

— Et Patrick Pelloux, comment il va ?

— Mal. Il est arrivé sur place tout de suite. Il a vu tout le monde, il a donné les premiers soins, il a essayé de sauver ses amis.

— Merde, il y était en tant que médecin, alors qu'il connaissait les victimes ? Ça va pas, ça. Ça va pas du tout… Ça va être dur, aussi, pour lui.

Plus tard, alors que je fume une cigarette dans la cour, je vais voir deux policiers en civil qui semblent s'occuper des témoins. Les terroristes ont-ils été retrouvés ? Non, me dit-on. Ben du coup ils peuvent chercher les survivants, pour les tuer, faut absolument que les rescapés soient sous protection, dès ce soir, non ? « On va voir, on gère ça, madame. » Ils gèrent mon cul, oui… On sera raccompagnés par des policiers, mais il n'y aura pas de flics en bas de chez moi, ce soir-là. Je sursauterai à chaque bruit suspect dans l'immeuble, à chaque mouvement d'ascenseur.

Ces souvenirs ne sont que des bribes. Ils ne reflètent pas la réalité. Et ils donnent l'impression que je maîtrisais totalement la situation, alors que j'étais absolument paumée. J'étais comme une vache affolée, emportée dans les airs, en plein milieu d'un cyclone, sans rien pour la retenir. Une vache maladroite.

Ce soir-là toujours, vers 1 heure du matin je crois, quand nous rentrons chez moi, je fais cuire des pâtes que j'accompagne de sauce pesto toute prête. Mon mec n'en mange pas une seule bouchée. Assis sur mon canapé en cuir rouge Ikea, il fume clope sur clope et tremble quand il attrape son verre de vin. Je m'assieds à ses côtés.

— Tu sais quand on s'est mariés, j'ai pensé au fait qu'on allait vivre des deuils, ensemble, dans les prochaines années. Mes grand-mères, puis plus tard tes parents, les miens, des amis malades… Je n'avais pas imaginé que tu allais enterrer huit amis en une semaine. Tu fais chier, j'en ai qu'une, de robe noire, pour les enterrements. J'en ai pas huit…

Il éclate en sanglots. Je regrette aussitôt ma « blague » à la con. « Je suis désolée, je ne sais pas pourquoi j'ai dit ça, je suis désolée mon amour. » On pleure dans les bras l'un de l'autre, longtemps. Je ne sais plus vraiment ce que l'on s'est dit après. Il m'a parlé de Cabu je crois. Il n'a pratiquement pas mangé ses pâtes au pesto. On a dormi trois heures.

Autres bribes.

Dix jours plus tard. À l'entrée du parc des expositions de Pontoise, où a lieu la cérémonie des obsèques de Charb, je retrouve Inna Shevchenko et Sarah Constantin, toutes les deux Femen, amies proches de Charb et de Luz. Inna porte un badge « Je suis Charlie » à son manteau. Sur mon blouson en cuir, j'ai moi un pin's avec une ancre marine dessinée dessus. « Pourquoi tu portes ça, ça veut dire quoi ? » me demande Inna. « Rien. J'en sais rien. Parce que je suis bretonne j'imagine. » Elle me regarde sans un mot. Tout à coup je le trouve complètement con, ce pin's.

À l'intérieur du parc des expositions, je suis assise au premier rang, à gauche de la scène, entre mon mari et son père. On se lève lorsque, quelques minutes avant le début de la cérémonie, les « officiels » viennent nous saluer. Christiane Taubira serre la main de Luz et lui dit d'une voix forte : « Ah ben je vous reconnais vous, vous êtes toujours mal coiffé. — Ah ben vous aussi ! » rétorque-t-il.

Quand il se rassied, il me demande en chuchotant : « Tu crois que c'est sexiste ou raciste ce que je lui ai répondu ? » Ben non, c'est elle qui a commencé.

Deux ans plus tard, alors que l'on parle de l'enterrement de Charb à des amis communs, mon mari leur raconte qu'à un moment donné, j'ai éclaté en sanglots. Genre vraiment, bruyamment, et longtemps. On ne pouvait plus m'arrêter. Je n'en ai aucun souvenir.

Rouge à lèvres, petite robe noire, coiffure, recette de pâtes au pesto… Je gère ma mémoire post-attentat comme une rédactrice de *ELLE*.

Je relis *Mémoire de fille*[1] d'Annie Ernaux. Elle explique que son cerveau a dû se raccrocher à des choses normales dans « l'effarement du réel ».

Elle fait le récit de son été 1958. Elle avait alors 17 ans. L'écriture lui est difficile mais pas par manque de souvenirs. « Je dois bien plutôt résister pour ne pas laisser les images – une chambre, une robe, du dentifrice Émail Diamant : la mémoire est une folle accessoiriste – s'enchaîner les unes aux autres et faire de moi la spectatrice fascinée d'un film dépourvu de signification. »

Elle raconte comment, en colonie de vacances, elle a vécu sa première fois avec un moniteur, très brutal et très égoïste. Elle ne le définit pas comme un viol, mais c'est clairement un acte sexuel violent, cédé après une pression solide. Malgré cela, elle a voué un « amour fou » à cet homme, et l'a retrouvé une deuxième nuit, tout aussi violente. Elle est devenue ensuite l'objet de mépris, de moquerie, de la part des autres adolescents. L'auteure décortique son désir ambivalent, raconte l'impact de cet été, les années suivantes, sur son corps et sur son rapport aux autres. C'est avant tout un livre sur l'écriture, qui permet de désenfouir « une chose sortant des replis étalés du récit et qui puisse aider à

1. *Mémoire de fille*, Annie Ernaux, Gallimard, 2016.

comprendre – à supporter – ce qui arrive et ce qu'on a fait ».

Quelle est la chose qui va sortir des replis étalés de mon récit ? Qu'est-ce qui est arrivé que je n'arrive pas à comprendre ? Je n'en sais rien. Mais Annie Ernaux me réconcilie avec les détails à la con de ma mémoire.

> Il me vient l'impression que tout cela aurait pu être écrit autrement, comme un rapport de faits bruts par exemple. Ou bien à partir des détails : la savonnette de la première nuit, les mots écrits au dentifrice rouge, la porte fermée de la deuxième nuit, le juke-box qui jouait « Apache » dans le coffee-shop de Tally Ho Corner, le nom de Paul Anka gravé profondément dans un bureau du lycée, le 45 tours « Only you » acheté en compagnie de R chez un disquaire après l'avoir écouté toutes les deux dans une cabine et que je me passais le samedi soir à Yvetot dans ma chambre, lumière éteinte, en dansant toute seule le slow dans le noir. C'est l'absence de sens de ce que l'on vit au moment où on le vit qui multiplie les possibilités d'écriture.

La mémoire est en effet une folle accessoiriste. Robe, rouge à lèvres, couverture de survie, pin's et madeleines… Au milieu des accessoires, je cherche encore un sens à ce film qui n'en est pas un. Un film qui a commencé rue Nicolas-Appert, adresse des locaux de *Charlie Hebdo*.

Moteur, action.

4. EXT – au croisement du passage Popincourt et du boulevard Richard-Lenoir – jour

LA FEMME (*à bout de souffle*)
Je dois retrouver Luz, c'est mon mari, il est dans les locaux, y a eu une prise d'otages et une fusillade. Y a des morts… Mais lui il est vivant…

LA POLICIÈRE
C'est qui, Luz ?

Intermède I : le doute

Victime par ricochet. Victime. Ricochet. Avant de raconter le 7, j'ai besoin de revenir sur cette expression.

Quand j'ai entendu « ricochet » à l'hôpital, j'ai pensé tout de suite au petit bond que fait une pierre plate lancée dans l'eau. Mais il y a un deuxième sens au mot ricochet : le « rebond que fait un projectile qui frappe un corps dur ». Alors quand on parle de victime par ricochet, est-ce qu'on parle d'une personne touchée par le remous de l'eau, qui suit l'impact de la victime directe ? Ou bien d'une personne touchée par une balle qui a rebondi sur la victime directe ? Est-ce que c'est la bonne expression, le bon terme ? Et le terme de victime est-il juste ? Correspond-il vraiment au vécu des proches ? Ces questions deviennent une obsession dès 2016. À cause notamment d'un échange avec le neuropsychiatre Boris Cyrulnik.

Je lui écris un très long mail après l'attentat dans une boîte gay, à Orlando, aux États-Unis, le 12 juin 2016.

Attentat qui m'a bouleversée plus que de mesure. J'en ai pleuré pendant des nuits entières, je passais des heures sur Internet pour comparer le prix des vols pour la Floride.

Je lui raconte notre histoire, mon histoire. Face au vide de la littérature « grand public » sur les victimes indirectes « je voudrais faire en sorte que tout ce que j'ai traversé depuis un an et demi à côté de mon mari, toute cette expérience, et ces réflexions, soient utiles à d'autres », lui écris-je avant de lui demander si on peut se rencontrer pour en discuter. Un mois plus tard il me répond : « J'appellerais plutôt ça "traumatisme par compassion". » Et il m'informe que son agenda est terriblement « minuté ».

C'est tout.

Au-delà du fait que je suis un peu vexée par la brièveté de sa réponse, je ne comprends pas sa redéfinition, que je juge arbitraire. Je ne suis pas une traumatisée par compassion… J'ai fait six ans de latin. Compassion, c'est *cum patior*, « souffrir avec ». Oui bien sûr que je « souffre avec » mon mari quand je le vois souffrir, mais désolée, la compassion pour moi ça sonne quand même Jésus-Christ, Mère Teresa, et compagnie. Je vais rester sur ricochet…

Mais il m'a foutu le doute, avec son truc de compassion… Si lui a popularisé la notion de « résilience », un mot à la base issu de la physique, il faut peut-être que je cherche un nouveau terme. On ne peut comprendre que ce que l'on nomme.

Le manteau bleu

En sortant du taxi sur le boulevard Richard-Lenoir, je cours jusqu'au passage Sainte-Anne-Popincourt, qui débouche dans la rue de *Charlie*. Mais il y a un premier barrage de police. La jeune policière, à l'air impassible, postée derrière des barrières, ne veut visiblement pas me laisser passer. Une autre jeune femme, à côté de moi, est elle aussi bloquée.

— C'est qui Luz ? me demande la policière.

— C'est un dessinateur de *Charlie Hebdo*. C'est mon mari. Il m'attend, là, je lui ai dit que je venais. Il est vivant, on s'est pas réveillés ce matin, dis-je dans un débit rapide et saccadé.

— Il vous attend où ?

— Ben à *Charlie* ! Je viens de vous dire qu'il était dessinateur là-bas !

Je commence à être passablement énervée. Ça s'entend dans ma voix, et ça doit se voir, aussi.

— Ah mais personne ne rentre dans les locaux de *Charlie Hebdo*, madame.

— Ben je m'en doute mais je vais l'attendre en bas ! Laissez-moi passer, je vais pas rester là. Écoutez, je lui ai dit que je venais, par texto. Je peux pas le laisser seul !

— Attendez là s'il vous plaît.

Elle veut que j'aille où ? Prendre un café dans le coin ? La flic va parler à un de ses collègues, plus âgé, posté quelques mètres plus loin. La jeune femme à ma gauche se tourne vers moi.

— Moi je suis journaliste, mais ils ne me laissent pas passer parce que j'ai pas la carte de presse. Parce qu'en fait je suis en CDD, et j'ai pas encore de carte, et…

En quoi c'est mon problème ? Je me détourne d'elle. Elle ouvre son carnet de notes.

— Et donc vous êtes la femme de Luz ? Vous vous êtes pas réveillés ce matin c'est ça ?

Ça commence…

— Oui mais j'ai pas envie de vous parler, là, désolée.

Je fixe avec attention les deux policiers qui discutent. Tout autour, les sirènes des voitures de policiers et de pompiers se confondent dans un concert angoissant.

Enfin ils reviennent vers moi. « Suivez-moi », dit le flic plus âgé. Oh putain merci. Je le suis au pas de course. Nous passons devant un deuxième barrage. Là, des dizaines de journalistes, photographes, et cameramen sont amassés derrière d'autres barrières. Tout en marchant vite, je regarde stupéfaite cet amas de caméras et de gens. Ils sont déjà là ? Bêtement, je pensais arriver avant BFM...

Devant l'immeuble, c'est un autre capharnaüm. Ambulanciers, secouristes, policiers, tout le monde s'agite... Je me retrouve debout, entre un camion de pompiers et un trottoir. J'allume fébrilement une cigarette. Mes mains tremblent.

J'aperçois à cinq mètres de là un amas d'hommes en noir, et une caméra. « Tiens, ce doit être Charb qui fait une conférence de presse, après la prise d'otages », me dis-je. J'ai bien reçu un SMS qui me disait : « y a des morts », mais je suis apparemment déjà dans le déni.

Les hommes en noir se dispersent et je réalise qu'au milieu d'eux, il y a François Hollande, entouré de ses gardes du corps. Il a l'air grave. Mais... qu'est-ce qu'il fout là, lui ? Je ne comprends rien. Où est mon mec ? Je lui envoie un message pour lui dire que je l'attends, en bas.

Un brancard avec un blessé passe à côté de moi. Il y a des tuyaux. Il y a les cris des pompiers. Il y a mes mains qui tremblent. Mon téléphone qui vibre sans cesse. Ma rédac chef des *Inrocks*, Anne Laffeter, m'écrit qu'elle est là, dans la rue, mais derrière moi, dans la cohue des journalistes bloqués par les barrières et les flics. Ça me rassure de savoir que quelqu'un de familier est là, à quelques mètres. Je l'appelle quelques minutes. Je ne sais plus ce que je lui dis. Je fixe la porte d'entrée de l'immeuble de *Charlie*, où policiers et secouristes se croisent dans un ballet macabre.

Je gêne. J'essaie d'être discrète mais visuellement ce n'est pas simple avec un manteau bleu électrique et mes bottines à talons. Je peux difficilement passer pour une meuf du Samu.

— Madame, vous êtes qui ? Il ne faut pas rester là, me dit un homme baraqué et aux sourcils froncés.

— Je suis la femme de Luz, il est dans les locaux, je l'attends…

J'ai perdu mon assurance, je bredouille, et je commence à avoir les larmes aux yeux.

— Non c'est bon, elle peut rester, je la connais, dit un homme, à ma droite.

Je me tourne vers lui. C'est Christophe, l'un des gardes du corps de Charb. On se reconnaît. Il était à mon mariage. Charb était toujours accompagné de deux officiers de protection. Il pleure. Ce grand gaillard, ce costaud, en train de pleurer ? Ce n'est pas possible…

— T'es au courant, non ? me demande-t-il.

Ses traits sont déformés par la douleur. Oui. J'ai compris. Fini le déni.

Charb est mort.

Chancelante, je jette ma cigarette, et couvre avec mes mains mon visage en pleurs. Quelques secondes plus tard, soutenu dans sa marche par deux hommes, tel un blessé de guerre, Patrick Pelloux s'avance vers moi. Son regard est empli de souffrance et de terreur, comme s'il revenait de l'enfer. D'ailleurs ce n'est pas « comme si ». Il revient de l'enfer. Il a du sang sur ses vêtements.

— J'ai rien pu faire, j'ai essayé, j'ai rien pu faire, me dit-il.

Qu'est-ce qu'il a fait ? Qu'est-ce qu'il a vu ?

— J'ai tout essayé, répète-t-il en continuant sa marche titubante.

Combien y a-t-il de blessés, de morts ? Qui sont-ils ? Et où est mon mari ? J'attends pendant de longues minutes. J'allume des cigarettes, les fume à moitié et les jette par terre. Les mains tremblantes, j'envoie des réponses courtes aux SMS inquiets qui affluent sur mon téléphone. « Il est arrivé en retard il est vivant il n'est pas blessé. » Il est midi et demi passé. Où est-il ? Et toujours ces sirènes en fond sonore.

Enfin je l'aperçois, sortant d'un immeuble, avec d'autres personnes. Je le hèle. Il vient vers moi. Nous tombons dans les bras l'un de l'autre. Il éclate en sanglots.

— Je suis là. Ça va. Je t'aime. Je suis là, je suis là, lui dis-je au creux de l'oreille.

— Tu sais pour Charb ?

— Oui je sais…

— Y a aussi Cabu, et Tignous, et Wolinski, et Bernard, et Elsa, et plein d'autres… C'est un carnage…

— Je suis désolée mon amour…

— C'étaient des gentils. C'étaient tous des gentils, tu sais… glisse-t-il dans un hoquet.

Quelqu'un du Samu interrompt notre étreinte, il nous accompagne jusqu'au théâtre de la Comédie Bastille, à dix mètres de là. C'est ici que la Protection civile a installé son centre d'accueil. Pour les rescapés, les témoins et les proches des victimes. À l'extérieur, juste devant la porte d'entrée du théâtre, de grandes tentes orange sont dressées.

Nous rentrons dans la salle, et nous nous asseyons sur les fauteuils rouges, en strapontin. Sur scène, des grandes tables avec des thermos ont été installées. Des personnes du théâtre et d'autres de la Protection civile nous offrent du thé dans des petits gobelets. Et des clémentines. Autour de nous, des gens pleurent en silence. D'autres sont immobiles, le regard plein d'effroi, plongé dans le vide.

Luz retrouve des proches. Il pleure, il tremble beaucoup. Je ne connais personne. Parfois je lui demande, discrètement, qui c'est. « Le beau-fils de Wolinski. » « L'éditrice des Échappés. » « Une journaliste de *Charlie.* » J'aurais voulu les rencontrer autrement.

Nous restons un moment dans cette salle. Assise sur un des fauteuils rouges, j'observe avec attention un homme en train de distribuer aux gens du thé, des clémentines, tout cela avec un air bonhomme. Il prend des nouvelles des uns et des autres, il se balade dans le théâtre. Limite il sifflote le gars. On pourrait croire qu'il fait partie de l'équipe des sauveteurs. Mais non, il a la pochette en plastique autour du cou, comme tous les témoins présents. Je demande à mon mec s'il le connaît.

— Oui il est de *Charlie.*

— Mais… il était là pendant l'attaque ?

— Oui.

— Ok. Il a l'air anormalement normal. Soit on va découvrir que c'est un serial killer, soit dans 24 heures il décompresse totalement et pète un plomb, lui dis-je en murmurant.

Ce ne sera ni l'un ni l'autre. Au milieu des larmes et des silences terrifiés, il réagit, lui, ainsi. En distribuant des clémentines. Ce n'est pas plus inquiétant que d'autres réactions. C'est plus tard que je l'ai compris. Sur le moment, je le regarde, sidérée. Ce mec, c'est Dexter. Il est hyper habitué au sang et aux scènes de crime. C'est pas possible, sinon…

Une femme déambule, elle, dans les travées du théâtre. Mais elle, elle a l'air inquiète.

— Quelqu'un a un double des clés d'Honoré ? demande-t-elle à plusieurs personnes.

Honoré fait partie des victimes assassinées. Non, personne n'a ses clés.

— Il me faut ses clés. Il a un chat, et il faut nourrir son chat, répète-t-elle.

C'est Luce. Je lis régulièrement ses articles. C'est LA journaliste spécialiste de la défense des animaux.

Quelques minutes plus tard, alors que Luz est monté sur « scène » pour recharger son téléphone, une autre femme, en larmes, l'apostrophe depuis la salle, en criant et en pleurant.

— Il avait un cadeau pour ton anniversaire ! On l'avait acheté ce week-end. Un roman, *L'Homme qui aimait les chiens.* On l'avait acheté à la librairie du MK2. Tu adores les chiens c'est ça ? Il était heureux de son cadeau…

C'est Jeannette Boughrab. Elle parle de Charb. Et le roman en question est un de mes livres préférés. Il est écrit par l'auteur cubain Leonardo Padura, et il est question de l'assassinat de Trotski.

La confusion commence à régner à l'extérieur et dans le théâtre. Combien de temps faut-il rester ici ? Il y a de plus en plus de monde. Mais il n'y a pas de psy. Et donc personne pour prendre en charge les « impliqués » – c'est le terme officiel des personnes présentes dans ce théâtre – ou bien pour annoncer aux proches la terrible réalité.

Luz et moi sortons tous les deux fumer une cigarette, devant les tentes de la Protection civile. Il a les mains qui tremblent. De froid. De choc. Une femme, petite, vive, avec de grands yeux dévorés par l'inquiétude, arrive devant le théâtre, vient vers lui et le supplie : « Tu les as vus, non ? Dis-moi s'il est vivant. » Il commence à balbutier quelque chose, mais une femme du Samu les interrompt : « « Il ne doit rien vous dire, madame. Monsieur, ce n'est pas votre rôle. » Mais qui alors ? Qui pour s'occuper d'elle ? C'est insupportable. Une fois dans le théâtre, je la revois. Elle s'est assise parmi des gens du journal. On lui dit la vérité.

Elle hurle. Elle hurle de douleur. Elle a perdu son mari et le père de ses enfants. Son cri est gravé à jamais dans ma mémoire. C'est celui que j'aurais pu émettre.

À quelques minutes près, le 7 janvier 2015, j'étais veuve. Voilà la réalité de mon destin. À quelques minutes près, j'étais cette femme, qui hurlait de douleur, dans le théâtre de la Comédie Bastille, au 5, rue Nicolas-Appert. Et encore, contrairement à elle, je n'avais pas d'enfant, à l'époque. Pas un jour sans que je me dise : « Pourquoi pas moi ? » De même qu'il y a la culpabilité du survivant après un attentat, il y a aussi la culpabilité de la femme du survivant.

*

Les tentes de la Protection civile, elles étaient blanches ou orange ? Ma mémoire étant faillible, je tape dans Google Images : « rue Nicolas Appert » + « 7 janvier 2015 ». Vu le nombre de photographes présents ce jour-là, amassés derrière des barrières au bout de la rue, il doit forcément y avoir des photos.

Il y en a, oui. Beaucoup. Il y en a une, surtout, qui me fait sursauter. Elle illustre un article du journal canadien *Le Devoir*, publié le 9 janvier 2016 et titré « Et soudain ils ne riaient plus ». Au milieu d'une dizaine de policiers en civil et de secouristes, une femme, de dos, blonde aux cheveux longs, vêtue d'un manteau bleu électrique, enserre un homme. Ils sont immobiles tandis que les autres semblent affairés. Le bleu tranche avec le noir des hommes qui les entourent. L'homme a le visage plongé dans le cou de la femme. On aperçoit de la buée sur ses lunettes à lui.

C'est nous. Putain…

C'est nous.

Ce sont mes lunettes de vue à moi qui s'embuent en découvrant cette image sur mon ordinateur. C'est complètement dingue : il existe une photo, nette, professionnelle, des quelques secondes les plus bouleversantes de toute notre vie.

La photo, signée Remy de la Mauvinière, pour Associated Press, est sous-titrée : « Deux personnes se réconfortent au cœur de la tourmente devant l'immeuble du *Charlie Hebdo*, le 7 janvier 2015 ».

« Au cœur de la tourmente. » Ça ressemble un peu à un titre de roman à l'eau de rose de Barbara Cartland, mais c'est ça. Nous étions ces deux personnes. Dans la tourmente. Et en effet je ne le réconfortais pas, nous nous réconfortions.

Je n'ai plus jamais remis ce manteau bleu. Je n'ai plus jamais remis les pieds dans cette rue. Et le 11 janvier est la dernière manif que j'ai faite.

Le coup du pigeon

C'est un magnifique et immense manoir blanc, au toit couleur brique, qui surplombe une falaise. Accolée à celle-ci, une grande piscine en forme de haricot. L'image du luxe californien, photographiée, en 2003, dans le cadre d'une vaste enquête sur l'érosion du littoral, par le photographe Kenneth Adelman. Problème : ce manoir appartient à Barbra Streisand, qui porte plainte, accuse le photographe de violer les lois anti-paparazzi de Californie, et demande que l'image soit retirée. Le photographe et ses avocats expliquent que l'image montre la côte de Malibu vue d'hélicoptère, non la propriété d'une célébrité. Ils obtiennent gain de cause. Mais l'affaire s'ébruite, la photo est reprise sur les sites people. Elle est vue 420 000 fois dans le mois qui suit. C'est devenu « l'effet Streisand », aujourd'hui étudié en cours de communication. Comment la tentative de censure d'une image crée un « effet pervers » instantané : la circulation massive de celle-ci sur Internet.

J'adore cette histoire, son côté arroseur-arrosé amusant, mais aussi « folie de l'Internet » inquiétant et troublant. Mon petit effet Streisand à moi, c'est un pigeon.

Entre le 7 janvier et le 11 janvier 2015, je m'exprime peu sur les réseaux sociaux. Parce que je vis avec quelqu'un qui est en total stress post-traumatique donc je suis un peu occupée, et parce que je m'en méfie.

Depuis plusieurs années, je limite mes publications sur les réseaux sociaux aux sujets journalistiques, et encore. En 2014, un *hater* sur Twitter n'a pas aimé un de mes reportages sur l'université de la Manif pour tous. Il me menace de viol, propose que je sois « tondue », et publie mon adresse postale. Je porte plainte et passe mon compte Twitter en mode « privé ».

Le 7 janvier à minuit je poste sur Facebook, uniquement aux « amis » : « Merci à tous et toutes pour vos messages de soutien, à tous les proches des victimes, à l'équipe de *Charlie* traumatisée. »

Le 11 janvier matin, il fait très froid. Les flics viennent nous chercher et nous déposent sur un parking, vers le Jardin d'Acclimatation. Des cars, protégés par des voitures de flics, vont emmener, sur le lieu de la manifestation, toute l'équipe de *Charlie* et les proches des victimes des 7, 8 et 9 janvier. Pendant que nous patientons, une femme s'approche de moi. Elle me demande si je suis la femme de Luz et me dit alors que l'interview qu'il a donnée aux *Inrocks*, la veille, est « dégueulasse », et qu'il va la regretter toute sa vie. Sidérée, je me contente de m'éloigner, mais son ton accusateur me fait douter sur ma nouvelle casquette, involontaire, de « conseillère média auprès de mon mec ». Ce n'est pas moi qui ai répondu aux *Inrocks*, mais c'est moi qui lui ai conseillé de le faire. Il est harcelé par les journalistes. Depuis trois jours, des journaux tourangeaux jusqu'à CNN… Des textos, des appels, des mails. De mon côté je réponds « non, merci », à des dizaines de potes journalistes le sollicitant. Quand le 10 janvier, il me dit que là, il est prêt, qu'il veut parler, je lui dis : « Anne Laffeter des *Inrocks.* » Je la connais, je sais qu'elle est de confiance. Lorsque je l'ai eue au téléphone, le 7 janvier, complètement sonnée, elle n'a rapporté aucun de mes propos dans son journal.

Le 10 janvier, donc, si Luz doit parler, c'est à elle. Il écoute mon conseil. « Les médias ont fait une montagne de nos dessins alors qu'au regard du monde on est un putain de fanzine, un petit fanzine de lycéen. Ce fanzine est devenu un symbole national et international, mais ce sont des gens qui ont été assassinés, pas la liberté d'expression ! Des gens qui faisaient des petits dessins dans leur coin », lui dit-il.

Le 11 matin, quand l'inconnue me prend à partie, je me pose des questions. Ai-je été de mauvais conseil ? J'ai été attachée de presse pour les éditions du Seuil Jeunesse entre 2003 et 2005. Je répondais à des journalistes, mais pas au sujet d'un attentat. Pour des articles à propos de l'album jeunesse *Coucou Turlututu*… Là je redeviens, sans le choisir et pour mon mari, une sorte d'attachée de presse personnelle, du genre à ne pas répondre au téléphone et à rembarrer les demandes.

Les bus nous déposent en tête du cortège, boulevard Voltaire. Malgré la zone circonscrite par les policiers, je réalise, à la rumeur lointaine, qu'il doit y avoir une foule, immense, derrière nous. On attend longtemps le départ, dans le froid. J'observe avec angoisse les balcons parisiens. Si un sniper voulait « finir le job », ce serait idéal...

Je suis au troisième rang, avec Sarah Constantin. « C'est vraiment la manif la plus nulle de l'Histoire des manifs », me dit-elle en souriant, alors que nous n'avons pas bougé d'un mètre depuis plus d'une heure. Mon mari s'éloigne un peu et va voir qui est derrière. « Y a des dizaines de chefs d'État du monde entier ! me dit-il quelques minutes plus tard. Toutes ces têtes de con, là, si près, et je ne peux pas les dessiner, c'est frustrant. »

« Je pense que vous allez faire des bébés », nous dit, à Sarah et moi, le dessinateur Riad Sattouf. Hein ? C'est quoi cette idée à la con ? « Ben si, y a eu des études éthologiques, sur le comportement des oiseaux en zone volcanique. Ils font plus de bébés oiseaux que les autres oiseaux, de la même espèce, qui n'habitent pas près des volcans. Il est inscrit dans leurs gènes que le danger peut être là, et donc ils se reproduisent. — Pour ça, faudrait déjà baiser, et c'est pas d'actu ! » répond Sarah.

Qu'attend-on pour avancer ? Des rescapés de *Charlie*, au premier rang, pleurent. On attend les officiels. Enfin Manuel Valls et François Hollande viennent les saluer, devant les caméras. Alors qu'Hollande échange quelques mots avec Patrick Pelloux, mon mec se penche vers Catherine Meurisse. Ils pleurent ? Merde…

Ah non, ils pleurent de rire. Une fiente de pigeon a atterri sur le costard du président pendant qu'il parlait à Patrick. Et celui-ci a tenté de l'enlever, dans un absurde geste amical. Une vague de rire secoue la manif. J'entends les gens se répéter l'histoire, d'un rang à l'autre. Est-ce allé jusqu'à République ? Je sors mon téléphone et poste sur Facebook, aux « amis seuls », l'anecdote. Pour dire à nos proches que l'esprit de *Charlie* est là. Malgré tout. Et que tout athées que nous sommes, on s'est dit la même chose : que Charb, Cabu, Tignous, Wolinski, Honoré et compagnie nous avaient envoyé du ciel ce pigeon, pour qu'on sèche deux secondes nos larmes et qu'on rigole un peu dans cette matinée glaciale et terrible de janvier.

Ce que je n'avais pas prévu, c'est qu'une « amie » journaliste prenne une capture d'écran de mon commentaire, la poste sur Twitter dans la minute et que Joann Sfar retweete le truc. Ce que je n'avais pas prévu, c'est que l'après-midi, des dizaines de journaux en ligne en fassent des articles, et que le soir même le « Petit Journal » sur Canal+ repasse la séquence filmée de Hollande, de son épaule souillée, et du fou rire de Luz et de Catherine. Ainsi ma première prise de parole publique c'est celle de « la femme de Luz qui a tweeté sur le pigeon qui a fait caca ». Classe, n'est-ce pas ?

En plus je déteste les pigeons. Pour moi c'est des rats avec des ailes, qui ont souvent des moignons dégueus à la place des pattes. Je fuis les grand-mères qui les nourrissent dans les jardins publics. Bref, je ne suis pas colombophile, et limite colombophobe.

Quand, quelques jours plus tard, des connaissances me disent : « trop bien, ton truc sur le pigeon », je me dis que j'ai vraiment merdé, avec cette publication Facebook. Adressé au cercle proche, c'était drôle et touchant. C'est grotesque et faux quand l'anecdote devient virale car cela simplifie à outrance ce qu'on a vécu le 11 janvier.

Olivier Ertzscheid, professeur au département information et communication à l'université de Nantes, a étudié l'effet Streisand. C'est le grand spécialiste du décryptage des phénomènes viraux, dans les médias et sur les réseaux. Quand je le contacte pour lui parler de mon « effet pigeon », il me répond que mon expression est jolie. Merci. Et que ça fait douze ans qu'il essaie de cerner ce phénomène. Quand même…

Il ajoute que même si personne ne peut prédire ce qui va rendre un phénomène viral, il existe un certain nombre de circonstances qui, lorsqu'elles sont toutes réunies, permettent quand même d'anticiper. Comme dans l'affaire du pigeon.

> D'abord il y a le couplage entre un effet « d'attention » et un effet « d'émotion ». L'émotion c'est bien sûr celle du drame du 7 janvier, et l'attention, c'est

celle que chacun, par média interposé ou non, lui portait. Or on sait que les réseaux sociaux instrumentalisent nos émotions pour générer de l'interaction, du « clic », et que parmi ces émotions, celle en effet qui est en quelque sorte la plus « naturellement virale », c'est le sentiment d'injustice. Depuis les attentats contre les tours jumelles, jamais le sentiment d'injustice n'avait été aussi fort et évident que pour l'attentat contre *Charlie*.

Je ne me souviens pas de beaucoup de blagues, ou de mèmes, sur le 11 septembre 2001. Mais Facebook date de 2004, Twitter de 2006. Beaucoup de gens qui ont relayé l'affaire du pigeon l'ont fait en ajoutant des « LOL » ou des smileys. Et même des « je suis pigeon ». Est-ce comme lorsque l'on a un fou rire pendant un enterrement ? Pas vraiment, me répond Olivier Ertzscheid.

À partir du duo « attention + émotion » s'ajoute une autre circonstance qui est en quelque sorte aggravante pour les phénomènes de viralité et qui est la dimension décalée, inattendue, soudaine, sérendipiteuse d'une situation venant en percuter une autre. Ici le pigeon, le président, et les manifestants. C'est le principe même des bêtisiers ou, bien avant que l'on invente les bêtisiers, du comique de situation. Mais avec la focale attentionnelle et émotionnelle particulière des réseaux sociaux et de leurs architectures

> techniques, cela prend une dimension qui en vient parfois à écraser les autres, en l'occurrence celle de la cérémonie et du deuil, et c'est cela qui est (un peu) nouveau et qui fait la différence avec les fous rires dans les enterrements.

Le chercheur a analysé les quatre principaux ressorts de la viralité. « Le quatrième, me dit-il, a un nom rigolo – la kakonomie – et il pourrait être une partie de la réponse que vous cherchez. » C'est vrai que je trouve ça rigolo. Sa signification l'est un peu moins : elle « caractérise notre préférence pour les interactions – échanges, conversations – de bas niveau et ne nécessitant précisément pas d'approfondissement, de réflexion, ou d'analyse ». J'ai, en gros, un peu contribué à la conversation de comptoir universelle.

Je pourrais me dire que cela a apporté un peu de « légèreté » dans ce contexte dramatique. Qu'il n'y a rien de négatif à l'humour. Sauf que je sens bien qu'il y a quelque chose qui coince, dans ce buzz. Comme si je m'étais naïvement fait piéger par Mark Zuckerberg *himself*. Olivier me le confirme un peu.

> Le rire permet d'entretenir la machine à clic avec un coût cognitif nul. Dès que l'on voit quelque chose qui nous fait rire, comme lorsque l'on voit quelque chose qui nous indigne ou nous met en colère, on a tendance à le repartager de manière quasi automatique, sans vraiment y réfléchir ou sans se poser la

question de l'intérêt de ce partage ou de la véracité de ce que l'on est en train de rediffuser. Et plus les gens cliquent et partagent, et mieux le business model de Facebook (et des autres réseaux sociaux) se porte. Du coup cela explique que chez la plupart des gens, le fil d'info Facebook se divise entre des chats trop mignons qui font des trucs rigolos et des nouvelles du monde qui donnent envie de buter des chats trop mignons tellement tout ça est désespérant.

Le récit du 11 janvier ne tient pas en 140 signes. Et il est un peu plus difficile à narrer.

Les premiers pas de la manifestation. Au départ il y a un silence solennel dans les rangs. On marche tout doucement. Tout le boulevard a été bloqué, pas de voitures, pas de klaxons, pas de passants. Mais une rumeur se fait entendre quand on approche d'une petite rue adjacente, perpendiculaire. Là, la foule, l'immense foule, bloquée par des barrières, est compacte. Et les gens commencent à applaudir, quand le cortège passe devant eux. Un, deux, trois applaudissements d'abord. Puis des dizaines, des centaines.

Au départ je ne comprends pas. Pourquoi les applaudir ? Bravo d'être vivants ? Et moi je ne mérite aucun applaudissement, je ne fais qu'accompagner… Je suis une +1 dans ce cortège. Puis, petit à petit, ce son me transperce le cœur. Tout le monde est un +1. Chaque individu présent dans ces rues est bouleversé. L'impact ne s'est pas arrêté aux proches des victimes ou aux proches des rescapés. C'est un ricochet qui a fait des milliers de ploufs. Car la rue suivante, c'est pareil, celle d'après aussi. À chaque croisement, tous les cinquante mètres, ces vagues de visages émus, ces mains qui applaudissent, nous disent : « On est là. » La marée humaine semble sans fin. Mais combien sont-ils ?

Femmes, hommes, jeunes, vieux, brandissent des pancartes « Je suis Charlie », et des dessins aussi. Un homme tient une pancarte : « liberté égalité humour ». Luz sort du cortège et va vers la barrière pour le serrer dans ses bras. Il crie : « Mais ouais, liberté égalité humour ! Liberté égalité humour ! » Je le prends par le bras, avec Sarah à mes côtés. Les larmes sont séchées, il s'agit à présent de crier, collectivement, cette colère, cette tristesse, et la volonté de résister à cette barbarie au cœur de Paris. Oui il y a du symbole, là, mais pas seulement. Il y a ces centaines de visages croisés, en fait des centaines de milliers. Ces gens qui ne lisaient pas forcément *Charlie*, qui ne font partie de la communauté juive, qui ne sont pas flics, mais qui sont venus, seuls, entre amis, en famille. Pour plein de raisons. Peu importe. Je les ai vus, je les ai entendus. J'ai vu aussi les personnes rescapées du journal, et les personnes endeuillées, recevoir en pleine tronche et en plein cœur cet amour collectif, de la part d'inconnus et d'inconnues. Oui il s'agit d'une forme d'amour. Un amour qui ne panse pas les plaies encore béantes, qui est troublant, qui est beaucoup trop chargé symboliquement, mais qui est là, physiquement, quelques minutes, et qui ne demande rien en retour.

En 2016, quelques semaines après la naissance de notre fille, mon meilleur ami nous offre une peluche en forme de pigeon, ultra-réaliste. On dirait vraiment un vrai (sans moignons fort heureusement). Il fait partie désormais des vingt-sept peluches qui trônent sur son lit, entre un panda géant, Mickey, et l'ours Michka.

Début 2017, j'ai demandé à ma psy comment, quand c'était nécessaire, commencer à parler à notre fille du 7 janvier. J'avais bien vu que pendant la « date anniversaire », on était au bout du rouleau, et que notre fille, même bébé, l'avait ressenti. J'avais bien remarqué aussi que quand on lui lisait son imagier sur les bruits, on prononçait sans problème « le klaxon fait pouet » et « le cheval fait hi-han », mais qu'on zappait, moi comme son père, la page « le pistolet fait pan ». À force de tourner cette page, à force d'occulter tout ce qui nous rappelait la violence ou la mort, on risquait de créer un tabou malsain.

Ma psy m'a conseillé de créer un album photo, qui raconte notre histoire, et la sienne (ma grossesse, sa naissance, etc.). Je l'ai fait. Au premier quart de cet album, après quelques photos de notre mariage, d'un week-end berlinois, d'un baiser au métro Ménilmontant, etc., il y a une photo de mon mari et moi, le 11 janvier. Il a un poing brandi, je lui tiens l'autre bras. Il a les sourcils froncés, j'ai le regard embué. C'est une photo de presse que j'ai récupérée sur Internet.

On regarde, avec ma fille, de temps en temps, cet album. Elle est surtout passionnée par les photos d'elle, bébé, à poil. Mais on s'arrête aussi sur cette photo. Les mots changent, à chaque fois. À 4 ans cela donne ça :

— Et là, tu vois là chérie, c'est papa et moi, dans la rue. On est tristes, et on est en colère.

— Pourquoi vous êtes tristes ?

— Parce que papa a perdu des amis.

— Ah oui ils sont morts.

— Oui.

— Et pourquoi ils sont morts ?

— Ils ont été tués, par des gens méchants.

— Des chasseurs ?

— Non, mais…

— Et y avait un loup ?

— Non plus…

— Mais moi je suis où ?

— T'es pas encore là, mon cœur.

— Et elle est où la photo où on voit mes fesses ?

Un jour peut-être je lui raconterai l'histoire du pigeon. Quand il s'agira de lui expliquer, ado, l'impact de la prise de parole sur les réseaux sociaux, et de lui répéter qu'il ne faut rien publier de trop intime ou de trop important, et qu'elle me regardera avec un air méprisant et condescendant (tellement hâte !). Quand je lui expliquerai ce qu'est la kakonomie. Quand je lui dirai qu'on peut vivre un moment symbolique sans brandir d'étendard. Qu'on peut privilégier l'humour sans tout transformer en LOL.

Ce jour-là je n'oublierai pas de lui parler des gens des rues adjacentes du boulevard Voltaire. Et de cet amour géant.

Bonnie and Clyde

Il y a les lettres que l'on écrit pour donner des nouvelles. Celles que l'on écrit pour en prendre, pour exprimer ses sentiments amicaux, filiaux, ou amoureux. Ou pour régler des comptes. Et il y a des lettres que l'on n'envoie pas. Mais que l'on retrouve planquées dans son ordinateur. Dossier « personnel ».

26 janvier 2015
Lettre non envoyée

J'avais commencé à t'écrire. Tous les jours. Et puis les moments d'écriture se sont espacés : pas de temps libre, pas d'ordinateur à disposition, pas l'énergie nécessaire ne serait-ce que pour faire des sujet-verbe-complément.

J'avais aussi l'impression que je ne pouvais pas écrire l'indicible. Que chaque mot allait sonner creux. Or tu le sais j'aime les mots qui résonnent, qui tintent, qui font du bruit, comme nos rires. Donc j'ai effacé tous les premiers mots. Peut-être arriverai-je un jour à t'écrire les mots d'après ? En tout cas les mots du pendant sont trop douloureux.

Je suis obsédée depuis quelques jours par une pensée. Comment va-t-on garder cette légèreté, ce n'importe quoi, cette curiosité qui sont les nôtres ? Comment allons-nous réussir à autant rire ensemble ? Comment est-ce possible après tout cela ?

Hier soir, j'ai bu des verres avec Anne, à Ménilmontant. Elle est rentrée chez elle vers 23 heures. Mais moi, au lieu de rentrer chez moi, je suis allée à la Féline. Je me suis retrouvée, seule, au milieu de gens bourrés et joyeux. Déconnectée. À part. C'est comme si on m'avait téléportée dans ce bar, et que je pouvais observer ces gens, mais qu'eux ne me voyaient pas. Je ne suis pourtant pas une extraterrestre, à la Féline. Pat, le patron, m'a saluée. Il m'a ensuite fait un gros *hug*, du genre *hug* de compète, un gros câlin avec ses gros bras tatoués. Tu sais comme il est baraqué, donc ça m'a fait du bien. Il m'a dit : « On pense à vous, tu sais, poulette, on est là. » J'ai failli pleurer. Puis il m'a offert une bière. Je suis restée près du comptoir, cette bière à la main. Je ne comprenais pas ce que je faisais là. Je n'étais pas venue pour m'amuser. Je n'avais pas envie de parler. Ni de boire. Alors ? Qu'est-ce que je faisais là ? J'observais les gens comme une entomologiste observerait des insectes. Ils étaient tellement insouciants. Pour eux, rien n'avait changé. J'ai quitté le bar comme j'étais venue. Sans un mot. Avec un visage impassible. En sortant, j'ai compris. J'ai compris ce que j'étais venue chercher : toi. Toi avant. Avant le 7.

Le 28 décembre 2013, après t'avoir interviewé, je t'avais emmené à la Féline, mon QG. Je crois que je voulais te prouver que j'étais rock, comme meuf. Haha. On avait beaucoup ri et on avait dansé ensemble. Notamment sur « I'm A Man » des Black Strobe. T'avais mal au genou mais tu avais quand même dansé. Au comptoir, alors que je commandais d'autres bières, un mec relou m'avait lourdement draguée. Je lui avais dit que tu étais mon mec, tu t'en souviens ? Pas très féministe comme réaction, mais efficace. On s'était quittés plus tard, en se faisant chastement la bise, mais en étant certains, l'un comme l'autre, que bientôt nous allions nous embrasser. C'est ça, c'est ce « nous »-là que j'ai cherché à la Féline hier soir. Le nous de tout est possible, le nous de « on encule la Terre », notre slogan si élégant, le nous de tout est drôle et érotique et foufou dans la vie. Le nous qui danse, qui sue, qui boit, qui fume, qui rit, au milieu des sons de guitare qui sentent la testostérone, des mecs qui portent du cuir et des filles aux jupes trop courtes et aux bouches trop rouges, et des individus au genre non identifié.

Je t'écris ces mots, mais je ne vais pas te les faire lire. Pas tout de suite. Trop peur de te faire souffrir. De créer une nostalgie du passé pourtant si proche. De te faire porter sur les épaules le poids du drame, et de ses conséquences. Tu ne peux plus venir à la Féline avec moi, avec les flics. Quoique, je suis sûre que Pat les accueillerait comme il faut ! Mais j'espère qu'on retrouvera un jour notre folie douce et notre humour, mon amour. Qu'on arrivera à être insouciants, encore, un peu. À ne plus avoir peur. À ne plus être aussi tristes. À imaginer un avenir drôle et cul. À ne pas vivre les sourcils froncés. Je t'aime.

Trois ans plus tard. Le 14 juin 2018.

La Féline a fermé. Je suis à côté de mon mari. Non pas dans un bar sombre et bruyant qui sent la bière. Mais dans une petite pièce calme, grise et blanche, aux rideaux gris foncé. Nous sommes assis sur un canapé bleu. Une odeur de bougie parfumée plane dans l'air. Ce doit être senteur figuier ou un truc de ce genre. En face de nous, une table basse avec deux verres d'eau pleins et un distributeur de mouchoirs en papier. Derrière cette table basse, une femme, la quarantaine, habillée d'une robe à fleurs longue et sombre, assise dans un fauteuil. Elle prend des notes. C'est notre thérapeute de couple.

Quelques semaines auparavant, j'ai pété un plomb. Enfin pas vraiment. Je me suis plutôt emmurée dans le silence, ce qui est pire. Je ne supporte plus l'exil, je ne supporte plus d'être aussi loin de Paris. Je refuse sans arrêt des propositions de travail à cause de la distance. Les discussions drôles, animées, joyeuses et politiques avec mes amis me manquent. Je loupe les anniversaires, les naissances et les deuils des gens qui me sont proches.

Je suis arrivée au bout du sacrifice amoureux. Je n'en peux plus de vivre isolée, coincée entre mon mari et ma fille. J'étouffe. Je veux respirer, me barrer. J'ai ce poids sur la poitrine. J'ai envie de hurler. Je suis en colère contre tout : le destin, les gens, mon mec, et moi. À chaque cours de yoga j'essaie d'évacuer cette colère, mais ça ne marche pas.

— Placez une intention pour cette pratique avant notre première salutation au soleil, me dit la prof.

— J'en ai ras le cul j'en ai ras le cul j'en ai ras le cul, me dis-je avant de poser mes mains en prière sur mon plexus solaire.

Je suis épuisée psychiquement par ces multiples déménagements, par l'équilibre si précaire de notre vie. J'ai envie de pleurer au réveil. J'ai envie d'insulter sur Facebook mes « amies » journalistes, devenues féministes depuis six mois quand elles ont compris que c'était plus tendance que la haute couture, qui participent à de chouettes conférences, et qui après se plaignent d'être en burn-out total, parce que « tu comprends je n'a-rrête-pas » ! J'ai envie de répondre, blasée, « ouais, génial », quand mon mari me montre ses nouveaux dessins. J'ai envie de le frapper quand il dit à des amis communs qu'« *on* est heureux d'avoir quitté Paris ».

Moi, Paris me manque terriblement. Je fantasme la ville comme on fantasme quelqu'un qu'on a aimé, dont on a été séparé précipitamment, mais dont on est toujours un peu amoureux, car on n'a pas eu le temps de vivre le désamour. Tout ne me manque pas, dans la ville.

Je ne pleure pas le soir en pensant à l'odeur dégueue, mélange de caoutchouc brûlé et d'urine, de la ligne 4. Ce qui me manque, c'est le sentiment de liberté, l'énergie joyeuse, les rencontres improbables. J'y vais régulièrement pour le travail, mais à chaque fois que je prends le taxi de retour qui me mène à l'aéroport, j'ai la gorge serrée. Comme dans les films, je colle mon visage contre la vitre, et je regarde avec chagrin chaque graffiti hyper moche du périph. Quand j'arrive dans ma nouvelle ville et que j'entends, dans la file d'attente qui mène aux taxis, des gens parler cette autre langue que la mienne, j'ai envie de pleurer. Ce qui est particulièrement complexe, c'est que l'exil n'a pas le même effet sur moi que sur mon mari. Lui se reconstruit en grande partie grâce à cette distance. L'exil est son salut, il est ma souffrance. On est dans une situation bien tordue : ce qui répare la victime directe porte préjudice à la victime par ricochet.

Je n'ai plus du tout envie de lui faire l'amour. Ni de rentrer chez moi le soir. Partir. Claquer la porte. Faire ma valise. C'est ce que j'ai envie de faire. C'est ce qu'avant, j'aurais fait. Ça a toujours été ma stratégie de défense face à l'adversité : me barrer en courant. Mais là je ne peux pas. Je l'aime. Et on a un enfant. Deux bonnes raisons pour ne pas remplir cette valise qui pourtant me fait grave de l'œil, à chaque fois que j'ouvre mon placard.

Pour avoir suivi une formation de sexothérapeute, je sais à quel point la thérapie de couple peut, en créant un espace de parole analytique libre et apaisé, sauver le couple. À condition qu'on n'y aille pas « trop tard ». À condition qu'il n'y ait pas encore de désamour. Je prends rendez-vous.

Dans ce cabinet silencieux, la thérapeute note des choses sur son carnet. On se présente. Elle pose la question de base : « Qu'est-ce qui vous amène ici ? » C'est la troisième fois que je suis en face d'une nouvelle thérapeute, depuis 2015. Pour mon mari c'est la quatrième. On l'a vécu à chaque fois séparément, c'étaient des thérapies individuelles, mais il s'est systématiquement passé la même chose. Tout d'abord on se présente, et on raconte rapidement notre vécu : « en fait mon mari bossait pour *Charlie*, il a échappé à l'attentat du 7 », ou « en fait j'étais dessinateur pour *Charlie Hebdo*, je suis arrivé en retard au bureau le 7 janvier ». Et là, le ou la thérapeute arrête tout d'un coup la prise de notes, fait une mini-pause, puis lève vers nous un visage qui dit : « whaaaat ? ». C'est débile mais leur stupéfaction nous amuse un peu. Dans la vraie vie, on ne dit jamais, absolument jamais à des inconnus qui on est, et quelle est notre histoire. On se sent, face aux psys, comme des gamins qui ont enfin le droit de faire une bonne « blague », alors que jusqu'ici ils étaient obligés de rester silencieux. Même si c'est plus tragique que drôle. Vous pensiez que je venais vous voir parce que je suis un peu déprimos, que ma mère me soûle, que je tombe que sur des pervers(es) narcissiques, et que vraiment mon boss est un con ? Bim. Attentat de janvier 2015. Ça vous en bouche un coin, non ?

Il y a des variantes, tout de même, dans les réactions : une thérapeute de Luz, lors de la première séance, a… pleuré. Il ne l'a plus jamais revue. Celle-ci, celle qu'on voit ensemble, nous demande à la fin de la séance si elle peut, en toute confidentialité, en parler à son superviseur, c'est-à-dire le psy à qui elle parle de ses patients, quand elle en a besoin. « Bien sûr, allez-y, on comprend, c'est pas simple », lui répond-on.

Ce qui nous amène ici, donc, principalement, c'est ma colère sourde. Qui ne peut pas être dite. « Attends, mais ton mari est vivant, tu devrais être heureuse », m'a répondu un ami à qui j'en parlais. C'est comme s'il m'avait foutu une énorme claque. Mais pas la claque qui réveille d'un état catatonique. Celle qui brûle, longtemps. Oui. Je devrais être heureuse. Je ne devrais pas me plaindre. Est-ce qu'une femme qui accompagne son mari sous chimio a le droit de se plaindre du fait qu'il ne ramasse pas ses chaussettes sales ? Est-ce que j'ai le droit d'être en colère alors que je ne suis pas veuve ? Et d'ailleurs, pourquoi cette colère contre lui, alors qu'il n'y est absolument pour rien, dans ce qui nous est arrivé, et qu'il en est la première victime ? Pourquoi cette colère alors qu'il fait preuve, lui, d'une résilience incroyable, et qu'il fait tout pour que je ne porte pas sur mes épaules ses angoisses, ses peurs, ses deuils ? Alors que l'on a une fille merveilleuse, que l'on rit souvent (moins ces derniers temps, certes), que l'on a un toit, un frigo plein, et des projets créatifs. Quel genre d'égocentrique suis-je ? C'est ce que je raconte, entre deux sanglots, à cette psy. Et cela me fait du bien.

La psy de couple nous explique, au bout de deux heures, avec une voix douce de psy, qu'en gros, on doit faire le deuil du couple d'avant le 7 janvier 2015. Mais qu'il faut aussi s'éloigner du couple « post-attentat », en créer un autre. Avec notre fille, avec notre vie loin de Paris, avec notre vécu particulier.

— Si vous deviez mettre une image sur votre couple de 2014, quelle serait-elle ?

— Bonnie and Clyde, dis-je sans hésiter.

L'affiche du film avec Warren Beatty et Faye Dunaway. « Ils sont jeunes… ils s'aiment… ils vivent dangereusement… » est-il écrit dessus. Quand mon mec m'a rencontrée, elle était accrochée au-dessus de mon lit. On n'était pas dangereux, on n'était pas poursuivis par les flics, on n'enviait pas leur fin tragique, mais on était un peu un duo de choc et de charme.

Le 7 janvier, on était ensemble depuis un an pile. Un an seulement. Un an de folie amoureuse. On faisait des reportages en commun, lui pour *Charlie*, moi pour *L'Obs*. Dans des bordels au Nevada, dans des clubs BDSM de Berlin, dans des clubs drags de Londres, dans des festivals pornos féministes. On était libres. On ne s'était pas « juste » rencontrés avec l'envie d'aller au ciné le samedi soir, de bruncher le dimanche midi, et un jour de faire un enfant. On s'était rencontrés amoureusement, érotiquement, et journalistiquement. On avait commencé à parcourir le monde, lui avec ses dessins, moi avec mes mots, à la recherche d'univers interlopes, culs, féministes, drôles, engagés, absurdes et magnifiques. Il me soutenait dans tous mes projets, qui commençaient tout juste à acquérir une petite notoriété. Il était déjà très féministe, mais je l'encourageais à intégrer des questions liées au genre, dans ses dessins. Un soir d'avril 2014, je lui avais offert son premier sex toy prostatique et l'avais demandé en mariage. On s'était mariés deux fois. À Paris, avec seulement quatre témoins, dont Charb. Puis à Las Vegas, avec le meilleur prêtre Elvis Presley de toute la ville. Il y avait parfois des tensions bien sûr, des trucs de couple. Normal. Mais sinon c'était une histoire folle. On avait chacun notre appartement, chacun une vie professionnelle et amicale très intense, mais quand on se retrouvait, on était là, vraiment, l'un pour l'autre. On organisait des soirées déguisées juste pour nous deux. Avec comme thème : Houston 1962. Los Angeles 1940. Nimp. Habituée aux quadras parisiens distants et overbookés, j'étais bouleversée par son engagement amoureux.

— Et à présent, si une image devait symboliser votre couple d'aujourd'hui ? me demande la psy.

— Le canapé. Sous l'affiche.

Il n'est pas nul ce canapé. C'est un canapé rouge en faux cuir, Ikea, que je trimballe aussi depuis des années. Il en a vu passer, des paires de fesses, celui-là. Mais voilà. Nous sommes assis sur ce canapé, tous les deux et parfois tous les trois quand un petit être humain – notre fille – se glisse entre nous. Nous sommes côte à côte, immobiles. Ce n'est pas inconfortable, mais on a l'air un peu cons, coincés sur ce canapé rouge. Et moi je fixe la porte d'entrée, située à l'autre bout du salon. Une petite voix me dit : « Fuis, meuf, fuis. » Une autre me dit : « Vraiment ? Après tout ce qui vous avez traversé, c'est maintenant que tu baisses les bras ? »

Pour lui, l'image « première » de notre couple, c'est aussi cette affiche. L'image d'aujourd'hui, c'est notre jardinière. Bordélique, avec certes des jolies fleurs qui poussent et un joli moulin à vent multicolore, mais aussi quelques plantes trop arrosées, et d'autres trop desséchées. « Tu sais que tu ne jardines jamais, c'est moi qui m'en occupe ? » lui dis-je. Oui, il assume, mais il l'aime beaucoup quand même. « En fait on est passés d'un superbe film hollywoodien, sur un couple glamour, à une émission de M6 "Maison et jardin", c'est ça ? » demandé-je à notre psy.

Nous vivons pourtant la même chose. À la fois le sentiment de perte de liberté et de légèreté, la peur de l'étouffement et de l'amour qui s'atrophie, mais aussi l'envie de nous voir nous épanouir l'un et l'autre.

Lors des six séances de thérapie, il a été question de désir, de représentations, de parentalité, d'admiration, de famille, et de proches. Comme pour n'importe quel couple. Il a aussi été question de deuils, de sacrifices, d'honnêteté et de vérité. J'ai pu apaiser ma colère car elle a trouvé un écho : la sienne. On a appris à mieux se parler de tout ça, sans vouloir absolument protéger l'autre de nos émotions.

Lors de la dernière séance, la psy nous demande quelle est à présent l'image de notre couple.

Je parle d'un trois-mâts, sur l'océan. D'un voilier qui cherche un port, qui a affronté des tempêtes, et qui va continuer à en affronter, mais qui est solide, et beau. Je suis assez fière de mon image lyrique et amoureuse.

— Et vous, monsieur, votre image ?

— Une banane.

— Pardon ?

— Ben une banane. Je sais pas pourquoi, c'est l'image que j'ai, je suis désolé.

Et moi qui m'inquiétais à l'idée que nous ayons perdu notre folie douce et notre humour…

Pin-pon

En 1980, le neurologue américain Richard Cytowic est invité à dîner chez un ami. Celui-ci sert le plat, le goûte, puis s'excuse du fait que « le poulet n'est pas assez pointu ». Il associe une forme géométrique simple – une image visuelle – au goût. C'est ainsi que le scientifique a découvert les synesthésies, et a approfondi les recherches existantes sur le sujet.

Il existe plusieurs formes de synesthésies : voir des sons, goûter des couleurs mais la plus fréquente est l'association de couleurs à des lettres ou des chiffres, on les appelle les synesthésies graphème-couleur. C'est une condition neurologique, en grande partie génétique, qui toucherait entre 4 % et 20 % de la population. J'ai une amie synesthète : pour elle décembre égale marron, janvier égale beige, juillet égale rose, etc. Les lettres, pour elle, ont aussi des personnalités. Le N est sympathique, le R est sournois. Kandinsky, lui, peignait de la musique.

J'aimerais être synesthète. Cela me fascine et m'intrigue. Mais ce qui se passe dans mon cerveau après les attentats est un peu plus basique : c'est de l'ordre de l'association d'idées. Bruit d'ambulance ou de voiture de police égale image de Luz assassiné.

Ça y est, j'ai posé l'ambiance. On est bien dans mon cerveau post-2015, n'est-ce pas ? Installez-vous, mettez-vous à l'aise.

Si je suis à ses côtés, je n'y pense pas. Mais il suffit qu'il se soit éloigné, de cinq cents mètres ou de plusieurs kilomètres, quelques minutes ou quelques heures, pour que le bruit des sirènes me mette en panique. Je lui envoie alors un SMS : « tu vas bien ? » Cela fait beaucoup, beaucoup de messages les premiers mois post-trauma. Et cela fait beaucoup, beaucoup de panique. Car s'il ne me répond pas tout de suite commence alors le scénario infernal. Le scénario infernal, c'est le film que je me passe alors.

> *Il a été attaqué. Il est mort. Donc, je dois réagir. Bon, d'abord, on me l'apprend. Je pleure. Je hurle. Puis j'appelle une amie pour qu'elle vienne chercher ma fille à l'école. Il est quelle heure, là ? 14 h 15, ok c'est dans deux heures. Il faut aussi que j'appelle ma sœur. Et si ma mère part de chez elle pour venir, maintenant, elle peut être là le soir pour s'occuper de notre fille. Il faut que j'appelle ses parents. Et si les médias décident de me harceler, faut que je m'isole aussi, non ? Et les flics, où sont-ils ? Il faut que j'aille à l'hôtel. Je vais faire un sac pour l'hôtel. Non, je peux pas aller à l'hôtel comme ça, toute seule.*

Sauf si ma sœur est là. Et notre fille ? Qu'est-ce que je vais dire à notre fille ? Elle a perdu son père… J'ai perdu mon amour.

C'est à ce moment-là du film que, les larmes aux yeux, je me mets deux trois claques, et je me reprends. C'est aussi souvent à ce moment-là que je reçois un texto qui me dit : « Ouais nickel, dis, je fais une quiche ou une pizza ce soir ? » Je ne suis pas folle, et je ne suis pas masochiste. Ce que je vis fait partie des troubles de stress post-traumatiques. Une psy à qui j'en ai parlé, car ces « films » me faisaient trop souffrir et me prenaient une énergie psychique folle, m'a décrit cela comme des « fantasmes morbides ». En gros, je prépare mon cerveau à se protéger du pire. En listant toutes « les choses à faire », de façon imaginaire, je dis à mon cerveau en panique : calme-toi, je gère. Ce qui est faux, bien sûr. Mais je l'apaise un peu. Je lui prends la main et je lui dis : on ne va pas craquer. On ne va pas devenir totalement fous. De douleur.

Les scénarios infernaux étaient quasi quotidiens les deux premières années, désormais cela m'arrive environ une fois tous les six mois.

Ce qui ne change pas, cependant, c'est le rapport paranoïaque au son des sirènes. On peut facilement en identifier la source : j'étais entourée d'ambulances et de voitures de police, dans la rue Nicolas-Appert. Là où j'ai vu des brancards passer devant moi. Quand j'entends un pin-pon, je ne me dis pas, comme avant, avec distance : « tiens y a le feu quelque part », « merde c'est sûrement un accident », ou bien encore « il pleut, y a une vieille dame qui a dû se casser la gueule en glissant sur un trottoir ». Le pin-pon est désormais associé, dans mon cerveau, à jamais, à la possibilité de la mort de l'homme que j'aime. De la perte de l'homme de ma vie et de…

Pin-pon bis

Stop. J'ai fermé mon ordinateur d'un geste brusque. Fumé quatre cigarettes. Checké sur téléphone mon fil Facebook puis mon fil Instagram. Au cas où un truc sensible, intelligent ou drôle puisse me divertir. Au sens pascalien du divertissement : l'activité qui permet de fuir la mortalité de l'existence. Puis je me suis dit qu'il fallait bien reprendre l'écriture.

J'ai mis trois semaines, parce que je sais où je me suis arrêtée. À ce chapitre. Et qu'il est très compliqué.

Bon. Reprenons.

Il y a un autre son que je ne supporte plus. Celui des armes. Le baaam, ou le tac-tac-tac-tac. J'ai peut-être intégré, inconsciemment, ceux qu'a entendus mon mec lorsque les terroristes ont tiré en l'air en sortant des locaux de *Charlie Hebdo*. Comme une espèce de traumatisme par ricochet ? Ou bien est-ce le son que j'ai entendu dans les quelques vidéos filmant ces mêmes tirs ?

Ce son me glace le sang, fige mes gestes et mon attention. Mais il est moins problématique que les sirènes de pompiers, dans la vie. Je n'ai pas de voisin armé qui s'entraîne sur une cible dans son jardin, ni de voisins chasseurs qui font mumuse, dans la forêt, le week-end, en tirant sur des bêtes. Une fois ça a posé problème. Le 31 décembre 2015.

Il y a parfois, les soirs de Saint-Sylvestre, des pétards lancés dans les rues. Je sais qu'on va mal le vivre, alors quelques semaines auparavant, je réserve une nuit d'hôtel, dans un petit village historique, au calme, pour le 31. Excellente idée, non ?

Non. L'hôtel est situé à quinze mètres d'un charmant château médiéval. Château qui a décidé de programmer ce soir-là un immense feu d'artifice. Aux premières loges, quelle chance ! Entre 23 heures et 1 heure du matin, ça pétarade. Le feu d'artifice du 14 Juillet, à côté, ce n'est rien. Là tous les quarts de seconde, il y a une explosion, des tac-tac-tac-tac. Mais aussi des pfiouuuuu-paaam et des touc-touc-touc-kaboum.

Nous cachant mutuellement notre angoisse, on tente de se distraire en regardant une rediffusion de sketchs de Mr Bean. « C'est le pire 31 de ma vie », dis-je. Il le prend mal. Il le vit comme un reproche, alors que je suis simplement factuelle : on est épuisés, les nerfs à vif, avec un nouveau-né de quelques semaines qui a des croûtes de lait jaunâtres entre ses deux sourcils, seuls, dans une chambre d'hôtel qui semble attaquée de toute part. On s'engueule. Plus tard, prostrée dans le lit, avec toujours en fond sonore les explosions assourdissantes, je sens près de moi son corps trembler, par intermittence. Va-t-il péter un plomb, devenir fou ? Je regarde notre fille qui dort paisiblement dans son lit de bébé. Ses parents sont pétrifiés, dans le leur, les yeux grands ouverts, l'un tremblant de tout son corps, l'autre en position fœtale. Et surtout bonne année, chérie !

Une autre nuit, en février 2015, alors que je n'étais pas encore enceinte, nous jouions déjà aux gisants de la basilique Saint-Denis, dans un lit de chambre d'hôtel.

J'avais réservé, plusieurs mois auparavant, un aller-retour, pour deux, pour la Thaïlande. C'est la quatrième fois que je m'y rends. Les vacances en amoureux ont failli être annulées en janvier. Question d'envie, et de sécurité, surtout. Mais finalement, ce 5 février, nous sommes bien à Bangkok. Accueillis, à l'aéroport, par des flics français en civil. Leur travail, d'habitude, c'est de choper les petits délinquants français qui viennent en Thaïlande pour se faire oublier, mais qui finissent toujours par trafiquer des trucs. « Quand on les attrape et qu'on les laisse trois jours dans une prison thaïe, ils font beaucoup moins les caïds. Ils pleurent pour voir leur mère et pour nous parler ! » nous expliquent-ils. On ne reverra pas ces deux flics du séjour, par contre, sur l'île, dans le bungalow à côté du nôtre, il y aura deux hommes thaïlandais. Partageant la même chambre. « Soit ils sont gays, soit c'est les services secrets thaïs », se dit-on. Non seulement on n'entend rien, le soir, mais surtout quand on les verra le lendemain nous photographier sans aucune discrétion, alors qu'on sort de l'eau, sur la plage, on optera pour la deuxième hypothèse.

Bruyante, surpeuplée, et polluée, Bangkok nous oppresse un peu. Le premier soir, on reste à l'hôtel. Je suis heureuse d'être loin de Paris, et dans cet environnement moite et chaud que j'aime tant, mais aussi inquiète : Luz semble absent. Et là, j'ai une idée de génie : regarder un film sur mon ordinateur, *La Nuit nous appartient*. Je l'ai vu au cinéma en 2007, et je garde un bon souvenir des scènes de clubbing, du jeu d'Eva Mendes et de la jolie gueule de Joaquin Phoenix. J'avais oublié toutes les scènes, nombreuses et ultra violentes, de fusillades, de massacres à l'arme automatique, de sang qui éclabousse les murs et de corps qui tombent. Les tac-tac-tac du film me crispent. Je m'en veux de lui montrer ce film. « Je suis désolée, c'est hyper violent. Ça va ? » Il me répond que oui. Il a l'air sincère.

Mais ensuite, ça ne va pas. Il ne dit plus rien, il se ferme totalement, il me fuit, pendant plus d'une heure. Dans une chambre de 12 m^2, ça se voit. Note pour plus tard : remater un film, et checker sa violence, avant de le lui montrer.

— Tu me dirais si ça n'allait pas, hein ? insisté-je.

— Ouais, mais c'est bon, arrête…

Son ton est froid et agressif.

— Arrête ? Arrête quoi, de m'inquiéter de ta santé mentale ? De ton bien-être ? T'es sérieux ? Regarde, t'es tout blotti dans un coin de la chambre, là, on dirait

Rain Man, et moi je dois faire comme si c'était cool ? On est au bout du monde, si tu pètes un plomb je suis toute seule. Je fais quoi, j'appelle qui ? Les deux flics qu'on a rencontrés ? T'as le droit de pas vouloir me parler, mais j'ai aussi le droit de m'inquiéter, non ? Tu crois que c'est facile pour moi ? On doit passer dix jours ensemble, si tu ne vas pas bien, et c'est normal, tu dois m'en parler un minimum, sinon je suis démunie. Il est horrible ce film, on n'aurait pas dû le regarder, mais tu ne me parles pas comme ça, pas à moi, pas après ce qu'on a traversé.

Le ton monte. Je quitte la chambre pour le bar de l'hôtel. À mon retour, je le retrouve, dans le lit, endormi. Je me blottis contre lui. Le lendemain, il m'avouera avoir passé le reste de la nuit accroupi sur le balcon, alors que je dormais, à surveiller si quelqu'un allait nous tirer dessus ou pas. C'est un effet du stress post-traumatique, ça s'appelle de l'hypervigilance. La nuit ne nous appartient plus…

Nos choix cinématographiques non plus. Un soir de mai 2015, on monte un stratagème pour échapper à la protection policière, se faufiler hors de chez nous, et aller au cinéma. On décide d'aller voir *Mad Max: Fury Road*, parce que j'ai entendu dire que c'était un film assez féministe. Bullshit, c'est surtout un film avec des grosses bagnoles et des gros flingues. On aurait dû s'en douter… Nous sortons de la séance complètement sonnés. Pas par les images, mais par le bruit des détonations en dolby stéréo. Insupportable.

C'est l'irruption brutale, sonore ou visuelle, de l'ultra-violence, qui pose problème. On peut revoir sans aucun problème l'ensemble de la série *Les Sopranos*, qui est quand même une histoire de mafiosos à la gâchette facile. Mais Luz sursaute et pleure quand il y a une prise d'otages et des coups de feu, dans l'épisode 4 de la saison 19 des *Simpson*. Logique quand on sait qu'avec Charb, c'était leur série préférée. Ils en parlaient tout le temps.

Je suis devenue, depuis 2015, ultra-réticente à l'hémoglobine facile, gratuite, comme au viol facile. Mais oui, vous la connaissez cette « minute viol ». Ces séries, ces films ou téléfilms policiers dans lesquels une jeune fille courtement vêtue et un peu ivre va forcément être violée dans une impasse sombre en sortant de soirée. Le truc n'apporte rien à la narration. On s'en fout du prénom de la fille et de son histoire. Ça sert juste à montrer que dans l'histoire y a un méchant qui rôde, ouh là là. Mais c'est étonnant, ce méchant dépouille rarement le portefeuille d'un gars qui sort de boîte de nuit. On lui préfère la fesse dénudée. On sait qu'en 2018, 91 % des victimes de viol en France connaissaient leur agresseur et 45 % des agresseurs étaient des conjoints ou ex-conjoints. Mais l'inconnu à la cagoule et le collant déchiré, c'est plus « télégénique ». Pourquoi je parle de viol ici ? Parce que cette surreprésentation « sexy-drama » de l'agression sexuelle, à la télé ou au cinéma, je me la suis prise en pleine gueule suite au viol dont j'ai été victime en 2012, à New York. Je ne la voyais pas, avant. Comme je ne me rendais pas compte du nombre fou de fusillades dans la fiction américaine avant janvier 2015. À présent je ne vois que cela.

Donc, pour les films et les séries, il y a désormais des critères : « De préférence sans trop de scènes avec des armes, sans terroristes, sans trop de scènes de viol, merci. » Un soir, alors qu'on a commencé sur Netflix une nouvelle série, on se rend compte qu'il est question de djihad, et on ferme l'ordinateur, dépités. Est-ce qu'on est condamnés à regarder *Louis la Brocante* toute notre vie ?

Heureusement nous serons sauvés, par un homme noir de 59 ans, 1,93 m, 2,10 m sur talons, portant mieux que quiconque sur terre les perruques blondes.

Il s'agit de RuPaul Charles. Drag queen, comédien, et personnalité de la télévision américaine, il a créé en 2009 le *RuPaul's Drag Race*, une émission de télé-réalité. Avec un jury il sélectionne, parmi onze candidates, la « prochaine superstar américaine du drag ».

Quand nous découvrons l'émission, nous devenons immédiatement addicts. Elle nous fait rire, nous fait pleurer, et nous tient en haleine. Car derrière les paillettes et le fond de teint, le show raconte le parcours de personnes qui ont parfois dû cacher leur orientation sexuelle, qui ont été victimes de harcèlement, qui ont traversé mille épreuves, et qui désormais sont devenues des personnalités publiques à la fois belles, drôles, fières, et extravagantes. Alors que nous sommes loin d'être des gays américains victimes de discrimination, nous nous identifions à certaines queens de *RuPaul's Drag Race*.

Parce que depuis 2015, nous devons tout le temps être discrets, et très souvent cacher notre identité. Non pas qu'avant nous nous baladions dans les rues de Paris en *voguant* en robes lamées et avec des immenses faux cils. Mais nous étions plutôt fiers de ce que nous faisions : journaliste cul, dessinateur d'actu. Et il y avait régulièrement du strass, de l'extravagance dans nos vies.

Aujourd'hui nous devons tout faire pour ne pas être remarqués. La condition pour vivre en paix et en sécurité. Nous passons notre temps à mentir autour de nous. « Vous faites quoi dans la vie, toi et ton mari ? » me demande-t-on lors d'un goûter d'anniversaire. « Oh ben on bosse dans, pfff, la culture tout ça, dis-je avant de me tourner et de me précipiter au buffet. Oh du jus de grenade, j'adore ça ! »

Au départ je me dis que ces mensonges ne sont pas importants : après tout, pourquoi raconter sa vie professionnelle à des inconnus ? Mais ils me pèsent et se répètent à chaque occasion sociale. Car plutôt que de mentir, et prendre le risque de dire n'importe quoi, ou de se griller, on préfère rester silencieux. Après plusieurs goûters, brunchs, apéros globalement catastrophiques, je prends la décision de décliner certaines invitations. Notre vie amicale sera toujours entravée par ce contexte. Le prix de la discrétion, c'est une forme d'isolement.

Les drag queens de l'émission de RuPaul nous rappellent que cette obligation de discrétion est injuste. Qu'il faudrait parfois marcher dans la vie comme si c'était une scène, ou un *catwalk*. Que parler de notre travail créatif, rire trop fort, dire trop de grossièretés, porter des tenues cheloues, *bitcher* ouvertement sur les cons, c'est important…

Alors oui, il relit Dostoïevski régulièrement, j'écoute « Les Chemins de la philosophie » sur France Culture tous les matins, mais c'est un show américain hyper produit, hyper écrit, hyper business qui nous console et qui nous élève ! Je ne suis pas la seule à voir des réponses métaphysiques, et pas uniquement du discours « développement personnel », chez RuPaul. Le philosophe Richard Mèmeteau[1] a analysé le rapport entre la queen des queens, et Foucault.

> « Ne me demandez pas qui je suis, écrivait [Foucault] dans l'introduction de *L'Archéologie du savoir*, et ne me dites pas de rester le même, c'est une morale d'état civil ; elle régit nos papiers. Qu'elle nous laisse libres quand il s'agit d'écrire. » Pour moi, ça a toujours sonné comme une phrase de *drag-queen* qui se prépare en coulisses, s'apprête à enfiler sa perruque, ses

1. *Sex friends : comment (bien) rater sa vie amoureuse à l'ère numérique*, Richard Mèmeteau, Zones, 2019.

faux cils, ses faux ongles et à s'inventer une nouvelle vie (…) RuPaul évoque l'identité comme s'il s'agissait d'un costume dans la plus pure tradition baroque, un costume recouvrant un soi ancestral et cosmique. Car sa définition de l'identité articule subjectivité et impersonnalité. « *You're born naked and the rest is drag* », « Tu es né nu et le reste n'est que travestissement ». Si on peut y lire une version pop de Foucault, c'est parce que la sagesse rose bonbon de RuPaul est née à la même source que l'idée de techniques de soi : dans la culture gay des années 1970. Là où Foucault critique et analyse, n'importe quel gourou prescrit et domine. Ce n'est pas une différence si profonde. L'un est philosophe, l'autre est une artiste, porte des perruques et danse mieux.

Foucault avec une perruque, des talons aiguilles, *Mad Max*, la Thaïlande, les bruits de mitraillette, le château médiéval, les pompiers… C'est ce qu'on appelle l'esprit d'escalier, n'est-ce pas ? À propos d'escalier, il y a une marche sur laquelle je bute sans arrêt, depuis le début de l'écriture de ce livre : c'est la notion de « fantasme morbide » évoquée par une ex-psy. Il y a comme la présomption que je prendrais une forme de plaisir à me faire ces films. Ce qui n'est pas le cas. L'expression me dérange. L'association des deux termes est étrange, non ? Le fantasme, le rêve, l'envie. Et la mort. Éros et Thanatos.

Les trois premières années après l'attentat, j'ai été jusqu'à imaginer… l'enterrement de mon mari. Question morbidité, on peut difficilement faire mieux, n'est-ce pas ? Le « film » en question était très précis : en fait c'était l'enterrement de Charb, que j'ai vécu, mais à la place de Luz parlant de Charb sur scène, c'était moi qui parlais de Luz. J'imaginais donc le discours, la musique, les invités…

Comment analyser cette pensée intrusive ? L'enterrement de Charb m'a bouleversée. Quand Luz est monté sur scène faire un discours, j'ai regardé le cercueil de Charb et je me suis dit : mon mec aurait pu être à cette place-là. Et donc ma place, à moi, aurait pu être celle de la veuve, qui parle de son mari. Cette image insupportable, mon cerveau l'a transformée, ensuite, en projection. Avec comme décor un souvenir très précis, mais des acteurs et des actrices différents.

Quand je demande, lors d'une interview, à la psychiatre Catherine Wong, si elle est d'accord avec le terme de « fantasmes morbides », elle me répond que non, que ce sont des termes employés essentiellement par les gens qui sont de formation psychanalytique.

> Moi j'aurais tendance à dire que vous traversez dans ces cas-là des situations d'angoisse majeures. Étant donné votre historique, cela déclenche des réactions d'angoisse qui ne sont pas bien maîtrisées. Le seul moyen de les maîtriser, c'est de se raccrocher à quelque chose de très concret. « Qu'est-ce que je

ferais ? » Je ferais ci, et ça, et y compris tel discours au moment de l'enterrement. C'est un moyen de juguler l'émotion que vous imaginez qui vous assaillirait ce jour-là. C'est une façon que vous avez, et qu'ont beaucoup de gens, de gérer l'angoisse majeure qui vous étreint à ce moment-là.

Il n'y a rien de fantasmatique là-dedans.

Intermède II : les oiseaux

Un matin de janvier 2020, j'entends à la radio une interview de Vinciane Despret.

Philosophe des sciences, elle parle de son livre *Habiter en oiseau*. Elle analyse notamment le comportement social des oiseaux vis-à-vis de leur territoire. Il ne s'agit pas seulement de terrain de nourriture ou de reproduction, mais également de « vivre ensemble côte à côte ». Je la contacte tout de suite. Elle s'y connaît en éthologie, elle va pouvoir m'aider à trouver un autre terme que « ricochet ». C'est ce dont je me persuade.

Pourquoi les oiseaux ? Ben pourquoi pas.

J'imagine qu'il y a une race d'oiseaux, que je ne connais pas, qui réagit de telle façon quand un partenaire, un ami, ou un enfant oiseau est traumatisé par une tempête. J'écris à la philosophe, qui me répond, sceptique. Elle n'est « pas sûre que les animaux puissent nous aider à comprendre ce qui nous arrive ». Raté.

J'ai tout de même acheté son livre. Il est sur ma table de nuit, à côté du *Lambeau*[1], de Philippe Lançon, que j'ai commencé à lire, après des semaines d'hésitation. Dans les premiers passages, les personnes qu'il décrit, présentes dans les locaux de *Charlie*, me sont familières. La voix de Charb, bien sûr, et les autres aussi. Alors que je ne les ai jamais connus. Mais ils sont là, dans ma tête, depuis cinq ans. Je suis heureuse qu'il redonne, avec son talent littéraire, un parcours, une voix, un geste aux gens qui étaient présents.

Je lis la scène de l'attentat en apnée. Je suis bouleversée mais aussi soulagée qu'il décrive le sang, les blessures, la chair à nu. C'est une vision d'horreur. Mais ce sont des êtres humains qui ont été assassinés et blessés. Parfois ces cinq dernières années j'ai eu l'impression qu'on avait tué la liberté d'expression, l'humour, ou la caricature, etc. Non. Enfin si, mais ce qui s'est passé n'est pas métaphorique.

Quelques jours auparavant j'ai lu des extraits du livre de Riss[2], le boss de *Charlie*, blessé pendant l'attentat. Et j'ai regardé un documentaire[3] sur les attaques des 7, 8 et 9 janvier. Casque sur les oreilles, assise sur mon lit, et je me suis pris ces images en pleine tronche. À un

---

1. *Le Lambeau*, Philippe Lançon, Gallimard, 2018.

2. *Une minute quarante-neuf secondes*, Riss, Actes Sud, 2019.

3. *Three Days of Terror: the Charlie Hebdo Attacks*, réalisé par Dan Reed, 2016.

moment donné ma fille m'a interrompue, pour me dire que je ne le savais peut-être pas, mais que les diplodocus, eh ben ils sont herbivores. Pourquoi m'imposer ces recherches, pourquoi me replonger là-dedans ? Alors que c'est le passé. Alors que l'avenir est là, devant moi, avec ses couettes blondes et sa passion pour les dinosaures ?

— Mais… pourquoi t'as acheté un livre sur les oiseaux ? me demande mon mec un soir en regardant les livres posés sur ma table de nuit.

— Ben je cherchais un autre mot que victime par ricochet, et je me disais on sait jamais, y a peut-être des oiseaux qui accompagnent d'autres oiseaux blessés, et qui eux-mêmes sont impactés, tout ça…

— Et alors ?

— Ben non.

— Ah. Et du coup tu vas chercher du côté de la résilience des hippopotames ?

Je ris, sans oser lui dire que j'ai passé l'après-midi entière, la veille, à lire des recherches sur l'empathie des campagnols des prairies. Des études récentes montrent que ceux-ci sont particulièrement empathiques. Une campagnol qui observe son mec campagnol vivant une situation de stress va elle-même être stressée, et elle va être « bouleversée » si elle ne peut pas le consoler. Sauf que l'empathie des rongeurs ne concerne que la relation de couple et de parentalité. Ce qui n'est pas le cas des victimes par ricochet. Je commence à douter de ma recherche de nouveau terme, d'autant plus que cela m'éloigne de mes lectures et des recherches sur les attentats.

Oh wait, ce ne serait pas l'objectif ?

Survivor

« *I'm a survivor, I'm not gonna give up, I'm not gonna stop, I'm gonna work harder, I'm a survivor, I'm gonna make it...* »

Un samedi après-midi d'hiver, dans le métro parisien, ligne 2. Casque sur les oreilles, j'écoute « Survivor », des Destiny's Child. C'est la chanson à la con qui me donne du courage, depuis quelques jours. Et là, j'en ai besoin. Je me sens nerveuse. Je vais interviewer Maisie, la femme de Simon.

Simon était, en janvier 2015, le webmaster et le community manager de *Charlie Hebdo*. Il a été gravement blessé par les deux terroristes. Deux balles ont perforé ses poumons. Sa moelle épinière a été grièvement atteinte. Il est, depuis, handicapé : il marche avec difficulté et souffre de violentes douleurs chroniques.

« *I'm a survivor, lalalala...* »

Maisie est la première victime par ricochet que j'interviewe pour ce livre, mais je l'ai déjà rencontrée à deux reprises. Une première fois le jour de son mariage, en septembre 2015. Ce mariage était particulier pour moi : enceinte de six mois, exilée depuis trois mois, je rencontrais avec émotion plusieurs personnes de *Charlie*, inconnues jusqu'ici. Les blessés que je n'avais pas vus, évidemment, en janvier 2015, dans les locaux de *Libé*. Simon, mais aussi Philippe Lançon et Riss. Le jour du mariage fut joyeux et plein d'espoir : Simon, pour la première fois, depuis l'attentat et après sa très difficile rééducation, fit quelques pas. Maisie, le soir, portait, au-dessus de sa robe de mariée blanche au style rétro, un perfecto de cuir noir. Elle papillonnait et souriait, au milieu des invités.

Puis au début de l'année 2016, quelques semaines après la naissance de notre fille, ils nous avaient rendu visite, là où nous vivions. C'est vraiment à ce moment-là que je les ai connus, que l'on a pris le temps de se raconter nos vies. Lors de leur visite, mon mec avait discuté avec Maisie. Puis il m'avait dit : « Tu devrais lui parler en tête à tête, je crois que vous partagez des choses, toutes les deux. » On était allées boire des verres. Nous étions toutes les deux des « femmes de rescapés ». Et nous étions l'une comme l'autre, à ce moment-là, un peu paumées. En parler ensemble, en rire aussi, avait soulagé, un peu, de ce poids sur les épaules. Dans la conversation, je répétais souvent : « Enfin ça va, mon mari n'a pas été blessé, il n'est pas handicapé… »

Au bout de la troisième fois, elle m'avait coupée : « Oui mais le mien n'est pas menacé. Tu veux qu'on fasse un tableau, avec les plus et les moins de notre situation ? »

Malgré cette soirée de partage amicale, malgré ces mots-là, je ne peux m'empêcher, ce jour de février 2020, d'être nerveuse à l'idée de l'interviewer sur son vécu de victime par ricochet. Sentiment d'illégitimité ? Syndrome de l'imposteur ? Luz n'a pas été blessé physiquement. Psychiquement, oui, évidemment. Mais je n'ai jamais été inquiète pour sa survie, pour sa santé, pour sa douleur, pour son corps.

La question de la corporalité a pourtant été présente, dès le 7 janvier 2015. Il fallait qu'il dorme et qu'il mange. Le minimum vital. C'est un des objectifs que je me suis fixés, consciemment, les premiers jours après l'attentat. Je savais qu'avec le choc traumatique, les deuils, le stress de la reprise du travail chez *Charlie*, et la paranoïa, il allait oublier de manger et il n'allait pas dormir. Je savais également que s'il était trop faible, trop épuisé, il pouvait s'effondrer psychologiquement. Je l'ai donc nourri de pâtes et l'ai « forcé » à se reposer. Ce corps, je l'ai scruté. Pendant plusieurs mois. Que voulaient dire ces sourcils froncés, ces mains qui tremblent, ce corps crispé ? Cette voix inquiète ? Et ces nouveaux cheveux blancs ? Il y a une expression à la con qui dit : « S'aimer c'est regarder dans la même direction. » C'est aussi parfois observer l'autre, sans cesse, comme un médecin diagnosticien. Cette vigilance s'est globalement arrêtée quand je suis tombée enceinte : la priorité, c'était désormais mon corps, et celui ou celle qui grandissait à l'intérieur. Mais j'ai pu m'autoriser ce recentrage uniquement parce que le corps de l'autre allait bien. Maisie, elle, n'a pas eu ce choix-là. L'impact de son ricochet a été psychologique, mais aussi corporel.

Je la retrouve chez elle. Assise dans son canapé, blottie dans un plaid, une tasse thé à la main, elle répond à mes nombreuses questions. Parfois son visage est illuminé par son grand sourire rayonnant. Parfois ses beaux yeux sont assombris par la tristesse, la colère, le doute. Elle me raconte ces cinq dernières années, marquées par le corps.

Il y a le corps d'avant. Celui d'une jeune femme de 27 ans, Australienne installée à Paris, qui se balade avec son amoureux de 32 ans, dans les rues parisiennes. « On sortait beaucoup le soir, on allait beaucoup au resto, et on marchait, longtemps, bras dessus bras dessous. De longues marches, parfois de deux heures. On allait à un concert, et ensuite on marchait pour mieux sentir l'après-concert, tu vois ? De la salle Pleyel à Bastille par exemple. De très belles marches, j'adorais ça. » Ils sont ensemble depuis dix-huit mois. Ils ne vivent pas ensemble mais parlent déjà de mariage, d'avenir.

Il y a le corps du pendant. Celui qui se met à trembler, le 7 janvier. Elle est alors en vacances en Australie chez ses parents. C'est le soir, là-bas, elle est dans son lit, et elle regarde une série. Sa meilleure amie lui envoie un message bizarre : « Quel est le nom du journal où Simon travaille ? » Elle tape alors immédiatement sur Google « *Charlie Hebdo* », et la première chose qu'elle voit c'est BBC News qui dit : « 12 people massacred at *Charlie Hebdo.* » Une heure plus tard elle pleure de joie lorsque la mère de Simon lui envoie un mail : il est vivant. Quand le cousin de Simon l'appelle et lui dit qu'il a été blessé à la moelle épinière, elle ne l'entend pas vraiment.

> J'étais tellement soulagée qu'il soit vivant que je n'entendais que ça. Ça m'a pris plusieurs heures, pour réaliser ce que ça voulait dire. On savait qu'il avait pris une balle dans l'épaule. Et ça me semblait ok, tu vois ? L'épaule, ce n'est pas si grave. Mais c'était la moelle épinière…

Le corps tremble, mais de froid, quand elle arrive à Paris après avoir pleuré pendant des heures dans l'avion. Les rues parisiennes, traumatisées, sont vides. À l'hôpital de la Pitié-Salpêtrière, Simon est dans le coma. Elle le voit recouvert de tubes, et, ne pouvant pas communiquer avec lui, lui envoie alors des mails. Pendant une semaine.

> Je me réveillais, je pleurais, puis je faisais des recherches sur la moelle épinière, puis je marchais jusqu'à l'hôpital, en me nourrissant de barres de chocolat quand je sentais que j'allais m'évanouir.

La famille de Simon est « dans son monde ». Elle ne considère pas que Maisie fait partie de la famille, et ne l'inclut pas vraiment dans le cercle des proches. Ainsi Maisie ne sera pas invitée, le 11 janvier, à défiler avec les proches des victimes. Je trouve ça fou. Moi je me suis retrouvée au troisième rang de la manifestation, juste derrière l'équipe de *Charlie*, alors qu'elle, la compagne d'un blessé grave, plongé alors dans le coma, était, avec la marraine de Simon, au milieu de la foule anonyme. On s'en fout du premier ou du onze millième rang d'une manif, mais je trouve ça dur qu'on ne lui ait pas proposé la place qu'elle méritait : celle des proches. « Tu as souffert de cette situation ? lui demandé-je. — Oui, bien sûr. Cela me mettait en colère, à l'époque. Avec du recul, je comprends désormais le comportement de sa famille : elle était folle de peur et de chagrin, elle faisait comme elle pouvait. »

À part son ami Zach, un « nounours » comme elle le décrit, Maisie est donc seule. Jusqu'à ce que l'équipe médicale réveille Simon de son coma, et qu'il passe en réa. Quelques jours plus tard, il ne peut pas parler à cause de sa trachéotomie, mais il lui écrit, sur un petit tableau, qu'elle doit le quitter, qu'elle doit se sentir libre, qu'elle ne doit pas être accablée par lui. « Je lui ai répondu que le fait qu'il soit en vie était le plus beau cadeau que personne m'ait jamais offert. Pourquoi est-ce que je rendrais ce cadeau ? »

Elle ne travaille plus, et va le voir tous les jours. Tous les jours, c'est la même routine : réveil-pleurs-recherches

Google-marche-barres chocolatées-hôpital. Elle se sent « réconfortée », « soutenue » quand elle voit les « Je suis Charlie » affichés dans la rue. Le journal l'énervait, avant. Les dessins sur les femmes, notamment, la dérangeaient. Parfois trop sexistes. Peut-être trop français. Et elle ne voyait pas l'intérêt de se moquer ainsi des religions. « J'ai aujourd'hui un regard beaucoup plus juste, et je trouve même que le journal ne va pas assez loin. »

Quand Simon est installé aux Invalides, pour travailler sur sa longue et douloureuse rééducation, elle continue à venir le voir quotidiennement, le soir. Elle lui apporte des bons plats et… lui fait sa lessive. « Oui, il n'y avait pas de service de blanchisserie, à l'hôpital, je sais pas pourquoi, et donc je devais prendre toutes ses affaires sales, et lui en ramener des propres. Trois mois plus tard, le journal s'est organisé pour le faire. »

C'est malgré tout une période « apaisée », dans ses souvenirs. Ils sont dans un endroit calme, lumineux, et sécurisé. Ils regardent des films ensemble, elle peut dormir dans sa chambre si elle le souhaite. Des amis viennent le voir, et Philippe Lançon est dans une chambre voisine. Ils se répètent sans arrêt qu'ils ont de la chance, d'être là, vivants, ensemble.

Le plaisir d'être là, de s'occuper de lui, est parfois mêlé d'inquiétude. Celle de disparaître derrière l'homme blessé.

J'ai une anecdote à ce sujet. Mon anniversaire est le 8 mars. Et en 2015 je voulais le célébrer avec

Simon, donc j'ai invité mes amis aux Invalides. On a organisé un petit pique-nique dans le parc. Pour des raisons évidentes, personne n'en avait rien à foutre de mon anniversaire (rires). Tout était autour de Simon. C'est sûr ! Parce qu'en plus c'était la première fois que beaucoup d'entre eux le revoyaient. Donc c'était super important. Personne ne me parlait, dans mon souvenir. Et donc quand je suis rentrée chez moi je me suis dit : « Voilà, c'est ma vie désormais, je n'existe plus. C'est comme le tri aux urgences : tu t'intéresses d'abord à la personne en danger. »

J'ai envie de lui raconter les heures que j'ai passées à répondre aux amis, ou aux connaissances de mon mari. Par SMS, par mail, par Facebook. Oui, il va bien. Non, il ne répond pas aux messages, désolée. Non, il ne peut pas sortir au resto. Oui, il redessine. Merci pour vos mots. Pendant des jours, des semaines, des mois. Quand je vois un ou une amie, on me demande comment il va. À part ma grande sœur, Céline, et trois amis très proches, personne ne me demande comment je vais. C'est normal et en même temps c'est insupportable. Car on a besoin d'écoute et de soutien aussi. Ce n'est pas – uniquement – de l'égocentrisme : si on va mal, qui est là pour soutenir la victime directe ?

Il y a le corps d'après. Le retour à la « vraie vie », quand Simon et Maisie emménagent ensemble, est compliqué. Simon se bat tous les jours, contre des douleurs chroniques intenses, et il a énormément besoin de repos. Même si Simon tente de faire le maximum, elle s'occupe beaucoup du quotidien. Il ne peut plus sortir le soir, pas même pour aller au restaurant. Trop épuisant. Elle se sent coupable quand elle sort de son côté. « Il me manque. Surtout pendant les marches. »

Leur vie intime, sexuelle, est aussi évidemment bouleversée. Le corps érotique a été touché par les balles. Concrètement, ils ont une vie sexuelle très perturbée. À seulement 30 ans. Comment vit-elle cela ? « Est-ce que je suis heureuse, avec ça ? Non. Est-ce qu'on est heureux avec tout dans la vie ? Non. »

C'est un des premiers silences de l'interview. Je sens que je touche une corde sensible. J'ai peur d'être trop impudique. J'ai envie de mettre ma casquette de diplômée en sexothérapie sur ma tête, et de l'aider à ce sujet. Mais est-ce mon rôle, est-ce ma place ? Quand j'évoque le fait qu'aujourd'hui, en 2020, on est plus ou moins sortis d'une vision basique du sexe, soit celle qui se résume à la pénétration d'un pénis dans un vagin, et qu'on peut développer toute une nouvelle grammaire érotique, au-delà du coït, Maisie me lance un regard qui signifie : « T'es sérieuse, meuf ? » « Tout ce que tu racontes, cela prend de l'énergie et du temps, des choses que l'on n'a pas », affirme-t-elle. Évidemment.

Je plonge mon regard dans mes notes. J'aimerais passer à un autre sujet. Mais en même temps, je ne peux m'empêcher de penser que cette quasi-asexualité forcée est quelque chose d'extrêmement violent. D'autant plus si elle est taboue : Maisie me dit qu'elle n'en parle jamais autour d'elle. Un jour elle a évoqué le sujet avec son psy, qui lui a répondu : « Soyez patiente. » Et elle trouve ça difficile d'en parler à des amis.

> Qu'est-ce que mes amis connaissent des blessures de la moelle épinière, et des blessures psychiques ? Rien. Donc je trouve que c'est du temps perdu de parler à des gens qui n'ont pas traversé de choses traumatisantes. N'importe quel trauma. Je te parle à toi, je parle aux gens qui ont vécu un traumatisme. Pas aux autres, je perds mon temps.

Maisie est forte. Elle est solide. Elle avance. Elle encaisse. Pourtant le fait de ne pas exprimer ce qu'elle ressent a failli lui coûter la vie. Rien que ça.

Un kyste a failli la tuer. Pendant toute l'hospitalisation de Simon, puis les mois qui ont suivi, elle a développé un énorme kyste ovarien. Mais elle n'en savait rien, elle n'est jamais allée voir personne, pas même un médecin généraliste.

> Parce que je vivais avec quelqu'un qui souffrait vraiment. Même si je pleurais de douleur, même si je devais dormir par terre régulièrement – maintenant je sais que c'était pour bouger le kyste dans une autre position, car il appuyait sur mes nerfs –, je pensais juste : « Oh j'ai mal au dos, juste parce que je suis ronde. » Ou bien autre chose. Mon ventre a commencé

à grossir, grossir, alors que je perdais du poids. Je pensais : « Je suis peut-être intolérante au gluten ? » Mais finalement, en août 2016, pour la première fois depuis les attentats, je suis allée chez une généraliste. Elle m'a auscultée, et là immédiatement elle m'a envoyée faire une échographie en urgence. Je l'ai faite, et le gars a paniqué : « Je ne vois aucun de vos organes, c'est le plus gros kyste que j'ai vu de toute ma carrière. Je ne comprends pas comment vous pouvez être assise en face de moi, avec un air normal, c'est fou. » Le truc avait la taille d'une pastèque, et ça avait écrasé un de mes ovaires, l'ovaire gauche. Donc c'est pour ça que je souffrais beaucoup. C'était plus lourd qu'un bébé, ça pesait 4,5 kilos. C'était une masse. Comme un cancer. Cela grossissait, grossissait, prenait toute la place dans mon corps. J'aurais pu mourir, c'est évident. J'ai été prise en urgence, j'ai eu une laparotomie, ce qui est assez extrême : ils coupent ton corps en deux, pour retirer le kyste. Le chirurgien qui m'a examinée trouvait ça passionnant, et donc il a voulu absolument m'opérer. Il n'avait jamais vu un truc aussi gros.

Son histoire est folle. J'essaie de comprendre comment elle a pu nier sa douleur aussi longtemps. « Mon corps n'avait aucune valeur, aucun sens, et je ne lui portais aucune attention. C'est de ma faute. » Je lui demande si avant janvier 2015, elle aurait agi de la même façon. « Non. Mais je vivais et je vis encore avec quelqu'un qui subit des douleurs chroniques extrêmement graves. Donc je suis complètement *fucked up* avec la notion de douleur “acceptable”. Lui aussi d'ailleurs. Il me voyait pleurer, sur le sol, de douleur. Avant il aurait pensé “je l'emmène tout de suite chez le docteur”. Mais là il n'y a pas pensé. Car la douleur extrême fait partie de notre normalité désormais. »

Le thé a refroidi. La nuit est tombée. J'éteins mon enregistreur. Toutes deux assises sur son canapé, dans son salon faiblement éclairé, on se regarde en souriant. Je la remercie. On se promet de se revoir, en amies, dès que possible. Sa fille pleure, à l'autre bout de l'appartement. Oui, ils ont eu une petite fille, il y a tout juste un an. C'est Simon qui s'en occupe depuis le début de l'entretien.

Avant l'interview, j'imaginais trouver en Maisie comme une alter ego. Et c'est le cas. Mais c'est également leur lien, leur histoire de couple qui m'a bouleversée. J'admire leur courage et leur amour. « Quel putain de couple c'est », me dis-je en sortant de chez eux.

Quelques jours plus tard, alors que je dîne chez des amis, je reçois un message de Simon, qui cherche à me joindre. C'est la première fois qu'il m'appelle, ce n'est pas tout à fait bon signe.

Je vais dans le jardin de mes amis, au calme, et je l'appelle. Maisie, m'annonce-t-il, parle de séparation. Leur couple est en crise. « Elle m'a dit que c'était la première fois que quelqu'un lui demandait vraiment comment elle allait. Ça l'a fait beaucoup réfléchir. Et en fait, ben, ça ne va pas. » Sa voix est blanche. Je suis livide. Je ne m'y attendais pas. Ce n'est pas ce que j'ai ressenti, en interviewant Maisie. C'est de ma faute. J'ai ouvert une boîte de Pandore. « Tu n'es en rien responsable de ça, m'assure Simon, ça devait arriver, ça fait plus d'un an qu'on n'arrive plus à communiquer. » Certes, mais le but de ce livre était d'ouvrir la parole sur les victimes par ricochet, pas de mettre en péril des couples. C'est un ricochet de ricochet.

Intermède III : les mouches du coche

En 2015, huit jours après l'attentat, j'écris un mail à mon amie Peggy Sastre, auteure et journaliste. « Je vais avoir besoin de toi, ces prochaines semaines, pour que tu me donnes des coups de pied au cul, pour que je réécrive. »

Je sens déjà que reprendre l'écriture de mes articles et de mon livre en cours va être quelque chose de très compliqué. Elle me répond : « À ta place, je profiterais de la nouvelle célébrité de mon mari pour passer mes journées à lui faire du pot-au-feu (ou pas). » J'ai oublié la quasi-totalité des échanges de mails de cette période-là, mais je me souviens très bien de celui-ci. Ce trait d'humour m'avait alors décontenancée. Car il révélait un dilemme qui allait me poursuivre longtemps. Que faire ? Me dédier totalement à mon mari, me concentrer sur sa reconstruction, arrêter totalement mon travail et rester « tranquillement » à la maison ? Ou bien vite reprendre mes activités, et rester à tout prix autonome ? Je ne ferai jamais de choix franc, j'oscillerai entre les deux, selon les périodes et les nécessités.

En janvier 2015, il y a comme une mouche du coche dans mon cerveau. Elle répète inlassablement : « Est-ce si nécessaire d'écrire ce que tu écris, n'y a-t-il pas *plus* important ? » Je suis censée écrire *Sexpowerment*, un essai sur les questions de sexualités, mais il me semble alors absolument ridicule, et même indécent, de continuer mon chapitre sur les poils pubiens (et l'insupportable injonction à leur épilation). Après ce qu'il vient de se passer, sérieusement ?

En mars 2020, j'écris sur quelque chose de bien plus sérieux, mais autour de moi le monde est en train de vivre un épisode hors du commun : un nouveau virus, des milliers de morts, des hôpitaux débordés, des soignants épuisés, 1,7 milliard d'habitants confinés, 25 millions de personnes risquant le chômage. Et moi je vais écrire sur le fait que c'était pas facile facile, ces cinq dernières années, d'accompagner une victime psychique des attentats de 2015. Sérieusement ?

Ceci dit, il y a une autre mouche du coche, la copine de la première, qui, elle, me dit : « Mais pourquoi t'en profites pas, de ce confinement, pour faire du pot-au-feu ? » (Ou jouer plus longtemps avec ta fille, appeler tes amis, faire plus de sexe, ranger ces placards qui débordent, tester de nouvelles positions de yoga.)

Je reprends l'échange de mails avec Peggy. Qu'ai-je répondu à son message du 15 janvier 2015 ? « Meuf, je ne sais pas cuisiner… »

Il y a des choses qui n'ont pas changé. Je sais donc ce qu'il me reste à faire. Écrire, point. Même si ce n'est pas toujours drôle.

Stand-up

Luz a déjà vécu sous protection policière, quand, en 2011, les locaux de *Charlie Hebdo* ont brûlé. Il me l'a raconté. Il avait deux flics au quotidien. C'était stressant, c'était contraignant, il avait pris cinq kilos (car il se déplaçait toujours en voiture), mais ce n'était pas invivable. Il continuait à sortir, à faire des reportages, à aller à des festivals de musique, et même à faire le DJ de temps en temps, tout cela accompagné de ses deux flics. Ceux-ci changeaient régulièrement. Certains étaient très sympas et étaient devenus des potes, d'autres non. À cette époque-là, le Service de protection des hautes personnalités (SPHP), devenu par la suite le Service de la protection (SDLP), n'avait perdu aucun membre de son équipe. Franck Brinsolaro, un des deux policiers qui protégeaient Charb le 7 janvier, a été la première victime du service.

Janvier 2015, je découvre ce qu'est la « protec ». Elle est alors à son niveau maximum. Il y a une demi-douzaine de policiers, répartis dans plusieurs voitures, avec lui, tout le temps. Une demi-douzaine de policiers armés, et stressés.

Il est à ce moment-là passé au niveau maximal de la protection, comme les chefs d'État. Sauf qu'il ne fait pas hôtel de luxe – ambassade – ministère – réception mondaine – restaurant chic – hôtel de luxe. C'est un citoyen lambda, qui habite dans un quartier populaire, travaille dans le 11e, se nourrit souvent de sandwichs au fromage et de tartelettes aux pommes, et qui va faire ses courses au Franprix. Il n'a pas la vie de Danielle Mitterrand, qui n'était absolument pas menacée, mais qui, sachez-le, bénéficia jusqu'à sa mort, au quotidien, du SDLP : une voiture et deux flics, donc, pour la « protéger ». Entre un thé avec une amie chez Ladurée et un vernissage mondain dans le 7e arrondissement, la veuve Mitterrand était en sécurité. Mais je m'égare…

Je découvre donc le quotidien de cette protection et ce qu'elle implique psychologiquement. On nous déconseille fortement tous les lieux publics : restaurants, bars, cafés, cinémas, théâtres, magasins. La journée, il se déplace pour aller bosser au journal, moi je prends les transports en commun. Mais le soir, on vit quasiment en confinement. On a juste le droit d'aller chez des amis ou d'inviter des amis. Je dis le « droit » mais ce n'est pas tout à fait ça. Nous ne sommes pas prisonniers, nous sommes libres de nos mouvements. Seulement tout devient compliqué. La France est alors en état d'alerte, et nous en état de vigilance. Si on veut aller au restaurant, les flics doivent d'abord vérifier qu'il y a des sorties de secours sur place, que le lieu est « safe ». Puis sur place ils sont à quelques mètres de nous, sur le qui-vive. L'un deux m'a limite engueulée, un jour, quand je nous ai trouvé, en mai 2015, pour quelques jours, un logement temporaire chez une amie : « Vous logez là ? Vous avez pas vu qu'il y avait une mosquée salafiste pas loin ? C'est pas malin… »

Chaque jour, tout le temps, mon mec doit prévenir l'équipe des déplacements prévus (adresse, heure, temps passé sur place, etc.). Des dizaines de textos échangés, et l'impossibilité totale d'improviser quoi que ce soit. Quand il rentre dans une librairie, ils sont quatre à le suivre et à faire semblant de feuilleter des livres. Au Franprix ils regardent les prix des bananes. Évidemment tout le monde les remarque. Si bien qu'au bout de quelques jours, je suis la seule à faire des courses, pour lui éviter ces moments gênants. On en parle, de la charge mentale féminine liée aux menaces terroristes ? Passons.

Au départ, j'ai l'autorisation de monter dans une des voitures de la protec avec lui. Puis, au bout de quelques semaines, on me l'interdit. Une question d'assurance, apparemment. Si la voiture est attaquée, ils ont comme mission de protéger Luz, pas moi, m'expliquent-ils. Si on doit aller en couple quelque part, je prends donc le métro, ou le taxi. Et j'y arrive beaucoup plus tard que lui : mon taxi n'a pas de sirène ni de gyrophare. Même si cela pose des problèmes logistiques, je ne regrette pas longtemps la voiture de flics. Elle est angoissante. Les entrées et les sorties surtout. Il y a un ordre à respecter. Et ce n'est pas DU TOUT discret. Quand on rentre ou quand on sort d'une voiture de protec tout le monde dans la rue le remarque. J'ai l'impression de voir le sketch des Inconnus sur les policiers, quand ceux-ci claquent trois, quatre fois la même porte de voiture. À chaque fois, je me dis « mais bon sang soyez plus discrets ! ». Je ne leur dis rien évidemment, ce n'est pas mon rôle. Et je sais qu'ils ont été formés pour ça : pour montrer qu'ils étaient là, qu'ils protégeaient tel ou tel membre du gouvernement, telle ou telle personnalité publique. Sauf que dans le cas du terrorisme islamiste, ça ne marche pas comme ça. Les terroristes s'en foutent, qu'il y ait des flics qui protègent des gens. Ça ne leur fait pas peur (ils veulent mourir en martyrs), et au contraire, c'est même conseillé de viser des flics. Donc les portières qui claquent, et les mecs baraqués et armés, ça ne les impressionne pas.

Par contre moi ça me fait flipper. Dans notre quartier, quelques semaines après l'attentat, ça commence à se savoir, qu'on habite là. En bas de chez lui, en plus de la protec, il y a, pendant plusieurs semaines, une voiture de flics, nuit et jour, avec une sentinelle, armée. Mais, comme on est en plein Vigipirate, et que suite à l'attaque de l'Hyper Cacher il faut protéger tous les lieux liés à la communauté juive, la police nationale est overbookée. Donc une fois on aura des gendarmes, une autre fois carrément une camionnette avec des CRS. « Je pense que la semaine prochaine, on a droit à la police montée. Ça va être sympa, tous ces chevaux dans la rue », dis-je, un jour, en le retrouvant chez lui.

Il faut savoir que j'ai un bon stock de blagues, plus ou moins drôles, sur la protec. J'ai raconté, depuis avril 2015, une bonne douzaine de fois l'anecdote suivante.

Quelques semaines après mon test de grossesse, on est allés à la première échographie. J'y suis allée en taxi, Luz était avec ses flics. On s'est retrouvés devant. Les flics sont entrés devant nous pour checker que le lieu était safe. Concrètement, je suis entrée dans le cabinet médical, pour la première échographie de ma première grossesse, avec mon mec et trois malabars. Tout le monde nous regardait. Et là, j'ai dit à la secrétaire médicale : « Je savais pas qui était le père, donc on est venus à quatre ! » *Taka toum pschhh* (son, après une blague, à la batterie).

Hannah Gadsby est une comédienne de stand-up australienne de 41 ans. Elle a grandi en Tasmanie, qu'elle a fini par quitter en découvrant qu'elle était « un tout petit peu lesbienne », alors que sur cette île l'homosexualité n'a été dépénalisée qu'en 1997.

Dans son spectacle *Nanette*, diffusé sur Netflix, Gadsby fait des blagues sur son coming-out, sur le drapeau LGBT (« qui fait mal aux yeux »), ou encore sur ce type qui, un soir, à un arrêt de bus, la prenant pour un homme, a failli la tabasser parce qu'elle draguait sa copine. Il s'était ravisé en comprenant sa méprise sur son genre : « Oh désolé, je ne tape pas les femmes. »

C'est drôle, c'est corrosif, la salle rit aux éclats. Je ris aux éclats. Nous n'avons pas encore compris le véritable propos d'Hannah Gadsby. Au bout d'une quinzaine de minutes, elle explique : « Je pense qu'il est temps que j'arrête de faire de l'humour. J'ai construit ma carrière sur l'autodérision et l'humour auto-dépréciatif, et je n'ai plus envie de ça. » En quelques secondes, elle transforme son spectacle en une performance artistique au sein de laquelle le rire est analysé comme le produit d'une obscénité, à savoir l'invisibilisation des traumas, le travestissement de la vérité. Elle interroge alors le concept même de blague, qui n'aurait besoin que d'une situation initiale et d'une chute – drôle –, au détriment de la « vraie » fin d'une histoire qu'un public ne saurait supporter.

Car la vraie chute de l'anecdote rigolote de l'arrêt de bus, c'est qu'il l'a bel et bien tabassée, qu'elle n'a ni porté plainte ni été à l'hôpital. Mais elle ne l'a jamais raconté. Ce n'était pas drôle. Avec *Nanette*, Gadsby interroge la fonction cathartique du spectacle : il n'est plus question pour elle de ménager le public, de le libérer d'une tension ou d'un stress. Elle arrête l'humour, car rire de soi a un prix.

Hannah Gadsby m'a ouvert les yeux sur un comportement que j'avais intégré, depuis plusieurs années, et que je ne voulais pas voir. Sans monter sur scène, je raconte des anecdotes post-attentat avec humour. Alors qu'il s'agit d'événements dramatiques.

Elle est drôle mon histoire d'échographie, non ? Pas vraiment. Je n'ai pas ri, dans ce cabinet de gynéco. Je n'ai pas balancé ma vanne en fanfaronnant. Je crois que je l'ai glissée dans un murmure gêné. Par contre, en rentrant ensuite chez nous, j'ai pleuré. Longtemps. J'avais l'impression que ce moment, qui devait être magique, merveilleux, avait été gâché par cette mise en scène sécuritaire certes obligatoire, mais insupportable.

Pourquoi, alors, est-ce que je raconte cette histoire comme si elle était vraiment drôle ? Qui je protège ? À qui je mens ? Pourquoi ce besoin de montrer qu'on garde notre humour, même dans la pire des situations ? C'est quoi ce syndrome Roberto Benigni dans *La vie est belle* ?

L'humour peut être un piège. Je ne regarde pas la réalité du passé avec honnêteté. Je planque la douleur sous le tapis du rire. Et comment puis-je en vouloir à certaines personnes de ne pas se rendre compte de ce qu'on a traversé, si à chaque fois que je les vois je fais Bozo le clown ?

Heureusement, l'humour n'est pas que cela. Il permet une distanciation qui rend le récit supportable à la fois à dire, et à entendre. Plus facile d'être la fille qui raconte une anecdote marrante à table plutôt qu'être celle qui crée un malaise en relatant un épisode traumatisant, n'est-ce pas ?

L'humour est une force de survie, de résistance, affirme Freud, dans son texte sur l'humour[1]. Celui-ci « a

1. « L'humour », appendice à *Le Mot d'esprit et ses rapports avec l'inconscient*, Gallimard, 1930.

non seulement quelque chose de libérateur, mais encore quelque chose de sublime et d'élevé ». Il protège de la souffrance et de la peur en soulignant l'invincibilité du moi face au monde réel. Il préserve ainsi la santé psychique. L'humour tient au moi blessé un discours plein de sollicitude consolatrice. Pourquoi est-ce « grandiose » selon Freud ? Parce que c'est le triomphe du narcissisme, c'est l'invulnérabilité victorieusement affirmée du moi qui se refuse à se contraindre à la souffrance par des sources provenant de la réalité. Le moi maintient fermement que les traumatismes issus du monde extérieur ne peuvent l'atteindre. Freud cite la phrase du condamné à mort montant sur l'échafaud un lundi matin : « Voilà une semaine qui commence bien ! » Envers et contre tout, il affirme son droit au plaisir, ultime triomphe du moi face à l'irrémédiable.

L'humour des proches est également salvateur. Il a un effet « soupape de cocotte-minute ».

Le 6 janvier 2016, la pression monte. Je crains la journée et la soirée du lendemain. C'est un an après, c'est la date « anniversaire », je suis seule avec mon mari et notre bébé d'un mois et quelques jours. Encore en post-partum, physiquement fatiguée, fragile émotionnellement, j'ai peur de ne pas être assez solide face à une crise de paranoïa, d'angoisse, ou de larmes de mon mari.

Il a vécu deux crises paranoïaques en 2015. Une première fois, en avril, dans un appartement qu'on nous a prêté. Des amis à lui sont venus dîner, il a consommé de l'alcool fort. On s'est couchés tous les deux épuisés. Mais vers 1 heure du matin, je me réveille, alertée par des bruits dans la cuisine. Et je le découvre en slip, en train de mettre une dizaine d'exemplaires de *Charlie Hebdo*, le numéro « Tout est pardonné », dans le four déjà allumé. Quand je lui dis, affolée : « Qu'est-ce que tu fais ? Tu vas foutre le feu, là ! », il pète un plomb. C'est, paraît-il, ce qu'on appelle en psychiatrie un trouble dissociatif de l'identité, lié au stress post-traumatique. Il croit que je suis contre lui, il me crie dessus. Comme s'il ne me reconnaissait pas. Extrêmement agité, il hurle : « Foutez-moi la paix, laissez-moi tranquille. » Puis il se réfugie, en boule, dans un coin du salon, comme un animal traqué et blessé. Avant de gesticuler et crier de plus belle. Je suis en panique. Que faire ? Appelez les urgences psy ? Le faire interner avant qu'il se blesse ou qu'il ne me blesse ? Les officiers de sécurité ? Je n'ai même pas leurs coordonnées… Quelques minutes plus tard, il veut quitter l'appartement car, dit-il, des terroristes vont venir le chercher. Il met son blouson en cuir, et s'apprête à ouvrir la porte, quand je le retiens : « T'es en slip, tu peux pas sortir dans la rue en slip ! lui dis-je en criant. — Foutez-moi la paix, laissez-moi », répète-t-il sans cesse. Je profite du fait qu'il s'assied par terre pour le plaquer au sol. Juchée sur lui, je prends son visage dans mes mains et le force à me regarder. « C'est moi, c'est Camille, c'est moi mon amour, regarde-moi, je ne te veux pas de mal, tu dois juste te calmer, ça va aller, c'est moi, tout va bien », dis-je avec une voix qui se veut ferme mais rassurante. Il se calme alors, enfin. Il sanglote. Je l'amène au lit, l'allonge, le borde, et lui caresse les cheveux pour l'endormir, comme on le ferait avec un enfant en pleine terreur nocturne.

Quelques semaines plus tard, toujours après qu'il a bu de la vodka, ou du rhum, avec des amis, je le retrouve dans la cuisine, vers 2 heures du matin, en train de faire cuire des trucs dans une poêle. « Faire cuire » n'est pas tout à fait le terme adapté. Il est en train de carboniser des ingrédients non identifiés.

« Ah non ça va pas recommencer », lui dis-je alors. Rebelote, il repète un plomb : agressivité, cris, pleurs, etc. Cette fois-ci, je me sens beaucoup plus vulnérable : j'ai appris, quelques jours avant, que j'étais enceinte. Autant la première fois j'essayais de le calmer, de le rassurer avec des mots tendres et des gestes doux, autant là c'est « chacun pour sa gueule ». Je dois me protéger et avec moi le mini-machin qui pousse dans mon ventre. Froidement et aussi avec une certaine dose de colère, je l'incite à aller dans la chambre. Je le laisse déblatérer sur le fait que vraiment je suis horrible avec lui, que je ne lui laisse rien faire etc., et je ferme la porte. Pendant plusieurs minutes il s'agite, il bouge des meubles, il parle tout seul, puis il s'endort. Enfin. Dans le salon, debout, face à une baie vitrée donnant sur Paris endormie, je prends mon téléphone, en tremblant. J'essaie de joindre Patrick Pelloux, notre ami urgentiste, de *Charlie*. Il ne répond pas. Ma sœur non plus. Enfin j'arrive à joindre ma mère. Pendant une heure, au téléphone, en pleurant, je lui raconte ce qui vient de se passer. De temps en temps je tends l'oreille, pour être sûre qu'il dort bien. Ma mère me conseille d'appeler les urgences psy, s'il recommence. Cette nuit, ou une autre fois.

Il n'y aura pas d'autre fois. S'il a traversé de nombreux épisodes paranoïaques, ceux-ci étaient, je dirais, « conscients ». Ils ne se transformaient pas en trouble dissociatif, en crise de folie.

En parlant de folie, en écrivant ces lignes, je réalise que ni l'un ni l'autre nous n'étions suivis par un psy, à ce moment-là (ce qui est en soi totalement taré), mais par ailleurs personne ne s'est dit : « Tiens, on va leur donner un contact, quelqu'un de formé au stress post-traumatique, à appeler en cas d'urgence. » Alors que c'était indispensable. J'étais totalement démunie, face à son comportement. Il y a des numéros d'urgence pour plein de choses, pourquoi pas un numéro d'urgence pour les proches des victimes, après un attentat ?

Mais revenons sur l'humour des proches. Le 6 janvier 2016, donc, j'ai peur. Je me sens incapable de gérer, seule, une crise de larmes, d'angoisse, ou pire. On n'habite plus Paris depuis six mois. Je suis seule. Ou presque.

Je contacte par texto une des rares personnes que je connaisse dans cette ville, Mourad. Un ami commun. Je lui demande s'il peut venir dîner, le lendemain, le 7 janvier. Il me dit que bien sûr il sera là. Gênée, je lui suggère alors de prendre sa brosse à dents, au cas où j'aurais besoin qu'il reste dormir chez nous. Il me répond toujours par texto : « Camille, je suis un mec gay trentenaire célibataire dans une grande ville, j'ai TOUJOURS ma brosse à dents dans mon sac. »

Le lendemain, Mourad est rentré chez lui après minuit, après avoir constaté que tout allait « bien », et après m'avoir demandé, discrètement, si j'avais besoin de lui.

Je suis redevable aux policiers de la protection, qui font un travail complexe, stressant, et dangereux. Mais je dois avouer que c'est plutôt un grand échalas gay qui m'a donné un réel sentiment de protection, ce jour-là. Lui, son humour, et sa brosse à dents.

La peur

Ce dernier chapitre sur l'humour est loin d'être le texte le plus hilarant que j'ai écrit dans ma vie. Et il annonce un chapitre sur la peur.

Il est normal d'avoir peur pour ses proches. Il est assez anormal de se dire, quotidiennement, pendant des mois : « J'ai peur qu'un terroriste tue l'homme que j'aime. » Je commence à la connaître, cette peur, et donc je la contrôle mieux qu'avant. L'espace et le temps ont joué leur rôle. Le fait de quitter Paris et son climat anxiogène nous a permis de respirer, de vivre avec les épaules moins crispées. La vie quotidienne, joyeusement foutraque, avec un enfant en bas âge, a aidé. Plus trop le temps d'avoir peur quand on doit gérer les rendez-vous chez le pédiatre/le bain/le repas/le brossage de dents/la lecture de livres/le dodo, etc. La dose de sérotonine provoquée par un câlin de sa part, un truc drôle qu'elle dit, ou juste la vision, le matin, de son visage tout gonflé de sommeil, avec ses cheveux ébouriffés et aussi son pyjama qui lui tombe à moitié des fesses, et son zozotement quand elle demande où sont ses Chocapic, est aussi un antidote parfait contre l'angoisse.

Pourtant je sais que la peur sera toujours à mes côtés, qu'elle ne disparaîtra jamais totalement. Comme un tatouage moche, on peut toujours tenter de la masquer, elle reste encrée à vie sur la peau. Voilà, ma peur est un petit tatouage de dauphin dans le creux des reins.

L'origine de cette peur n'est pas compliquée à expliquer.

1/ Luz a échappé à l'attentat.

2/ En tant qu'ex-dessinateur du journal, il est toujours potentiellement menacé.

3/ Il n'a pas reçu de menace directe depuis des années. Mais personne ne nous informant de quoi que ce soit, cette peur plane toujours au-dessus de nos têtes.

La peur est fourbe, c'est une intruse qui apparaît même quand on ne s'y attend pas. Parfois même dans le couple. C'est assez terrible à dire, mais un jour, j'ai eu peur de mon mari : je l'ai vu comme source du danger.

Fin novembre 2015. C'est le jour de mon accouchement. Je suis, avec lui, dans un hôpital, à l'étranger, entourée d'un personnel soignant dont je ne comprends pas la langue, qui ne parle pas bien anglais, et qui est pour l'accouchement « naturel » (entendez sans péridurale). Au bout de dix-huit heures – oui dix-huit heures – de contractions intenses, je fais une crise de nerfs. Je veux une péridurale, je veux une péridurale, je veux une péridurale. Je l'ai écrit dans mon dossier, bon sang.

Une sage-femme rentre dans ma chambre. « *The baby is fine* », me dit-elle avec un air compassé, après examen.

She takes me pour une conne ou quoi ? Mon père est anesthésiste et ma mère sage-femme, j'en ai rien à carrer que le *baby* soit *fine*, c'est pas pour lui la péridurale à ce que je sache. À chaque contraction je hurle et je pleure. Je ne veux plus voir mon mec en face de moi, je ne veux plus avoir cet enfant *dans* moi. Je veux être en 2013, à Pigalle, peser 55 kg, et danser sur les Kills. Je vais crever, c'est sûr. Je ferme les yeux, tente de respirer, mais je me revois à l'Hôtel-Dieu, après les attentats. J'entends des cris, des sirènes. Y aurait-il des terroristes dans l'hôpital ? Il faut que je m'échappe. Par la fenêtre ? Trop dangereux. Je regarde mon mec. C'est lui qu'ils viennent chercher. C'est à cause de lui. Je dois protéger mon bébé et le fuir à tout prix. Il est un danger pour cet enfant. Je le fusille du regard. Pourquoi reste-t-il à mes côtés, il ne voit pas le risque pour le bébé ou quoi ?

Je deviens folle, non ? Le pauvre, depuis des heures il est à mes côtés, me soutient, fait des blagues plutôt drôles, m'écoute, et tente de garder bonne figure alors qu'il me voit souffrir. Et moi je souhaite tout d'un coup qu'il quitte cet hôpital, cette ville, ce pays, qu'il me laisse donner la vie seule, à l'abri de tous les dangers. Quand on accouche, quand on est dans cette situation extrême de vulnérabilité, on a besoin d'un homme qui vous protège, pas d'un homme en danger. Pas la peine d'avoir lu les œuvres complètes de Darwin pour le deviner. Cet instinct de survie, animal, il est niché au fond de mes tripes compressées, au cœur de mon utérus torturé.

Ce n'est qu'après avoir gueulé, en anglais, contre une autre sage-femme, sur le fait qu'ils ne respectent pas mon droit de patiente, et que je vais me plaindre à la direction de l'hôpital, que j'aurai enfin droit à une micro-péridurale. Oui, micro, faut pas déconner, j'enfanterai un peu dans la douleur quand même. Mais je peux un peu respirer, me calmer, pour accueillir cette enfant dans la joie et non dans la paranoïa.

Vers 1 heure du matin, je me « repose » – tout est relatif – avec mon mari à mes côtés. Nous sommes dans la salle d'accouchement. Elle est spacieuse, et plongée dans une semi-pénombre. Seul un petit sapin de Noël en plastique clignote au fond de la salle. C'est une ambiance proche de celle de la nativité, si jamais Marie avait accouché dans un hôpital stérile et suréquipé médicalement et non dans une grange dégueulasse.

Il n'y a plus un bruit dans l'hôpital. Je suis allongée, en chien de fusil, sur un grand lit rond plastifié. Pas d'étriers. C'est au moins l'avantage d'un hôpital « écolo ». On n'accouche pas allongée et les pieds dans les étriers, mais dans des positions plus adaptées à la morphologie des femmes. Les contractions deviennent plus rapprochées, plus intenses, et je sens que le bébé s'agite. J'appuie sur un bouton pour faire venir une sage-femme. Elle rentre dans la pièce, je l'aperçois de loin : ce n'est plus la même qu'avant, il y a eu un changement de garde. Elle s'approche de moi.

« *My name is Aïcha* », annonce-t-elle avec un sourire doux. Elle porte un voile blanc. Un hidjab. Dessous ses cheveux doivent être attachés en chignon haut, puisque le voile fait comme une bosse, à l'arrière de son crâne. Aïcha doit avoir environ 25 ans. Elle est jolie. Après quelques examens, elle me dit que ça y est, en effet, je vais accoucher, et qu'elle va être là pour m'accompagner. Quand elle quitte la pièce quelques secondes, je regarde mon mec.

— C'est une blague non ? Je crois qu'en fait il y a un paradis, et que tes potes, là-haut, se sont dit : hé les gars on va faire en sorte que ce soit une femme musulmane et voilée qui aide la femme de Luz à accoucher, ce serait marrant.

Il me prend la main. Nous sourions niaisement tous les deux. On ne se le dit pas, mais cette facétie du sort nous bouleverse, l'un comme l'autre. Aïcha revient. Elle sera seule, pendant de longues minutes, à m'aider, pendant que je donne naissance à notre fille. C'est le visage d'Aïcha, entouré de ce voile blanc, que ma fille verra en tout premier, à 0 minute de sa vie.

Avant qu'elle quitte la salle, alors que je tiens mon bébé contre moi, je lui demande si on peut la prendre en photo. Elle est un peu surprise mais accepte. Je la remercie, ensuite. Un peu trop. « *Thanks so much for your help, and you know it was very important that it was you. I can't tell you why, but it was very important. I was not scared, thanks to you. It's life against death…* » Mes larmes interrompent ma tirade. Elle semble perdue, et doit penser que mes hormones me jouent déjà des tours, mais elle continue à me sourire avec douceur.

J'ai l'habitude de fuir les trucs cul-cul, le trop symbolique. Mais je ne peux m'empêcher de pleurer quand j'ouvre l'album photo de naissance de notre fille. Il y a cette photo, un peu floue, d'une jeune femme voilée. Dessous il est écrit : « Aïcha ».

Tentative de définition

— Tu as des projets, tu vas continuer les podcasts sur le sexe ?

— Non en ce moment je me concentre sur l'écriture d'un livre.

— Ah cool c'est la suite de ton roman ado ? Un truc de cul ?

— Non pas du tout. C'est moins léger… C'est sur les victimes par ricochet, les victimes indirectes. En fait je pars de mon expérience, par rapport au 7 janvier 2015, et à partir de là j'essaie de comprendre ce que ça veut dire.

— C'est super comme sujet. Tu vois, moi par exemple, eh ben je vivais juste à côté des terrasses où les gens ont été tués, le 13 novembre 2015…

— Merde… T'étais dans le coin le soir même ? Ça a dû être horrible…

— Non, mais en fait, j'ai eu un appart, en 2013, dans ce quartier. J'allais tout le temps manger au Petit Cambodge !

— Ah… Ok…

— Eh ben tu sais quoi ? J'ai mis un an, avant de comprendre que j'étais victime du syndrome de stress post-traumatique.

— Comment ça ?

— J'étais hyper angoissée, hyper déprimée. Et en parlant à ma psy, j'ai compris que ça venait de là, du 13 novembre. Et en fait, c'est ça, je suis une victime par ricochet des attentats. Comme toi. Dès que j'ai compris ça, ça allait mieux. C'est bien que tu parles de ça, de ce qu'on vit.

— …

Cette conversation, qui a eu lieu sur une terrasse parisienne, entre moi et la petite amie d'un pote, en février 2020, n'a rien d'exceptionnel. Cette fille n'est pas spécialement maladroite ni cruche. En moyenne tous les trois, quatre mois, j'ai droit au récit d'un ou d'une pote qui me dépeint les conséquences psychologiques désastreuses qu'ont eues les attentats sur lui ou sur elle. La copine qui était déprimée pendant des semaines après le 7 janvier. La pote qui a fait, en lien avec le 13 novembre 2015 apparemment, un burn-out à son taf, et a dû partir s'installer au vert.

Je ne nie pas la douleur, la sidération, la tristesse profonde qu'ont traversées des millions de Français après les attentats de 2015 (mais également après celui de Nice, de Strasbourg, ou encore de Villejuif). L'onde d'un impact dramatique, comme un attentat, ne touche pas que les victimes et leurs proches. Attention, je vais faire une lapalissade : c'est même le but du terrorisme que celui de terroriser une population entière.

Tout cela je le comprends parfaitement. Aucun de nos proches n'a été tué ou blessé ou présent le 13 novembre 2015 – un miracle vu le style de musique du concert au Bataclan, et les quartiers visés – et pourtant cet événement nous a atteints, profondément. Et pas uniquement parce qu'il nous a rappelé le 7 janvier. On a passé des jours à regarder les infos, à prendre des nouvelles des amis, à pleurer en lisant les récits de rescapés. C'est ce soir-là que tous les deux nous avons compris la charge symbolique des attentats du 7 janvier. Auparavant, les gens qui pleuraient dans nos bras, en parlant de l'attentat contre *Charlie Hebdo*, nous semblaient au mieux déplacés, au pire obscènes. Ils ne connaissaient personne du journal, pourquoi pleuraient-ils donc ? C'est en le vivant de la même façon que l'on a saisi l'impact émotionnel collectif des attentats.

En ce qui me concerne, je n'ai pensé qu'à cela pendant des semaines. Je sais que je n'irai plus jamais au Bataclan de ma vie. Désormais, à chaque fois que je vais dans une salle de théâtre ou de concert (ce qui est devenu très rare, mais peu importe), je checke les sorties de secours. Un jour, en terrasse parisienne, dans le Marais, je me suis jetée sous une table en entendant un bruit de détonation. C'étaient des gamins avec des pétards.

Mais je ne me considère pas comme une victime par ricochet du 13 novembre. Aucun de mes proches n'a été touché, je n'ai pas accompagné quelqu'un de blessé psychiquement ou physiquement, je n'ai pas été bouleversée de voir quelqu'un de très proche souffrir, je n'y pense pas tous les jours, cela n'a pas modifié mes rapports aux autres, à la vie, à mes valeurs. Il n'y a pas eu de rupture totale, pas d'avant/après, marqué au fer rouge, dans ma mémoire, suite à cet événement.

Comme l'analyse Hélène Romano, psychiatre experte en psychotraumatisme, « beaucoup de personnes ont eu des réactivations de leur propre histoire traumatique suite aux attentats, et sont venues en consultation parce qu'elles avaient vécu des choses qui n'avaient rien à voir avec ça, mais que cette violence-là réactivait leurs propres souffrances ». Cependant, malgré tout son mal-être potentiel, je ne prends pas au sérieux la fille qui a vécu à côté du Petit Cambodge en 2013 et qui se dit en stress post-traumatique. Elle n'a pas affronté la brutalité de l'attentat. C'est le mot. Brutalité. L'attentat a été violent pour elle. Il est brutal pour les victimes indirectes.

Tout cela, je me le dis, dans ma tête, assez énervée, au lendemain de cette soirée. Je suis chez une amie, penchée à la fenêtre pour fumer, et je marmonne toute seule, en tirant nerveusement sur ma cigarette. Pourquoi je ne lui ai pas répondu, à cette fille ? Pourquoi me suis-je tue ? La réponse est simple : parce qu'au fond, je n'ai pas encore bien cerné, précisément, dans mon esprit, ce qu'était une victime par ricochet. Pur hasard, mais cela tombe bien, c'est justement le lendemain de cette discussion en terrasse que j'ai rendez-vous avec Florence Boyer.

Maître Boyer est l'avocate de mon mari. Elle est spécialisée en droit du dommage corporel. Elle a défendu son dossier auprès du Fonds de garantie des victimes des actes de terrorisme et d'autres infractions (FGTI), afin qu'il soit indemnisé en tant que victime de l'attentat du 7 janvier 2015. Ce fonds de garantie, créé en 1986, est financé par la communauté des assurés (concrètement, un prélèvement forfaitaire de 5,90 euros sur les contrats d'assurance de biens). Comme le FGTI indemnise aussi certaines victimes par ricochet, Maître Boyer m'a proposé, un an auparavant, de plaider pour mon cas. Pour, notamment, obtenir le remboursement de mes frais de psychothérapie, entre 2016 et 2018, et directement liés au post-7 janvier.

Pour nourrir ce dossier, elle me demande des certificats des deux psys qui m'ont suivie. En septembre 2019, je reçois donc un document de l'une d'entre elles, où il est écrit :

> *(...) Elle présentait en effet plusieurs troubles apparus suite à cet événement traumatique et à l'émigration forcée pour raisons de sécurité. (...) Ce tableau clinique est celui d'un trouble de l'adaptation (F43.2) décrit dans la classification internationale des maladies CIM10 sous*

le chapitre « F43 Réactions à un facteur de stress important et troubles de l'adaptation ». De mon point de vue Mme... a été une victime indirecte de l'attentat du 7 janvier 2015.

J'ai mon diplôme ! C'est ce que je pense, en souriant, en lisant ce document reçu par la poste. Un sourire amer. F43.2 du CIM10. Il y a donc des lettres et des chiffres qui définissent en partie ce que je vis ? Je vais lire cette classification internationale.

> F43.2 : Trouble du comportement – trouble de l'adaptation. État de détresse et de perturbation émotionnelle, entravant habituellement le fonctionnement et les performances sociales, survenant au cours d'une période d'adaptation à un changement existentiel important ou un événement stressant. (...) Les manifestations, variables, comprennent une humeur dépressive, une anxiété ou une inquiétude (ou l'association de ces troubles), un sentiment d'impossibilité à faire face, à faire des projets, ou à continuer dans la situation actuelle, ainsi qu'une certaine altération du fonctionnement quotidien. (...)

Un dialogue du *Alice* de Lewis Carroll me revient en mémoire.

> — Mais je ne veux pas aller parmi les fous, fit remarquer Alice.

— Impossible de faire autrement, dit le Chat. Nous sommes tous fous ici. Je suis fou. Tu es folle.

— Comment savez-vous que je suis folle ? demanda Alice.

— Tu dois l'être, répondit le Chat, autrement tu ne serais pas venue ici.

Rien ne me choque dans la description F43.2. « Humeur dépressive », « anxiété », « altération du fonctionnement quotidien ». Ces « troubles » ont été ou sont réels. Pour autant l'attestation de cette psy n'est que son « point de vue », elle ne me caractérise pas juridiquement comme victime par ricochet.

Cet après-midi de février, dans son cabinet parisien, Maître Florence Boyer est accompagnée de Maître Laurent Pauly, un jeune confrère, qui a présenté un mémoire de master, à la Sorbonne, sur le sujet suivant : « De la difficulté de réparer les souffrances des victimes indirectes ». En incipit de son mémoire, on y trouve les mots justes d'Élie Wiesel : « On ne souffre pas seul, on souffre toujours avec ceux qui souffrent à cause de votre souffrance. »

La quarantaine énergique et chaleureuse, Florence Boyer m'accueille avec une ferme poignée de main. On sent qu'elle n'est pas là pour ne pas en écosser une, comme dirait ma grand-mère. Son métier, sa vocation, elle a « ça dans le sang ». Ses parents étaient aussi spécialisés en matière de réparation du dommage corporel.

Dans les années 1995, 1996, ils ont eu comme clients des victimes d'attentat. Ils étaient, par ailleurs, très proches de Françoise Rudetzki, la présidente fondatrice de l'association SOS Attentats, à l'origine de la loi de 1986 créant le fonds de garantie. Pourtant, pendant des années, Florence Boyer ne se destine pas au barreau. Sa mère le lui déconseille car ça va lui pourrir la vie, et elle aura une vie personnelle catastrophique. « Et elle avait raison ! » lance-t-elle aujourd'hui avec un grand sourire. Elle fait quand même du droit, mais public. Après avoir travaillé au sein d'une grosse collectivité territoriale et s'y être profondément ennuyée, elle présente le CAPA (Certificat d'aptitude à la profession d'avocat), et l'obtient. Avec un seul but : se consacrer à la réparation du dommage corporel.

Laurent Pauly, jeune trentenaire amène, a lui un autre parcours. Il veut être avocat depuis toujours, « pour aider les gens ». Lors d'un stage effectué en 2017, en pleine période de l'attentat de Barcelone, au sein de la FENVAC (Fédération nationale des victimes d'attentats et d'accidents collectifs), il découvre la spécialisation du dommage corporel, et décide que ce sera la sienne. Après avoir complété sa formation dans ce sens, il postule au sein du cabinet de Florence. « C'est passionnant. Dur, mais passionnant. On est vraiment face à des personnes qui ont besoin d'aide. » Les victimes par ricochet en font partie.

Juste avant le début de l'interview, Maître Boyer me prévient : dans deux heures, elle a un rendez-vous téléphonique avec la personne, au fonds de garantie, chargée de mon dossier. C'est le hasard du calendrier. Elle aura probablement, aujourd'hui, une réponse sur mon cas.

Je l'interroge d'abord sur la définition juridique des victimes par ricochet. Elle me répond que la loi ne dit rien de spécifique sur les différents types de victime. Tout est une création jurisprudentielle. C'est au fil du temps, en fonction des éléments qui leur étaient soumis par les parties, que les juges[1] ont vu devant eux des gens qui sollicitaient réparation d'un préjudice. Laurent ajoute que c'était assez compliqué dans le passé, qu'on a mis beaucoup de temps à accepter ce type de demande. C'était quelque chose qui n'était pas évident juridiquement et même sociologiquement.

> Les demandes pouvaient être mal accueillies au départ. Les personnes qui demandaient réparation du fait d'un accident qui était arrivé à leur proche étaient assez rapidement vues comme des personnes qui souhaitaient profiter économiquement d'un malheur qui était arrivé à quelqu'un d'autre. On a eu des termes assez durs, pour elles, on les appelait notamment les « pleureuses ». Puis, le droit aidant, on a fini

1. Les victimes directes et indirectes, via leurs avocats, font d'abord appel au fonds de garantie pour trouver des propositions amiables. Si elles ne sont pas d'accord avec ce premier cadre, elles peuvent alors solliciter le juge.

> par accepter certaines demandes. C'était initialement réservé aux proches au sens juridique du terme, soit le conjoint marié, soit les parents, en ligne directe. Avec l'évolution des mœurs de la société, on a étendu cette notion-là, aux concubins, aux pacsés, etc. Donc ça a été progressivement élargi, mais ça a été long et âpre.

Florence Boyer ajoute qu'on leur contestait une certaine légitimité, qu'il y avait un certain mépris.

> « Mais qu'est-ce que vous voulez réclamer ? », « votre douleur existe mais ce n'est pas vous la victime », « qu'est-ce qu'on va venir indemniser ? » Pendant très longtemps ces victimes-là se sont vues d'abord refuser tout accès à l'indemnisation.

L'évolution s'est faite au cas par cas, dossier après dossier. D'après Maître Boyer, ce qui a permis de faire un bond en avant pour ces victimes, ce sont les indemnisations par le Fonds d'indemnisation des transfusés hémophiles victimes d'une contamination par le VIH, créé en 1991. Cela a eu un effet levier sur tout le droit de la réparation du dommage corporel.

> Même si c'était très atypique, et que ça concernait peu de gens, les situations étaient tellement effroyables qu'on n'a pas eu tellement besoin de chouiner, nous les avocats, pour faire comprendre qu'une épouse qui perdait son mari des suites du sida, dans

des conditions atroces, était une victime par ricochet. Et donc on a commencé à indemniser dans des conditions dignes de ce nom.

Les deux avocats m'apprennent que dans le système de l'indemnisation, on catégorise les victimes par ricochet en deux grandes catégories : les victimes par ricochet du fait du décès de la victime directe, et les victimes par ricochet d'une victime blessée, physiquement ou psychiquement. Je ferais partie de la deuxième catégorie. Ils rencontrent peu de difficultés à faire admettre un préjudice indirect quand il s'agit de proches d'un défunt. C'est presque automatique, dès lors qu'il n'y a pas de contestation autour de la nature des relations avec la victime décédée. Dans l'appréciation de victime par ricochet de blessé, c'est plus compliqué.

> C'est terrible à dire, mais plus les blessures sont lourdes, plus pour nous il est facile de démontrer le retentissement que ça peut avoir sur le proche. Quand les blessures ne sont pas totalement handicapantes, c'est complexe. Prenons le cas d'un dossier, une demande d'une épouse dont le mari a été victime d'un attentat, sans lésions gravissimes sur le plan physique, mais avec un retentissement psychique. Il a fallu attendre des années avant que le juge considère que oui, ce n'est pas parce qu'il était toujours vivant et qu'il n'était pas en fauteuil, qu'elle n'avait droit à rien.

Je les écoute et même si évidemment je me mets à la place de la femme dont l'époux a été victime d'un attentat… je me demande si le fonds de garantie n'a pas peur d'ouvrir la boîte de Pandore.

— S'ils reconnaissent un droit à l'indemnisation pour Untel, qui nous dit que la cousine… commencé-je à dire.

— De la tante à Jules ! m'interrompt Florence Boyer.

— Voilà ! Qui nous dit que la que la cousine de la tante à Jules ne va pas dire : « Attendez mais moi après les attentats j'ai été en dépression pendant six mois, je ne pouvais plus travailler » ? Ou autre cas la personne qui va dire : « J'étais dans le même arrondissement que des terrasses visées le 13 novembre, et donc je suis en choc post-traumatique. »

L'avocate est très claire à ce sujet : il y a des conditions très strictes pour se voir reconnaître la qualité de victime. Tout le monde ne peut pas se dire victime d'un acte terroriste, il faut remplir un certain nombre de critères, et être dans un certain « périmètre », même si elle n'aime pas ce mot. On ne peut pas agrandir l'onde de déflagration. Les ricochets, ce sont les proches de victimes directes.

> Ce n'est pas parce que vous étiez à votre fenêtre et que vous avez entendu des déflagrations que vous êtes considéré comme un ricochet. Non, le ricochet, c'est vraiment celui qui est touché directement par la victime qui est son proche, dont il voit les conséquences du traumatisme au quotidien. En revanche, la cousine

de la tante à Jules, si elle démontre qu'elle s'est précipitée au chevet du blessé, qu'elle a tout de suite répondu présente dans les jours qui ont suivi pour être vraiment à l'écoute, l'accompagner au quotidien dans ses démarches, etc., elle peut potentiellement être considérée comme ricochet.

Je saurai désormais quoi répondre exactement quand on me demandera la définition juridique d'une victime par ricochet, et la frontière de cette définition. Quand je leur demande en quoi le fait d'être reconnu comme victime par ricochet ferait partie du processus de résilience, je les sens un peu hésitants à me répondre. Et c'est normal : ils sont avocats, pas psys. C'est de ma faute. Comme c'est la première fois que je rencontre des personnes « spécialistes » des victimes par ricochet, et comme ils sont extrêmement sympathiques, j'ai l'impression d'être un enfant privé de sucre depuis des mois et qui se retrouve face au rayon Kinder d'un supermarché, à Pâques. J'ai envie de leur poser mille questions, même celles qui ne sont pas de leur domaine de compétence. Douze années d'expérience et de « juste distance » journalistique balayées par une vague d'émotion. Florence Boyer me répond quand même sur la question de la résilience. S'ils se battent pour faire reconnaître et la réalité du préjudice et le droit à l'accès à l'indemnisation de ces gens-là, c'est que pour eux, il y a une souffrance qui mérite d'être indemnisée. Elle aurait du mal à me dire comment ça vient se placer exactement dans le processus de réparation psychique.

> Il n'y a qu'une chose que je peux dire, et qui relève de mon expérience, c'est que la plupart des gens, quand ils arrivent, nous disent : « Je ne veux pas d'argent. Parce que ça ne me rendra pas ma fille, mon fils, ou bien il ou elle ne sera plus comme avant. » C'est vrai, mais la seule compensation et reconnaissance qu'on peut apporter aux victimes, c'est celle-là. Et on se rend compte que quand on règle ces indemnités-là, on sent que ça ferme quelque chose... Enfin ça ne ferme pas vraiment... Je ne saurais pas précisément vous dire ce que ça engendre chez la victime, mais ça doit avoir du sens. Après c'est à chacun de donner ce sens-là.

J'émets l'hypothèse qu'il peut y avoir dans cette démarche une volonté de reconnaissance, qui par ailleurs n'existe pas tant que ça. Tout d'un coup une institution vous dit : « Ok je vous ai entendu, vous êtes victime par ricochet. » Alors que par ailleurs, sociétalement, cette notion est peu reconnue. Le fait de l'entendre, ne serait-ce qu'une fois, peut permettre parfois de passer un cap. Laurent Pauly acquiesce. Il explique dans son mémoire que « l'indemnité allouée n'a jamais pour vocation de compenser la souffrance, mais de "montrer à la victime que le droit prend sa douleur en considération. Qu'à une atteinte intime, personnelle, subjective unique, répond, via l'indemnisation, une utilisation personnelle, subjective, unique" ».

Il m'explique que depuis peu, certaines décisions de juges essaient de déplacer le débat non pas sur l'importance des séquelles de la victime directe, mais plutôt sur la souffrance du proche. C'est-à-dire l'effet que va avoir psychologiquement sur le proche la vision de la souffrance de la victime directe. C'est une bonne nouvelle pour ces avocats. On n'est plus sur un critère de gravité corporelle ou physique, mais on est sur un impact psychologique.

> Je pense par exemple à une décision qui concernait les victimes du Distilbène. Une enfant est née stérile, à cause de cette molécule-là. Et on a indemnisé son père, en tant que victime par ricochet, puisqu'il est condamné à voir sa fille souffrir du fait de sa stérilité à elle, causée par un tiers. Son préjudice a été reconnu par ce biais-là. Ce n'est pas la stérilité de sa fille qui a justifié son indemnisation à lui, c'est le regard qu'il a porté sur la souffrance de sa fille qui a retenti sur lui, qui a généré chez lui une souffrance. On en revient au lien d'affection, aux fondamentaux qui font de cette personne une victime par ricochet.

Sauf que ce lien d'affection, cette souffrance, sont encore peu entendus par le fonds de garantie.

> Parmi nos clients, raconte Florence Boyer, on voit des parents qui ont subi des traumatismes d'une

violence inouïe, comme la perte d'un enfant, qui développent des maladies de type cancer, ou AVC. C'est très fréquent. On sait qu'il y a une part de stress qui favorise, qui crée un terrain à toutes ces maladies-là. Pour l'instant, ce sont des choses qu'on a du mal à faire admettre. Les seules conséquences directes dont on a réussi à faire obtenir la réparation, ce sont les deuils pathologiques. Lorsque la personne devient dépressive et développe des troubles psychiatriques importants qui l'empêchent de fonctionner. Je pense à une cliente, qui a perdu son fils au Bataclan. Elle ne parle que de ça. Elle ne vit plus qu'à travers ce deuil et ce deuil dure. Il ne s'amoindrit pas, il a tendance à avoir des pics. Rien ne l'extrait de ça. Et son comportement à elle commence à rejaillir sur ses proches à elle, sur son mari et ses enfants. C'est surprenant et c'est même très dur pour nous à entendre. Parce qu'eux-mêmes ne peuvent lui dire que ça les fait souffrir. Puisque lui dire ça, c'est finalement lui retirer sa propre souffrance. Lui dire : « Arrête de parler de lui, nous il faut qu'on s'en sorte », ce n'est pas possible. Pour elle ce n'est pas audible, il faut que tout le monde soit au fond du puits, avec elle.

Les proches de cette femme sont, en quelque sorte, des ricochets de ricochet… Ils souffrent de voir leur épouse, leur mère souffrir. Mais ils se taisent.

On se retrouve dans le même processus que vous décriviez tout à l'heure, de ces proches qui n'osent pas exprimer leur propre souffrance pour laisser à la victime directe toute sa place. Ils ne considèrent par leur souffrance comme importante ou légitime.

Florence Boyer et Laurent Pauly sont spécialisés en droit du dommage corporel, mais ils ne s'occupent pas que de clients victimes d'attentat. Je suis curieuse de savoir si d'après eux, il y a une spécificité de la victime par ricochet liée aux attentats, car c'est un événement à la fois privé – il y a la perte ou la blessure physique ou psychique d'un proche – mais aussi national, mondial, médiatique. Pour l'avocate, c'est une évidence.

Ce type d'événement n'est pas de même nature qu'un accident de la circulation, qui est un événement tragique, mais qui est ponctuel et qui n'a pas la même charge sociale. Le but est de terroriser toute la nation, on va en parler pendant des semaines. Pour les victimes directes, le fonds de garantie reconnaît qu'il y a un préjudice qui est exceptionnel et directement lié à la nature terroriste de l'acte dont ils ont été victimes. C'est un poste qui vient en plus de tous les autres. Cela résulte d'études anciennes sur le retentissement d'un acte terroriste sur les victimes, en dehors de toutes les blessures et les lésions psychiques. On admet donc une spécificité. Pour les ricochets, la reconnaissance de certains préjudices qui sont liés à la situation du proche d'une victime d'acte de terrorisme est très récente. Elle date de 2017. Les associations de victimes des attentats de 2015 et les avocats se sont ainsi battus pour faire reconnaître le préjudice d'attente et d'inquiétude. Quand Florence Boyer me l'explique, je comprends que c'est un préjudice que j'ai eu le privilège immense de ne pas subir.

> C'est toute la phase pendant laquelle par exemple la femme va savoir que son époux se trouve dans le Bataclan, parce qu'elle sait qu'il est allé voir un concert, mais elle n'a pas de ses nouvelles. Elle voit les images défiler sans cesse à la télé. Mais elle n'a pas d'informations sur ce qui est advenu. Et ça, ça peut durer des heures. Voire des jours. Elle peut partir dans Paris, affolée, pour essayer de se rapprocher du lieu, faire tous les hôpitaux, etc. C'est ça le préjudice d'attente et d'inquiétude.

Quand je leur demande si l'expression « victime par ricochet » leur convient ou s'ils l'utilisent par défaut, Laurent Pauly me répond qu'il la préfère à « victime indirecte », qui sonne « seconde zone ». Or souvent les victimes par ricochet vont se sentir illégitimes. On a aussi « victime secondaire », qui est très moche. « Ricochet est adapté, même s'il peut être mal ressenti. Comment le ressentez-vous, vous ? »

Je leur raconte que je l'ai entendu pour la première fois à l'Hôtel-Dieu, le 7 janvier, que c'est une psy qui l'a prononcé. Je leur dis aussi que j'ai mis du temps à comprendre, et à assumer, sachant que mon mari a mis du temps à se reconnaître comme victime. Florence Boyer me raconte alors un souvenir. Elle était venue dans les locaux de *Charlie*, délocalisés chez *Libé*, quelques jours après les attentats, pour présenter son travail, pour expliquer ce qu'était le fonds de garantie, etc. Et à la fin, Luz lui avait dit qu'il avait trouvé ça intéressant, mais qu'il ne devait pas être concerné. « Je m'en souviens très bien. Ça m'avait vraiment marquée. Il y avait un tel sentiment d'illégitimité chez lui ! Comme si, parce qu'il n'avait pas reçu de balle, il n'était pas victime. Personnellement je trouvais cela fou. »

Mon sentiment d'illégitimité à moi vient aussi du fait que je ne peux pas m'empêcher de me poser la question suivante : est-ce que j'ai tel comportement, tel trouble psy, border line, parce qu'il s'est passé ça, ou bien c'est juste une névrose qui était tapie et qui est ressortie avant mes 40 ans ? Florence Boyer me répond avec beaucoup d'assurance. Car c'est évidemment un sujet auquel elle a été confrontée.

> Nous les juristes on a un raisonnement qui peut paraître simpliste, quand on l'aborde comme ça, mais qui résout des difficultés. Nos adversaires vont vouloir chercher dans le passé de nos clients, notamment pour les traumatismes psy, tout un tas de pathologies qui auraient pu être sourdes et surgir comme ça à la faveur d'un événement traumatique. En gros c'est : « Vu l'ampleur des dégâts, elle devait être bien tarée avant. » On serait tous des névrosés voire des psychopathes en puissance, si on s'en fie à certains psychiatres. C'est un peu comme les rhumatos ! Selon

eux, on aurait tous un terrain d'arthrose. Certes, seulement on ne va peut-être pas tous finir pliés en quatre. C'est pareil pour certains psys. Mais la cour de cassation le dit haut et fort, et fermement, depuis la fin des années 80 : un état antérieur qui n'est pas exprimé, on n'en tient pas compte. Même s'il est révélé par le traumatisme, on tiendra compte de toutes les conséquences du fait dommageable. C'est fondamental pour nous, cette notion. On doit donc se battre bec et ongles pour le faire comprendre. Notre raisonnement c'est donc : « Il y avait peut-être des signes, avant, mais d'une il faut que vous le démontriez, et de deux si vous le démontrez, est-ce que ça l'empêchait de vivre ? Oui, non ? Non ? Eh bien aujourd'hui, cela envahit tout. »

CQFD. Elle me fait rire, avec sa métaphore sur les rhumatologues. Et je l'imagine en train de se battre, en réunion, face au fonds de garantie, ou bien au tribunal face au juge. Leur parole ne fait pas que me rassurer, elle me permet de mieux cerner la définition des victimes par ricochet, de mieux en comprendre les enjeux juridiques, et les combats nécessaires. Il y a si peu de travaux, accessibles au grand public, sur la question des victimes par ricochet, notamment celles des attentats… Maître Boyer me rappelle qu'on s'est penchés il y a peu de temps sur cette pathologie spécifique. Ce n'est qu'après la vague d'attentats de 1995 et 1996 qu'on s'est rendu compte que les victimes d'attentat, quelles qu'elles soient, avaient un trouble psychique particulier, qu'on observait par ailleurs chez les militaires. Laurent Pauly ajoute que pour les victimes indirectes, la reconnaissance est encore un chemin de croix, que c'est encore très compliqué.

> La principale difficulté est que les personnes en face de nous, au fonds de garantie, pensent en termes monétaires. Ils ne se mettent pas à la place des personnes concernées. Le fait de vous lire pourra peut-être les aider.

Je l'espère aussi... L'entretien touche à sa fin et comme prévu, Florence Boyer doit quitter la salle de réunion, pour répondre à l'appel du fonds de garantie. Je discute entre-temps avec Maître Pauly. Quand elle revient, elle se rassied, l'air enthousiaste. Je n'attends rien de spécial puisqu'elle m'a fait comprendre, à plusieurs reprises, ces derniers mois, que je ne peux a priori prétendre à aucune indemnisation. Mais elle m'annonce qu'elle a obtenu une reconnaissance de mes préjudices de la part du fonds et que celui-ci propose une indemnisation.

Je suis muette. Stupéfaite. L'expression « il faut le temps que ça monte au cerveau » prend tout son sens.

> Vous êtes une victime par ricochet. Vous avez souffert de voir votre mari traverser toutes ces épreuves, d'avoir été témoin de cette horreur, de perdre tous

ses amis. Vous avez dû adopter son mode de vie pour pouvoir échapper aux menaces. Cela vous a coupée de votre environnement familial, amical, et de votre réseau professionnel. On a réussi à le faire entendre au fonds de garantie.

Je reste abasourdie par la nouvelle. J'enquête sur les victimes par ricochet. Je viens de lui poser une question sur les effets de la reconnaissance de ce statut, sur la résilience d'un individu. Et voilà que je me retrouve dans cette même situation que j'avais décrite.

Troublée, groggy, je quitte Florence et Laurent, en les remerciant mille fois. Pour le temps qu'ils m'ont accordé pour l'interview, pour la défense de mon dossier, mais surtout pour ce qu'ils font pour leurs clients et clientes. Ceux-ci ont souvent traversé de bien pires épreuves que moi, et ils peuvent, grâce au travail acharné d'avocats comme eux, trouver une forme de soulagement dans la reconnaissance, par le droit, de leurs préjudices.

Nemo censetur ignorare lege, nul n'est censé ignorer la loi. Deux heures avant cet entretien j'ignorais l'histoire, la jurisprudence et l'actualité de la question juridique des victimes par ricochet. J'ignorais surtout à quel point, au-delà même de la reconnaissance de mon dossier, le fait d'échanger avec ces deux avocats passionnés allait autant me bouleverser. J'ai l'impression d'avoir enfin trouvé des personnes qui comprennent réellement le vécu des « ricochets », comme ils les appellent, et qui les aident concrètement, quand ces derniers les sollicitent. Ils m'ont aussi permis de mieux circonscrire la notion. Il était temps.

Je peux à présent la déconstruire.

Redéfinir

Souvenir. Un matin d'octobre 2019. Je suis sous la douche et j'écoute « Boomerang », l'émission d'Augustin Trapenard sur France Inter. Il reçoit ce jour-là l'avocat Éric Dupont-Moretti, qui n'est pas encore devenu ministre de la Justice. L'avocat pénaliste s'est fait connaître au procès d'Outreau en 2000. Depuis il collectionne les acquittements, et a une clientèle médiatisée (Karim Benzema, Bernard Tapie, Georges Tron, ou encore le frère de Mohammed Merah). Ce matin-là sur France Inter il fait la promotion de son seul en scène, *À la barre*, au théâtre de la Madeleine. Trapenard lit un extrait du spectacle. L'avocat parle d'une « nouvelle catégorie sociologique », celle de victime. « La victime a le monopole du cœur, de la souffrance, de la dignité. Je veux bien l'entendre. Mais quand on incite les victimes à se regrouper entre elles, leur malheur partagé finit par leur procurer une forme de confort, au détriment de la guérison de leurs traumatismes. Exister en tant que victime, montrée en exemple, n'encourage pas à en finir avec son chagrin. La priorité, après un drame, c'est de s'en remettre, pas de s'en repaître. » Bim.

Alors que je suis en train de rassembler mes premières recherches et écrits sur la question des victimes par ricochet, voilà que cet avocat médiatique affirme que je risque de me « repaître » du drame. Ces mots me percutent de plein fouet. Quelques mois plus tard, je les relis. Ce qu'il critique, principalement, c'est l'action de regroupement des victimes entre elles, qui aurait un effet négatif sur la « guérison de leurs traumatismes ». Je ne fais pas partie d'une association de victimes par ricochet : il n'en existe pas. Mais je cherche bien à en rencontrer d'autres. Est-ce pour « me procurer une forme de confort » ? Est-ce « au détriment de la guérison de (mes) traumatismes » ?

Que l'on soit en accord ou pas avec lui et j'aurais tendance à être plutôt en désaccord, Maître Dupont-Moretti révèle quelque chose : le mot « victime » reste compliqué, même aujourd'hui. Dans le vocabulaire courant, le terme est bourré de connotations négatives. Une victime c'est faible. Une victime c'est soumis. Une victime c'est passif. Une victime c'est impuissant.

Personne n'a envie d'être une victime à perpétuité. Ni même une victime tout court (à part les personnes atteintes du syndrome de Münchhausen, qui s'inventent un trauma pour attirer l'attention sur elles, mais ce sont des cas pathologiques rares). Être victime n'est pas quelque chose qu'on inscrit sur son CV. Ce n'est pas un choix, cela vous tombe dessus. Et personne n'a envie de faire des dîners à la cool avec des victimes : « Tu verras c'est une victime très très sympa. Très drôle. Elle apporte le vin, elle connaît un caviste bio super. »

Parmi les trois autres « victimes par ricochet » rencontrées, l'une se définissait totalement ainsi, la deuxième également, mais avait refusé, je cite, « le pognon du fonds de garantie », et la troisième ne se reconnaissait pas du tout dans ce terme, ayant l'impression de prendre la place de son conjoint, la victime directe.

Pourquoi ai-je, moi, souhaité la reconnaissance officielle de mon statut de victime ? Facebook me le rappelle aujourd'hui, en me suggérant de partager de nouveau une photo prise il y a pile huit ans. C'est une vitrine de magasins de babioles, aux États-Unis, emplie d'objets tous plus kitsch les uns que les autres. On y aperçoit entre autres un gros Bouddha souriant, une Vierge Marie colorée, et un Indien. Je passe plusieurs semaines à New York. J'aime le kitsch. Je publie donc cette photo, quelques heures avant d'être victime d'un viol par soumission chimique.

J'ai raconté cet événement dans mon essai *Sexpowerment*, paru en 2016. J'y ai consacré un chapitre entier, afin d'illustrer entre autres le concept de *slut shaming*. Je ne souhaite pas revenir en détail sur ce viol, ce n'est pas l'objet de ce livre, mais en résumé voici ce qui s'est passé.

« En résumé. » Comme s'il était simple de résumer un viol. Vous connaissez la règle journalistique des

« 5 W » ? C'est une règle à la con, que l'on apprend dans les écoles de journalisme. Il s'agit de répondre aux cinq questions de base que se pose le lecteur : *Who* ? *What* ? *When* ? *Where* ? *Why* ? Je vais tenter – pour une fois – de ne pas digresser. Les faits, les faits, rien que les faits.

Avril 2012. Je suis à New York avec mon petit ami de l'époque, pour quelques semaines. J'écris des articles, et je vais bientôt travailler pour un festival de boylesque, c'est-à-dire des shows de burlesque réalisés par des hommes. Un jour, en tout début de soirée, après une dispute avec mon petit ami, je fais ma valise, je quitte l'appartement que je loue avec lui, et je vais loger dans une auberge de jeunesse à proximité. Rien de dramatique en soi : j'ai l'habitude, à cette époque-là, de faire ma valise ou mon sac, et de partir, à chaque dispute ou presque. Dans l'espace jardin de l'auberge de jeunesse, alors que je suis sur mon ordinateur, un mec m'aborde. Trentenaire, latino-américain, voyageant seul. Il me propose d'aller boire un verre. Il ne me plaît absolument pas – il est habillé en jogging de foot, et n'est pas séduisant – mais j'accepte, car je le trouve sympa, il ne me drague pas du tout, et je n'ai rien de prévu. Après avoir mangé un énorme sandwich, je vais dans un bar cool de Brooklyn, et bois, en sa compagnie, deux verres de vin blanc. Nous parlons de tout et de rien. Comme il doit aller à Paris quelques semaines plus tard, je lui conseille des endroits pas trop touristiques à visiter. Le troisième verre, je ne le commande pas. C'est lui qui l'a fait. Il me le tend après que je suis sortie des toilettes, un peu avant minuit. Quelques minutes plus tard, black-out. De six heures. Je ne sais pas quand ni comment je suis sortie du bar. Le lendemain matin, je me réveille dans mon lit, dans le dortoir de l'auberge de jeunesse. J'ai mordu, apparemment, toute la nuit, l'intérieur de mes joues. J'ai des douleurs au niveau du vagin. Je ne me souviens presque plus de rien. Je dis presque car le black-out n'est pas total : j'ai quelques « flashs ». Des scènes sexuelles, des scènes où j'erre dans l'auberge de jeunesse, aussi. Je comprends, en ayant envie de vomir à l'idée d'avoir eu des rapports sexuels avec cet homme-là, que j'ai été violée.

Lorsque, accompagnée de mon petit ami, je vais à l'hôpital et je porte plainte, on ne me croit pas. Je passe pour la touriste française délurée. Plus je me défends, en expliquant que j'ai l'habitude de picoler et de coucher avec des mecs, mais que là c'est différent, plus je m'enfonce. Une infirmière me dit que « parfois, nous les filles, on fait des trucs qu'on regrette ». Les flics me disent que si je leur dis la vérité – sous-entendu que j'ai trompé mon copain – ils ne lui diront rien. Je suis sous le choc, les examens et entretiens durent des heures. Je finis par signer un papier que je ne comprends pas. C'est un document dans lequel apparemment je renonce à ma plainte.

Passé les premiers jours ponctués de crises d'angoisse, de problèmes de santé (car je prends des médicaments « préventifs » pour le VIH), et les premières semaines à me taper littéralement la tête contre les murs, je vais porter plainte dans un commissariat parisien. Car je sais qu'il va venir à Paris, et qu'il va loger dans une auberge de jeunesse. Je suis accueillie, au commissariat, par des remarques censées me décourager. « Mademoiselle, trois plaintes de viol sur quatre sont fausses », ou encore « Vous êtes sûre de vouloir faire ça ? Ça va être long, de porter plainte, vous savez ». Mais j'encaisse, je ne suis plus en état de choc, et je suis déterminée. Quelques jours plus tard, avec deux policiers, nous mettons en place un stratagème pour que ceux-ci retrouvent mon agresseur : je lui envoie un mail pour lui donner rendez-vous à l'auberge de jeunesse parisienne, lui faisant croire que j'ai tout oublié de la nuit à Brooklyn. Quand ce n'est pas moi mais les policiers qui arrivent à l'auberge de jeunesse, habillés pourtant en civil, il part en courant. Il sera rattrapé, interrogé, et relâché.

Pourquoi fallait-il que je relate cette histoire une nouvelle fois ? En 2012, je n'ai pas les moyens de me payer un avocat, je dois donc en prendre un commis d'office. Mais j'ai la chance folle de tomber sur Maître Thomas Ricard, un grand pénaliste, d'un cabinet réputé, qui prend de temps en temps des dossiers en *pro bono*. Soit gratuitement. Celui-ci m'accompagne pendant toute la procédure, longue et complexe. Jusqu'à ce qu'à l'automne 2014, je rencontre, pour la dernière fois, la juge d'instruction. Pour clore le dossier sans suite. Il y a un manque de preuves matérielles. C'est sa parole contre la mienne. Et la juge n'a pas obtenu, de la part des inspecteurs américains, la déconfidentialisation de l'ensemble du dossier.

Évidemment le classement sans suite est une mauvaise nouvelle. Mais ce que je retiens, et ce que je retiendrai à vie, de ce rendez-vous, ce sont les mots de la juge d'instruction.

> Sachez que j'ai pris très au sérieux votre dossier. Pour moi, vous avez été victime de ce viol par soumission chimique. Point. Je vous crois. Votre avocat vous croit. On ne peut pas aller jusqu'au bout de la procédure, mais croyez-moi, on aurait aimé qu'il en soit autrement.

Ces quelques mots m'ont permis de clore, définitivement, cet épisode terrible de ma vie. Même si le violeur n'a pas fini dans une cellule de prison comme il le méritait, la justice française, à travers cette juge, a reconnu mon préjudice. Le soutien, l'écoute de mon avocat ont aussi eu un rôle fondamental. Lui et mon psy de l'époque, qui m'avait affirmé, alors que j'étais inquiète de ma santé mentale remise en cause à l'hôpital de Brooklyn, que j'avais des névroses, bien sûr, mais que la mythomanie n'en faisait pas partie.

La phrase « vous êtes une victime », prononcée par quelqu'un d'autorité, m'a permis de ne plus l'être. Ce n'est pas une pensée magique. Mais elle a été dite à une période où j'avais déjà largement guéri du traumatisme, et elle a mis une espèce d'abattant sur une boîte en carton. C'est comme dans la série *Cold Case* ! Quand ils sortent un carton d'une affaire non résolue, qu'ils résolvent ce crime et qu'ils peuvent enfin, à la fin, ranger le dossier à sa place, dans les archives. J'ai un carton « viol par soumission chimique » rangé dans l'étagère de ma vie. Il existe, il est là, je ne le nie pas. Mais il ne prend pas une place de dingue. Je me sens mal aux dates anniversaires, les 20 et 21 avril, je ne peux plus voir de scènes de viol dans les séries ou les films. Ce carton sera toujours là, mais il ne me définit pas. C'est une affaire classée. D'ailleurs, en pleine période #MeToo, alors que des milliers de victimes postaient, sur les réseaux sociaux, des témoignages d'agression, plus ou moins graves, je me suis tue. Non pas par honte. Mais parce qu'on m'avait reconnue en tant que victime – c'est bon c'était fait – et que j'avais pu en faire le récit, dans un livre.

Est-ce le même processus qui va se réaliser, avec ce qui vient de se produire ? Est-ce que parce qu'on – « on » étant le fonds de garantie – m'a reconnue comme victime par ricochet, et que je peux transformer les souvenirs dramatiques en écriture, je vais clore ce dossier ?

Les mots de l'avocate, Maître Boyer, ont certes libéré quelque chose, immédiatement. Selon le linguiste John Austin, il existe une différence entre énoncés constatifs et performatifs. Les premiers décrivent la réalité. Les seconds cherchent à les transformer. Avec les performatifs, le langage devient action. Les mots font les choses. « Aujourd'hui il pleut » énonce un fait, tandis que « je vous déclare mari et femme » produit des effets dans le réel[1]. « Vous êtes une victime par ricochet. » Cet énoncé, de mon avocate, et du fonds de garantie, est un énoncé constatif à première vue. Mais il est aussi performatif. Il est même, je dirais, contre-performatif. Il m'a libérée du statut de victime. Il m'en a émancipée. Je n'étais plus « Camille, victime par ricochet *ad vitam eternam*, enfin apparemment mais c'est pas sûr », mais bien « Camille, reconnue victime par ricochet à tel moment, par telle institution officielle, et qui peut donc passer à autre chose, bordel de merde ». Vous voyez la nuance ? Elle est capitale.

Cinq ans après les attentats, je vivrais donc, psychologiquement, quelque chose d'assez similaire à ce qui s'est passé en 2014, deux ans après le viol à New York ?

Non. Ce n'est pas si simple. Le « dossier 7 janvier » n'est pas clos. D'une part je sens qu'il ne pourra jamais totalement l'être. L'onde de choc a été moins intime, mais plus violente. Dans un cas il n'y a pas eu mort d'homme, dans l'autre oui. Dans un cas c'est quelque chose de personnel, un truc entre mon cerveau, mon corps et moi. Quelque chose sur lequel j'ai pu travailler, et que je ne crains pas de revivre (désormais je fais très attention à mes verres et à ceux des femmes autour de

1. *Un appartement sur Uranus*, Paul B. Preciado, Grasset, 2019.

moi, quand je sors). Dans l'autre il y a un drame issu d'une idéologie fanatique toujours présente dans nos sociétés.

Et puis il y a tout de même quelque chose qui me dérange avec le terme de victime par ricochet, ou plutôt avec ce qu'il englobe. On a vu, avec Maître Florence Boyer, que, d'un point de vue juridique, le terme inclut deux types de personnes : les proches de personnes décédées et les proches de personnes blessées physiquement et/ou psychiquement. Or, pour moi, c'est clair depuis le début de ce projet : les personnes endeuillées sont des victimes directes. Il y a une véritable différence entre avoir perdu son mari, son enfant, sa sœur, lors d'un attentat, et accompagner un proche, rescapé, dans sa convalescence physique et dans sa résilience psychologique. Il y a une vraie frontière entre ces deux expériences, et pas n'importe laquelle, cela s'appelle la mort.

Et donc si, suite à un attentat, une veuve est une victime par ricochet, n'est-ce pas indécent que moi j'en sois aussi une, sachant que je me réveille tous les matins, depuis cinq ans, auprès de mon mari ? Je n'ai pas traversé de deuil. Ma psy actuelle me dirait « oui, mais tout de même, vous avez dû faire le deuil de votre vie à Paris, du contact avec vos proches, de votre autonomie, de votre travail, etc. ». Soit. Je ne dis pas que j'ai vécu sur une croisière aux Baléares pendant cinq ans. Mais il y a le deuil symbolique, et le vrai deuil. Et la confusion des deux qu'implique la définition juridique de la victime par ricochet me pose problème.

Maître Boyer m'a conseillé de contacter la docteure Catherine Wong. Elle est psychiatre depuis trente ans, et médecin-conseil de victimes, c'est-à-dire qu'elle assiste les victimes, et leurs avocats, dans les démarches médico-légales, en évaluant leur dommage corporel. Elle a passé ce diplôme en septembre 2015, en ignorant alors qu'elle allait en faire son activité principale. Avec les attentats du 13 novembre 2015 et ceux de Nice en 2016, elle a eu plus de 250 patients, victimes directes et indirectes.

Elle me rappelle que la reconnaissance officielle, dans le milieu psychiatrique et psychologique, de l'existence de symptômes post-traumatiques chez les victimes indirectes est très récente. Elle date de 2013 ! Il existe un manuel diagnostique et statistique des troubles mentaux (également désigné par le sigle DSM). D'origine américaine, ce manuel est utilisé comme référence par les psychiatres et les psychologues du monde entier. Révisé régulièrement, il donne la définition des troubles. Il définit par exemple le syndrome de stress post-traumatique, avec tels et tels symptômes, tels et tels critères.

Or dans la dernière version, le DSM-5, les psychiatres ont intégré les victimes secondaires, les proches de victimes. Il a été reconnu qu'ils pouvaient présenter une symptomologie de stress post-traumatique qui était la même que s'ils avaient été dans l'événement. Selon eux, quelqu'un qui a subi un événement et un de ses proches qui le subit par ricochet doivent être traités pareillement. Ainsi certains proches ont des cauchemars alors même qu'ils n'étaient pas sur les lieux. Parce qu'ils ont vu des images, et entendu des récits. Parce qu'ils sont impliqués affectivement dans ce qui s'est passé pour leurs proches. « C'est le propre de l'empathie. Vous souffrez de la souffrance des autres. Cette empathie peut être énorme, et cette souffrance peut vous envahir. »

Si la psychiatrie officielle a reconnu l'existence de troubles post-traumatiques chez les victimes par ricochet, ces mêmes victimes vivent encore avec un sentiment d'illégitimité. Catherine Wong développe :

> Elles se disent : « Je n'y étais pas, donc je n'ai pas le droit de souffrir, je n'ai pas le droit d'avoir de symptômes, c'est l'autre qu'il faut que j'aide, puisqu'il y était. » C'est renforcé par la procédure d'indemnisation, qui ne considère pas la victime par ricochet comme une victime à part entière. Dès lors ils ont tendance à s'oublier. Auparavant je m'occupais de personnes âgées, des Alzheimer et des proches de ces personnes. Je vous en parle parce que je travaillais beaucoup à faire prendre conscience à ces proches qu'ils étaient eux-mêmes dignes d'attention. Et puis je leur disais : si vous allez mal, comment voulez-vous qu'il ou elle aille bien ? On considère qu'il y a une vraie pathologie liée au fait d'être « à côté ». Pour nous c'est une évidence. Alors le proche ne développe évidemment pas des troubles de la maladie

d'Alzheimer, ce qui est différent de la victime par ricochet qui développe une symptomatologie qui peut être la même que celle de son proche qui a été victime directe. Mais tous les deux sont de véritables patients, légitimes.

Avant que l'on s'appelle, j'ai échangé par mail avec la docteure Wong. Et elle a évoqué brièvement l'attentat de Nice, qui l'a beaucoup marquée. Je lui demande pourquoi.

> Il y a des personnes qui étaient *à côté* de la promenade, et dont la famille était *sur* la promenade. Elles y sont allées une minute après le passage du camion, elles ont récupéré leurs proches blessés, elles les ont emmenés à l'hôpital, parfois elles les ont perdus dans leurs bras. Eh bien le fonds de garantie considère que ce ne sont pas des victimes indirectes, parce qu'elles n'étaient pas là au passage du camion… En tant que psychiatre, c'est quelque chose qui me choque. Le traumatisme ce n'est pas le passage du camion, le traumatisme ce sont les conséquences du passage du camion. Or ils étaient là pour les conséquences, et ils ne sont pas considérés. C'est quelque chose pour moi qui est d'une violence majeure.

En effet c'est d'une violence folle de dire à quelqu'un : désolé, vous êtes arrivé une minute trop tard pour prendre dans vos bras votre enfant percuté par un camion. C'est ballot, à quelques secondes près vous auriez pu être indemnisé dites donc...

Mais ce que je ne comprends pas, c'est que mon mec a lui été considéré comme une victime directe... Or il est arrivé au journal quelques secondes après l'attaque.

> Parce qu'il a vu les armes. Pour le fonds de garantie, si vous ne voyez pas l'arme, ou si vous ne voyez pas le camion, vous n'êtes pas une victime directe. Votre mari est considéré comme une victime directe, mais pas d'autres, qui sont arrivés juste après lui. Par exemple, je ne suis pas sûre que Patrick Pelloux soit considéré comme victime directe. Cela m'étonnerait. Et pourtant il a été là, au plus près de l'évènement, tout de suite.

La reconnaissance des préjudices subis par mon mari serait donc liée au fait qu'il ait vu les deux terroristes tirer en l'air, dans la rue. Mais il ne faut pas avoir fait douze ans d'études pour comprendre que son trauma ne vient pas uniquement de la vision des kalachs. Le fait de rentrer ensuite dans les locaux et de voir ses amis morts, dans un bain de sang, c'est un peu plus traumatisant, non ? Le fait même d'y avoir échappé à quelques minutes près, pour une simple question de chance. Ce critère est injuste. Et je réalise que mon nouveau « statut » de victime par ricochet, reconnu par le fonds de garantie est, de fait, lié à ce critère. Car je n'aurais pas pu être une victime indirecte de victime indirecte.

Même s'il y a eu des énormes avancées, concernant la reconnaissance des préjudices des victimes par ricochet, je comprends qu'on n'est qu'au tout début d'un processus, qu'il y a encore beaucoup de choses à faire évoluer. Aussi bien dans nos représentations que dans la loi.

Quand on est un proche d'une victime directe, on a une place qui est particulière, qui n'est pas celle de la société en général. Qui n'est pas celle de la victime directe. Mais qui est une place très particulière pour laquelle il faut trouver un terme. Cela permettrait aux psychiatres comme moi de recenser les pathologies qu'ils peuvent présenter. Par exemple pour ceux qu'on appelle les « aidants » des Alzheimer, les proches, il y a des tas d'études qui montrent qu'ils ont une surmortalité, une réduction de leur espérance de vie par rapport à des gens du même âge. Si on ne définit pas une population avec un terme, elle n'est pas identifiée, on ne peut pas travailler dessus. C'est donc peut-être ça qu'il vous faut chercher : un terme différent pour les victimes par ricochet.

Intermède IV : les oiseaux, le retour

Je le cherche, ce terme différent. C'est absurde, je le cherche plus que je ne cherche d'autres victimes par ricochet. J'ai contacté ces dernières semaines quelques proches de victimes psychiques, du 7 et du 9 janvier, ainsi que du 13 novembre 2015. Certaines ne m'ont pas répondu, d'autres ont gentiment décliné l'interview. Par pudeur, ou par envie de tranquillité. Je les comprends. Et si d'habitude je suis une journaliste pugnace, qui insiste, ou bien qui va chercher des plans B en cas de refus, cette fois-ci je n'ai aucune envie de me démener pour avoir absolument telle ou telle interview, de tant de personnes, avec tel ou tel profil différent. J'envoie un mail et ça fait plouf ? Eh bien je ne vais pas lancer douze mille cailloux dans l'eau. Je ne veux surtout pas être cette journaliste qui met le pied dans la porte. C'est une image qu'on apprend quand on étudie le journalisme. Celle du reporter qui fait une enquête de voisinage après un fait divers, qui se confronte à un refus, à une porte qui se ferme, mais qui glisse son pied dans la porte pour interroger avec insistance le voisin réticent. Cela peut paraître intrusif, voire dégueulasse, sauf que c'est parfois ainsi qu'on obtient des informations. Ce n'est pas comme ça que je veux procéder pour ce livre. Je veux comprendre, mais pas à tout prix. Je fais confiance aux rencontres, aux lectures, et à mes obsessions absurdes et ornithologiques.

Car oui, je parle oiseaux avec la psychiatre Catherine Wong. Il se trouve que c'est une de ses passions. Elle me décrit les oiseaux nidicoles. Si vous recueillez un oiseau nidicole tombé du nid, et le soignez, vous devenez immédiatement son parent, vous créez une « empreinte ».

> Quand on vit un traumatisme psychique majeur, est-ce qu'on n'est pas dans cette situation ? Est-ce que ça ne bouleverse pas fondamentalement les relations qu'on a avec les autres, comme un oiseau tombé du nid, qui a comme empreinte quelqu'un qui n'était pas son parent ? Cela mérite sûrement des études.

Et voilà, c'est reparti, je me reperds dans les Internets. La fille, elle se prend de nouveau pour Alain Bougrain-Dubourg.

Recherche Google : « études + oiseaux + stress ». J'apprends qu'une récente étude montre que le diamant mandarin femelle perçoit les vocalisations stressées de son partenaire et ressent le même stress, mesuré par le taux sanguin de glucocorticoïdes. C'est très mignon comme oiseau, le diamant mandarin. Je suis à deux doigts d'envoyer un message à une certaine Émilie Perez, la chercheuse qui a mené cette recherche, à l'université de Lyon.

« Bonjour, mon mari a survécu à un attentat, et je suis une sorte de victime par ricochet, mais le terme me plaît moyen. Est-ce que je peux par contre me considérer comme un diamant mandarin ? Merci, cordialement. »

Je me ravise. Je sens qu'il faut que j'arrête ces histoires de piafs… Je suis déjà angoissée à l'idée qu'à la publication de ce livre, on me remette dans la case « femme de », alors si en plus je me définis comme « femelle d'un mâle », je n'ai pas le cul sorti des ronces.

Selogeraprèsunattentat.com

> Les expériences de catastrophes changent considérablement le regard que les gens ont sur la vie, le rapport aux autres, avec souvent le sentiment de ne plus être « dans le lot ». De ne plus pouvoir partager un certain nombre de choses. Ça c'est commun aux victimes directes et indirectes. On n'appartient plus au monde d'avant. On n'appartient plus au groupe des gens du monde d'avant. Il y a quelque chose qui vous sépare définitivement des autres. C'est plus ou moins bien vécu.

Voilà ce que me répond la psychiatre Catherine Wong quand je lui demande quel est le principal bouleversement déclenché dans la vie des victimes par ricochet, après un événement dramatique. Elle est la première à mettre des mots sur ce sentiment diffus, mais omniprésent, que je ressens depuis cinq ans : ma relation aux autres a été totalement perturbée. Et je l'ai globalement mal vécu.

Ce sentiment de vivre sur une autre planète que les êtres humains en face de moi, appelons-le le « syndrome ET », est apparu dès les premiers temps après l'attentat du 7 janvier. Je vais séparer ici deux types de changement dans le rapport aux autres : celui avec les connaissances, ou les gens inconnus croisés sur mon chemin, et celui avec les proches. Il ne se produit pas tout à fait les mêmes mécanismes.

Après le 7, nous avons reçu beaucoup de messages magnifiques, de preuves de solidarité, de la part de personnes que l'on connaissait peu ou pas. Je ne les oublie pas. Mais j'ai été aussi très marquée par quelques réactions, plus rares et plus surprenantes, que je qualifierais de « bien nazes ». Des réactions qui me faisaient dire à chaque fois : « Mais… ils ne rendent pas compte ou quoi ? Sur quelle planète vivent-ils ? »

Je me souviens très bien de ceux et celles qui ont agi avec maladresse, bêtise, voire lâcheté. Je les ai gardés en mémoire. Est-ce parce que je suis rancunière ? Peut-être, mais je ne l'étais pas avant…

Je me souviens de cette copine attachée de presse qui le 7 janvier matin, avant midi, insiste lourdement pour avoir le numéro de Luz. Pas pour elle, mais pour un pote journaliste. « Mais Camille c'est pour Europe 1 ! » m'écrit-elle enfin, comme si je ne réalisais pas l'importance du truc. Je suis alors en bas de l'immeuble de *Charlie* au milieu des sirènes, des cris et des pleurs.

Je me souviens de ce couple de potes, qui a eu peur pour ses meubles. Alors que nous sommes en février 2015 et que nous cherchons de toute urgence un logement temporaire, sans passer par la voie classique des annonces, une copine répond à un message que j'ai posté sur Facebook pour « une amie ». Elle me propose, via Messenger, de nous sous-louer un logement qui leur appartient. À moitié bureau, à moitié appart, il est vacant. J'annonce cette merveilleuse nouvelle à mon mec le soir même. On va pouvoir souffler, enfin. Mais elle me rappelle le lendemain matin, pour me dire qu'en fait ça ne va pas être possible. Son mari est contre. Je le connais bien. C'est un pote. Mais il ne veut pas que son appart, au-dessus de son bureau, je la cite, « brûle »... Avec nous dedans, mais c'est apparemment un détail.

Toujours dans cet esprit, je me souviens de cette actrice française, que je connais alors un peu, et chez qui je me rends un soir de février 2015, pour un projet professionnel. Alors que j'ai rapidement évoqué avec elle, par mail, mes difficultés à trouver ce logement pour nous deux, elle me dit pendant la soirée qu'elle a une « super nouvelle » : sa voisine du dessus déménage. Évidemment je suis plus qu'intéressée ! Après l'histoire de l'appart qui risque de brûler, je suis désespérée, je pense qu'on ne va jamais trouver d'endroit sûr où se loger. « Bon, ajoute-t-elle, ce n'est pas aussi grand que mon appart, hein, ça doit faire genre 130 m^2, mais c'est très bien quand même, et puis ça va, le loyer est à

4 000 euros. » 4 000 euros… J'ai envie de pleurer. Et de la gifler aussi, soyons honnête.

Je me souviens de ces chroniqueurs, chroniqueuses, humoristes, journalistes, ou militantes féministes, qui ont craché, dans les médias, sur *Charlie Hebdo*, sur la prétendue islamophobie, homophobie, putophobie, misogynie du journal, la même semaine où on enterrait douze morts. Douze enterrements. En dix jours.

L'écriture de cette liste à la Perec a un effet cathartique immédiat ! Et je réalise à présent qu'un des moments les plus durs à vivre – et donc de fait gravé, avec ses protagonistes, dans ma mémoire – a eu lieu entre février et mars 2015, quand on cherchait désespérément un appartement temporaire.

Nous ne sommes pas, à ce moment-là, un jeune couple en recherche d'un joli deux pièces à Paris.

Son appartement à lui est dangereux. Parce qu'on est en janvier 2015, qu'il est au premier étage, et que, selon les officiers de sécurité qui le protègent, « un sniper peut facilement le viser », tous les volets ont été fermés. C'est donc un appartement totalement plongé dans le noir. Invivable. Le mien, d'appart, est devenu tout aussi invivable car il a été cambriolé. Un cambriolage très bizarre et flippant. Le 20 février 2015, en revenant de Thaïlande, je remarque qu'il a été « visité » sans que la porte ou la serrure ne soient fracturées. Mais quelqu'un est venu, puisqu'il y a des dessins personnels, de Luz, auparavant rangés dans un placard, qui ont été disposés sur ma table basse. Comme pour dire : « On sait qu'il loge parfois ici. » Je porte plainte évidemment. Une équipe de la police scientifique vient faire son enquête. Mais je n'aurai jamais de nouvelles de cette plainte. Jamais. Serait-ce la DGSE, les renseignements, qui seraient venus, et auraient fait la bourde de laisser ces dessins en évidence ? Peut-être que j'ai trop regardé *Le Bureau des légendes*. Quoi qu'il en soit, à l'époque je suis totalement paniquée à l'idée de vivre là.

Le changement d'appartement est donc une question de sécurité physique, mais aussi psychique : il nous faut un endroit où on ne va pas devenir fous, et où il peut dessiner. C'est, depuis le début, je le sais, son objet de résilience. C'est comme cela qu'il va s'en sortir : en n'arrêtant pas de dessiner. Il a commencé sa BD *Catharsis*. Il lui faut un bureau, un espace calme où poser ses crayons, ses plumes et ses gommes. Comme il est occupé par les histoires au journal, qu'il s'est déconnecté de tous les réseaux sociaux, et qu'il est globalement, à cette époque-là, à la ramasse sur tout ce qui est « vie pratique » (surprenant non ?), je considère que c'est à moi de trouver ce logement. Je ne cherche pas quelque chose sur le long terme, juste trois mois. Après, on envisage de partir aux États-Unis.

Mais alors qu'en janvier 2015 la terre entière (ou presque) était Charlie, alors que nous avons reçu des milliers de témoignages de soutien et d'amitié, quand il s'agit d'un truc pratique et pourtant vital

– trouver un toit – je me sens la personne la plus seule au monde.

Je suis obligée de solliciter mon réseau car l'État ne nous aide absolument pas. Fin février, nous posons la question suivante, par mail, à notre contact au ministère de l'Intérieur : y a-t-il un appartement, appartenant à l'État, ou à la Mairie de Paris, un 40 m^2, qu'on pourrait louer à un prix normal, qui ne soit ni au rez-de-chaussée, ni au premier étage ? On ne demande pas de passe-droit, on demande de l'aide. On nous répond simplement : non.

Mais... comment font, par exemple, les témoins protégés, pendant les procès ? « Ils vont à l'hôtel », nous dit-on. Quand on en parle aux policiers de la protection, ceux-ci nous disent : « Ben oui, on n'est pas dans une série télé américaine... » Après des années de scandales de logements HLM « de luxe » et de logements de fonction accordés à des proches de ministres, on nous dit donc, ce jour-là, qu'il n'y a absolument aucun logement vacant, à Paris, en mars 2015, que l'État pourrait louer à un journaliste et dessinateur, dont la majorité des collaborateurs et amis ont été massacrés à la kalachnikov, quelques semaines auparavant, en pleine journée, sur le territoire français... Même aujourd'hui, même avec des années de recul, je reste sciée par cette réaction étatique.

En me replongeant dans les mails de l'époque, je constate que le 15 mars, nous avons trouvé de quoi nous loger. Grâce à une amie d'amie. Cette femme, propriétaire d'un appartement de 50 m^2, meublé, lumineux, et calme, je ne la connais pas. Je l'ai vaguement rencontrée, une fois, à un match de roller derby. Normalement elle loue son appartement sur du long terme. Elle accepte de nous le louer trois mois, et pas cher. Alors que ça ne l'arrange pas. Alors que les flics vont faire des allers-retours dans l'ascenseur, inquiétant les voisins, qu'elle devra rassurer. Elle le fait par gentillesse. Son appart, à cause de nous, a failli cramer quand mon mec a foutu des journaux dans le four. Ce qui est très ironique quand on repense au gars qui avait peur que des terroristes brûlent l'appart où l'on s'installerait. Mais son appartement est également l'endroit où nous avons conçu notre fille. Discrète et respectueuse, jamais elle ne s'est vantée de son geste. Merci Pascale.

Pour reprendre la chronologie, c'est donc entre le 20 février et le 15 mars environ que j'ai cherché un appart sécurisé. Trois semaines. Ce n'est pas grand-chose. Mais cette période m'a profondément marquée. C'était la première fois, après l'attentat, où j'ai ressenti ce que décrit parfaitement Jérémie, un rescapé du Bataclan, dans le recueil de témoignages *En/Vie* : « L'excès d'empathie des premiers temps – de la part de tout le monde – et le vide qui suit[1]. » C'est aussi le moment où j'ai pris conscience que la vie de la plupart des gens avait repris à peu près comme avant, tandis que de mon côté

1. *En/Vie, paroles d'espoir de rescapés d'attentats*, Lucile Berland, Hugo Document, 2017.

j'étais en train de visiter des appartements en calculant le risque éventuel d'être touchés par des balles de sniper…

L'apogée de ce sentiment d'être sur une autre planète, ou en tout cas de « ne plus appartenir au groupe des gens du monde d'avant », pour reprendre les mots de la docteure Catherine Wong, ce fut le 2 mars, lorsque Luz a été invité au « Grand Journal » avec Madonna.

Déjà, rien que cela, c'est ubuesque. Mais c'est surtout le contraste énorme entre ce que je vivais à ce moment-là – l'inquiétude extrême pour l'homme que j'aime, l'angoisse de la menace extérieure – et ce que me renvoyaient les autres – l'euphorie du cirque médiatique, qui me parut insupportable. À tel point que cela provoqua une engueulade.

Après l'enregistrement du « Grand Journal », dans la voiture des flics, dans laquelle j'ai encore le droit de monter, je n'ai pas dit un mot. Arrivée chez lui, j'explose :

— Bon, ben on va se coucher là, ça suffit le cirque, lui dis-je énervée, en rentrant dans l'appartement.

— Hein ?

— Ben ça suffit. T'as assez fait l'otarie qui joue avec un ballon, avec tout le monde qui applaudit autour, là.

— Mais calme-toi, bon sang, de quoi tu parles ?

— C'était n'importe quoi, ce « Grand Journal », là, avec Madonna. T'aurais pas dû y aller.

— Mais… ce matin, quand on m'a appelé tu m'as dit : « Fais-le. »

— Ben ouais, parce que je pensais connement que la meuf allait nous aider à trouver un appart aux États-Unis. Je te rappelle qu'on est censés partir bientôt, pour six mois, mais que tout est trop cher pour nous. Déjà à Paris on ne trouve pas, alors t'imagines aux États-Unis ? Je me disais : elle a plein d'apparts, plein d'amis, peut-être qu'on peut lui en parler, et qu'elle peut nous filer un plan. Je suis vraiment trop conne.

— Mais c'est pas que pour ça que tu voulais que j'y aille, t'es fan, aussi…

— Ouais. Depuis mes 12 ans. Mais là, elle a fait quoi ? Elle t'a fait un câlin devant les caméras, elle a pleuré, on l'a remaquillée et hop, fini. Bonjour le truc larmoyant et dégueulasse. Je suis Charlie, je suis surtout la reine de la récup, oui.

— T'es dure.

— Elle n'en a rien à foutre. Personne n'en a rien à foutre. Quand ça s'est terminé, t'as vu ce qui s'est passé, dans les coulisses ?

— Quoi ?

— Y a des gens de l'équipe qui sont sortis du plateau et qui ont crié : « C'ÉTAIT LA MEILLEURE ÉMISSION DE L'ANNÉE. MADONNA ET PUIS LA SÉQUENCE AVEC LUZ, PUTAIN LES GARS, CHAMPAGNE, C'ÉTAIT CHANMÉ. » Ils se font fait des *gimme five*, t'imagines ? La fille, la miss Météo, là, tu l'as pas vue ? Elle en pouvait plus tellement elle était heureuse. Ils avaient tous le smile. Tous ! Meilleur jour de leur année 2015. Ils vont avoir plein de trucs à dire à leurs potes, sous coke.

— C'est la télé, tu le sais…

— Oui, je sais, et c'est Madonna, mais on parle d'un attentat ! Qui a eu lieu il y a quelques semaines. T'as des collègues gravement blessés à l'hôpital. Un peu de décence ce serait trop demander ? C'est insupportable. Ils savent ce que tu as vécu ? Ce que tu vis ? Ils rentrent pas chez eux, dans un appart avec des flics armés qui surveillent l'entrée, eux. Ils cherchent pas désespérément un appart, que personne ne veut leur louer parce qu'ils sont menacés par Al-Qaïda. Ils ne doivent pas bientôt quitter leur pays car c'est ça, ou ils deviennent fous. Ils n'ont pas enterré cinq personnes en trois jours. Ils n'ont pas vécu ce que t'as vécu, ils ont pas vu ce que t'as vu. Ils ne se rendent pas compte. Quelle bande de cons, je les déteste. Et Madonna aussi.

— Mais elle y est pour rien, elle…

— Ben si. Et elle était pas *obligée* de te serrer aussi longtemps dans les bras, comme ça.

— Comment ça ?

— Ben ouais, genre vous étiez super proches, n'importe quoi. J'ai même reçu un message d'un pote. Regarde : « Fais gaffe y a une MILF qui essaie de choper ton mec. »

Il sourit.

— C'est pas drôle.

— Un peu… Je suis désolé, je savais pas que tu l'avais vécu comme ça. Mais n'empêche que, depuis un an qu'on est ensemble, c'est ta première crise de jalousie. Et donc la première fois que tu te sens en compétition avec une autre femme, c'est avec… Madonna.

Cette nuit-là nous avons fait chambre à part.

Des années plus tard, je reconnais facilement qu'il avait raison. C'était « la télé ». Et Madonna, c'est le « show business » comme on disait dans les années 80. C'est moi qui ai été naïve (le mot est faible) de croire que nous allions discuter avec Madonna, qu'elle allait se transformer en Stéphane Plaza, et nous aider à trouver un deux pièces pas cher à louer à New York.

Mais ça me semblait tout à fait probable à l'époque. Tout était tellement disproportionné, absurde, fou (l'invitation à l'Élysée, les messages sur Twitter de stars étant « Charlie », quatre millions de personnes dans la rue le 11 janvier…) que oui, je pensais vraiment que Madonna allait nous aider. Sa manager, après l'émission, était venue nous voir pour nous demander si on voulait les suivre à l'after-show, dans une boîte branchouille de Paris. On pouvait être sur la liste. « Mais on ne peut pas y aller, il y a les policiers avec nous… » avait répondu mon mari. « *So sad* », avait-elle dit, sans grande conviction, avant de retrouver sa star.

Madonna, si tu me lis, sois rassurée : je ne suis plus fâchée contre toi. Comme je ne le suis plus tellement, non plus, contre les personnes que j'ai mentionnées auparavant. Ils ont été au mieux maladroits, au pire égoïstes.

Ceux qui m'ont atteinte, visiblement, puisque j'ai toujours une dent contre eux, sont ceux qui ont attaqué dans les médias *Charlie Hebdo*, juste après les attentats. Ça, ça me rend dingue. Alors que je n'ai jamais fait partie du journal. Que j'ai été en désaccord et que je peux encore l'être avec certaines de ses prises de position. Pour autant la simple évocation de ces détracteurs me met dans un état de colère démesuré.

Je ne ressens pas cela envers toutes les personnes qui ont été à la limite du « bien fait pour eux ». La cible de mon courroux s'est limitée à une catégorie particulière : les personnes militantes féministes et/ou LGBT. Pourquoi ce groupe-là ? J'imagine que c'est parce qu'étant moi-même, à mon petit niveau, militante féministe et militante pour les droits LGBT, je me sentais appartenir plus ou moins au même groupe. Malgré nos divergences, la proximité intellectuelle me faisait entrevoir une proximité personnelle. Quand certaines d'entre elles se sont positionnées anti-Charlie, au moment même où j'étais plongée au cœur du tsunami post-attentat, au moment même où j'étais témoin de toute cette douleur, toute cette tristesse, toute cette peur, j'ai considéré qu'elles n'étaient plus avec moi, mais contre moi.

Si j'avais été rappeuse, c'est à Booba, qui s'est positionné « anti-*Charlie* », que j'en aurais voulu. Mais comme j'étais une journaliste féministe, j'ai été déçue, choquée, puis enragée par les prises de parole de certaines de mes « homologues ». À tel point que j'ai écrit, le 30 janvier 2015, un article à ce propos, dans *Brain Magazine*. Ce fut ma première et quasi seule prise parole médiatique sur le sujet (la deuxième étant un article que j'ai écrit après le 13 novembre). Il est titré : « *Charlie Hebdo* : être aimé par des cons, c'est dur, être haï par des amis, c'est pire ».

Dans cet article, après avoir présenté ma situation, dans « l'œil du cyclone », et expliqué que j'en lisais, des conneries sur Internet, depuis le 7 janvier, je parle d'un post Facebook en particulier.

> Hier une militante du STRASS (Syndicat du travail sexuel) que je suis depuis des années, Morgane Merteuil, relaie sur son Facebook un article de Cécile Lhuillier, ancienne présidente d'Act Up-Paris et militante LGBT et féministe, paru sur le site de *Têtu*. Selon Cécile Lhuillier, *Charlie Hebdo* « est devenu un journal raciste, homophobe, transphobe, sexiste et tout particulièrement islamophobe ». Il manque arachnophobe, non ? Sur le Facebook de Morgane, qui soutient cette tribune, il est posté en commentaire des dizaines de couvertures « prouvant » le racisme, le sexisme, la putophobie etc. de *Charlie*. Une douzaine de dessins, donc, sur les milliers publiés depuis plus de vingt ans.
>
> Être aimés par des cons, c'est dur, mais être haïs par des « amis », ce n'est pas facile non plus. Je partage en

grande partie les idées du STRASS et je tente, à mon petit niveau, de défendre les droits LGBT et féministes. Je me souviens qu'en décembre dernier, après un article que j'avais écrit sur le sujet pour *Les Inrocks*, j'avais informé mon conjoint de l'organisation d'une manif pour les droits des travailleurs(ses) sexuels(elles), organisée par le STRASS et les Roses d'Acier, et il en avait fait un magnifique reportage, donnant la parole à ces travailleuses du sexe chinoises. Mais cela ne compte pas. On ne retient que les dessins jugés « putophobes » ou « transphobes ». C'est tellement plus facile, d'oublier qu'il y avait des débats houleux au sein de la rédaction sur la prostitution. C'est tellement plus facile, d'oublier que les dessinateurs de *Charlie Hebdo* se moquaient plus des hétéros beaufs que des gays ou des lesbiennes, qu'ils soutenaient le mariage pour tous et se moquaient violemment des manifs pour tous. C'est tellement plus cool, quand on est militant dans une organisation qui défend les « opprimés », d'être « contre » la masse, les médias, l'unité nationale. En oubliant que *Charlie Hebdo* conchie aussi le discours de masse et les symboles, et n'était pas, dernièrement, soutenu par grand monde.

Quand je vois certains militants, pro-putes ou LGBT ou féministes, des gens dont je partage les combats, communiquer sur leur « différence », en crachant sur des morts qui ne peuvent plus répondre, j'enlève le bâillon que je me suis mis moi-même sur la bouche depuis quelques semaines.

J'ai été élevée au sein d'une famille de gauche, et dans la bibliothèque parentale, il y avait le saint triptyque : « Reiser-Franquin-Manara ». Ce n'est pas tout à fait « Jésus-Marie-Joseph », mais j'ai appris dès 6 ans ce que voulait dire « couilles », « peine de mort » et « clitoris ». La base. En grandissant, je me suis un peu éloignée de la culture anarcho-coco-gaucho-manu-chao. Tout en admettant que j'avais heureusement reçu une culture internationale, antiraciste, antimilitariste, antilibérale, anticolonialiste, féministe et remplie de dessins de gens qui baisaient joyeusement, j'ai préféré acheter *Les Inrocks* plutôt que *Charlie*, et lire Anaïs Nin plutôt que Derrida. Petite-bourgeoise que je suis.

Mais, plusieurs années plus tard, je suis tombée amoureuse d'un « mec de *Charlie* ». Je n'avais pas lu ce journal depuis le lycée quand je l'ai rencontré (...) J'ai adoré voir mon mec dessiner chaque semaine des bonhommes et des bonnes femmes, tandis que moi, dans la pièce d'à côté, j'écrivais sur les femmes et sur les hommes. On partait de temps en temps en reportage ensemble. Il m'a emmenée en week-end à l'université d'été de la Manif pour tous, pour démonter, ensuite, chacun dans notre journal, avec humour, leurs idéologies. Je l'ai emmené dans des soirées fetish berlinoises, il en fait un reportage pour *Charlie*, trash et drôle.

Quand en octobre, il a appelé Charb, son rédac chef et ami, pour lui dire « hé, ça te dit un reportage sur un festival à Berlin ? C'est un festival de films pornos féministes et queer », Charb lui a répondu « toi… tu pars en week-end avec ta femme, non ? Ok vas-y, super, fais-nous une page ». Car c'est ça aussi *Charlie.* Un journal où tu peux faire une page entière de reportages sur le Porn Film Festival de Berlin. Moi, journaliste, féministe pro-sexe, pro-porno, pro-putes et payée moins de cinquante euros le feuillet, je suis jalouse de sa liberté. *Charlie Hebdo*, c'est un journal non pas symbole de la liberté d'expression, mais un journal dans lequel les journalistes et les dessinateurs sont libres. Ce n'est pas un journal de Lagardère. Il plaît, il est détesté, il est poétique, politique ou vulgaire. Ses couvs ne font pas rire la Terre entière, et certains les ont utilisées pour justifier leur folie terroriste et meurtrière. Mais personne ne nous oblige à acheter ce journal ou à rire de chaque dessin. Traitez-les de tous les noms d'oiseaux. À base de « -phobe ». Mais ce n'est pas la peur, le sujet de ce journal imparfait. C'est ce monde absurde, complexe, bordélique, et finalement risible.

Hier soir j'ai essayé de me calmer, de ne pas trop m'énerver toute seule devant mon ordi. Puis ce matin, dans un article de LaDépêche.fr très problématique à différents points de vue, Nancy Huston, auteur féministe dont j'apprécie la plume romanesque, déclare qu'elle a « toujours détesté l'image des femmes et des homosexuels qui transparaissait dans les dessins de *Charlie Hebdo* ». C'est son droit. Liberté d'expression, nanani, nanana… Mais ce sont des caricatures, bordel ! Je sais que c'est un argument « facile », mais c'est le seul qui ait du sens. Je ne me tais plus mais je ne trouve plus les mots. Heureusement, une amie Facebook, Abnousse Shalmani, a une réponse qui résume ma pensée : « C'est tout à fait idiot ce qu'elle dit là. En tant que femme, des caricatures qui rient de la femme comme objet sexuel volontaire, comme mère de famille rétrograde ou jeune fille décérébrée n'insultent pas ma dignité. En tant que femme, les caricatures sur les femmes aliénées volontairement me font rire. Comme toute formes de caricatures qui détournent les dogmes, les préjugés, les intolérances pour les ridiculiser et détruire par le rire leur pouvoir néfaste. En tant que femme, ce qui me choque, ce n'est pas le "problème de virilité" des dessinateurs de *Charlie* mais le problème de la discrimination des femmes. En tant que femme, j'aimerais être caricaturée comme un homme, parce que je suis pas en sucre et que j'ai de l'humour et de l'intelligence. »

(…)

Évidemment je continuerai, personnellement et professionnellement, à soutenir le STRASS et bien sûr les causes LGBT et féministes. Car je ne mets pas tout le monde dans le même sac (à vomi). Mais je continuerai aussi à lire *Charlie Hebdo*. Je vous préviens : le premier qui me fait rire a gagné.

Cinq ans plus tard, je relis ce texte et j'observe qu'il a été écrit sous le coup de l'émotion. Si c'était à refaire, je ne le réécrirais pas. Non pas à cause du contenu, mais parce qu'il s'est passé quelque chose que je n'avais pas du tout prévu : l'article a été lu par plus de… 620 000 lecteurs. Et relayé par une dizaine d'autres médias. Il a eu un effet boomerang. Je suis devenue officiellement dans les médias « l'épouse de Luz ». Pour résumer, je me suis un peu foutue dans la merde. La pression médiatique qui a suivi – par exemple le fait de recevoir en moyenne plusieurs messages par semaine, pendant des mois, me demandant le mail de mon mari pour l'interviewer – ne serait pas arrivée non plus sans cet article.

Mais sa substance, je l'assume encore aujourd'hui. Je considère toujours aujourd'hui qu'il y a eu des vautours, après l'attentat de *Charlie*, notamment dans le milieu dit « progressiste », qui auraient mieux fait de fermer temporairement leur gueule. Ils n'étaient pas obligés d'« être Charlie », on s'en tape, ils pensent ce qu'ils veulent. Par contre ils n'étaient pas obligés non plus, quelques jours seulement après le massacre, de défendre dans les médias la ligne idéologique bien connue des communautaristes et indigénistes, qui peut se résumer à : « Ils l'ont bien cherché. »

Le pompon, ça a été les prises de position telles que : « Quand même… ces terroristes, ils ont eu une enfance difficile, ils étaient victimes de cette société capitaliste et de cet État raciste. » Alors oui il y a des facteurs sociaux lourds dans le processus de radicalisation. On le sait. Cependant, en 2015, à lire ce genre de truc quelques semaines après l'attentat, j'ai un peu l'impression que mon mari vient d'échapper de justesse à une rafle de la Gestapo et qu'on me dit : « Quand même Camille, les SS… ça a pas été simple pour eux, tu sais. Faut les comprendre. Ils ont eu une enfance difficile… »

Un soir de février 2015, alors que je suis en pleine insomnie, je tombe sur une vidéo de France Inter, diffusée sur les réseaux sociaux. Le comédien et militant Océan est invité dans une émission une semaine après le 7 janvier. Une semaine. Je le précise, c'est important. Je connais cet artiste. Mon mec et moi sommes allés voir son spectacle le 6 janvier au soir, et on a bu des coups avec lui et des copines. Seulement quelques heures avant l'attentat, donc.

Que dit-il dans cette émission ? Que « l'injonction » à aller manifester le 11 janvier est « difficile à vivre ». Oh… pauvre chou… tu veux un mouchoir ? Puis il se demande, au micro, si les caricatures ne sont pas après tout des « incitations au terrorisme ». Sérieusement ?

Depuis je ne lui parle plus. Je sais que c'est idiot, on a le droit de ne pas être d'accord, et on peut en débattre. Mais c'est épidermique. Quand j'entends son nom, j'ai une réaction de lionne dont on menacerait le clan. Je sors les crocs. J'ai même envie de le brusquer, et de le haranguer façon De Niro dans *Taxi Driver*.

« *You talkin' to me ?* Mais voyons, tu ne sais pas de quoi tu parles. Toi, petit bourge parisien, qui avec beaucoup trop de contrition pour être honnête défend la femme voilée sur les plateaux télé, et qui te dis anti-*Charlie* pour faire rebelle, pour être soi-disant du côté des "opprimés" alors que tu viens du clan des "oppresseurs", pour reprendre ta terminologie, viens me voir. Viens. N'aie pas peur. Je vais te présenter des victimes. Je vais te parler des morts. Des blessés. De la vie des rescapés après les attentats. On va voir si tu gardes ton beau sourire au milieu des larmes et des vies détruites. Seras-tu aussi doué pour faire le malin au micro de France Inter, si je t'emmène, avec mon récit, sur ce charnier de gens innocents assassinés ? »

Ma colère, visiblement, n'a pas tout à fait disparu. J'aimerais m'en débarrasser. Elle ne me sert à rien. Elle est mal ciblée cette colère. Je devrais en vouloir aux terroristes responsables des attentats de janvier 2015. C'est le cas. Mais bon, ils sont morts. Alors les djihadistes, les salafistes, les soutiens du terrorisme islamique ? Bien sûr en théorie je les hais, mais on parle d'individus que je ne peux identifier, et qui font partie d'une mouvance disséminée partout dans le monde depuis des années. C'est un peu comme si je disais : « je hais les nazis » (oui, c'est le deuxième et dernier point Godwin de ce livre).

Mon mari, victime directe, ne ressent pas cette colère-là. Il en a d'autres, bien sûr, mais il n'éprouve aucune animosité envers ceux, a priori proches idéologiquement, qui ont médiatiquement pris la parole, après l'attentat, pour dire « oui mais… ». Il s'en contrefiche.

Je devrais faire de même. Mais en relisant aujourd'hui l'article je commence cependant à mieux cerner le pourquoi de cette colère. En janvier 2015 je ne répondais pas aux médias car j'estimais que ce n'était pas mon rôle et que ce n'était pas décent de le faire. Et puis je n'étais pas en état. Donc quand je voyais que d'autres personnes qui, elles, allaient très bien, ne se posaient pas la question de la décence, ou du vécu des rescapés, et se permettaient aussi rapidement d'écrire, de répondre aux interviews radio et télé, pour s'en prendre à *Charlie*, eh bien je voyais rouge. Elles pouvaient faire les malignes à France Inter ou ailleurs parce qu'elles n'étaient pas touchées par l'événement. Tandis que nous, nous ne pouvions pas défendre les morts. Nous devions déjà commencer à nous taire, et à nous cacher, pour nous protéger. Cela me semblait totalement injuste.

Un autre élément explique le fait que j'ai gardé en mémoire ces prises de position : c'est mon état émotionnel dans cette période très particulière, celle des premiers mois après l'attentat. J'étais dans un état de vigilance exacerbé. Contrairement à mon mari, je lisais beaucoup la presse, et regardais avec attention les réseaux sociaux, à l'affût de propos qui pouvaient éventuellement lui faire du mal. Ainsi je pouvais si besoin le prévenir. Mais du coup j'en ai soupé, des articles et des prises de parole « je ne suis pas *Charlie* ».

Ma colère semble avoir surgi pendant cet état d'ultra-vigilance, et pas après. Il y a quelques mois, une amie proche m'a parlé d'une copine commune, journaliste, que j'apprécie, et qui apparemment dit publiquement depuis quelque temps des choses très dures à propos de

Charlie, et particulièrement de Luz. Ma réaction ? Un peu de colère, beaucoup de recul. Je ne suis pas entre-temps devenue maître zen. Mais il n'est plus aussi vulnérable. Il peut se défendre tout seul ou bien, et c'est plutôt son choix, continuer à dessiner. Calomniez, calomniez, il n'en restera rien.

Le grand échiquier

Le rapport avec les proches – famille et amis – est aussi modifié, mais il se passe autre chose. Une étude a récemment montré qu'un adulte disait « ça va » en moyenne quatorze fois par semaine, mais le pensait vraiment moins d'une fois sur cinq[1]. Après les attentats de 2015, je me retrouve à le répéter sans arrêt à nos proches. Cela devient une de mes fonctions principales en tant que proche de rescapé. « On marche dans le brouillard mais on marche. » Luz envoie ce texto à un ami, le 7 janvier. Je trouve l'expression juste, je la lui pique, et l'envoie aux proches. « On est au cœur du cyclone », dirai-je ensuite. Ou encore « c'est comme un oreiller en plumes qui a explosé en l'air, il faut du temps pour que les plumes atterrissent au sol », comme l'a dit un de mes amis, Fred.

Putain de métaphores. Elles sont utiles. Mais elles sont aussi dangereuses et insupportables. On n'est

1. Source : https://www.mentalhealth.org.uk/get-involved/im-fine

pas au cœur d'un cyclone. Il ne s'agit pas de vaches qui volent, mais d'innocents qui ont été massacrés en plein Paris. Je ne regarde pas de jolies plumes tomber, j'essaie de protéger mon mec des quinze mille sollicitations médiatiques par jour. Pourquoi ces mots ? Pour protéger qui ? Soi-même ? Les autres ? A-t-on besoin d'images, quand le vécu est indicible ? Proust cherchait à enfermer l'instant « dans les anneaux nécessaires d'une belle phrase », mais ces anneaux ne sont-ils pas un piège ? Qui révèleraient un piège plus grand : celui de passer son temps à rassurer les proches, au détriment de l'honnêteté. Car « les gens » autour de soi ont très vite besoin d'entendre que l'on va mieux, que « la vie continue », même si c'est « le grand huit émotionnel », autre métaphore que j'ai utilisée de nombreuses fois.

Comme si on était 100 % heureux ou malheureux. Comme si la vie n'était pas pleine d'ambivalence. Il y a comme une injonction à aller bien, « après ce qu'il nous est arrivé », pour que les autres, les proches soient rassurés.

Dans *Ivres paradis, bonheurs héroïques*, Boris Cyrulnik parle de l'entourage qui ne sait pas comment réagir quand la vie normale reprend. « Il y a deux mauvaises solutions dans ces cas-là. La première mauvaise solution, c'est de les [les rescapés] empêcher de parler. Et la deuxième mauvaise solution, c'est de les obliger à parler[1]. »

---

1. *Ivres paradis, bonheurs héroïques*, Boris Cyrulnik, Odile Jacob, 2016.

On est tenté de se taire, car comme l'écrit avec ironie Boris Cyrulnik dans *Un merveilleux malheur*, « les survivants sont porteurs de mauvaises nouvelles. Ils nous fatiguent avec leur malheur. Raconter son inceste à table, c'est d'un très mauvais goût ». Mais ce n'est pas la solution. « Pour métamorphoser la douleur, poursuit Cyrulnik, il faut créer des lieux où s'exprime l'émotion. Une resocialisation "comme si de rien n'était" souligne la blessure, alors que la transformation se fait sans peine dès qu'on peut la dessiner, la mettre en scène, en faire un récit ou une revendication militante[1]. »

Luz a dessiné deux albums en lien avec *Charlie Hebdo* : *Catharsis* et *Indélébiles*. J'ai eu de mon côté, comme espace d'expression, les cabinets de mes psys, les bras de ma sœur aînée, et ceux de trois amis proches. Mais j'ai désormais l'écriture. L'espace parfait pour y exprimer l'ambivalence et la nuance. Pour sortir du « ça va/ça ne va pas » que l'on dit à notre famille et à nos amis. Peut-être que ce livre est aussi écrit pour eux.

Autre métaphore, mais cette fois-ci que j'assume : tout événement dramatique, quel qu'il soit, fout le bronx dans nos rapports aux autres, comme un grand échiquier qui aurait été secoué dans tous les sens. Le roi prend la place du fou. Le pion devient la tour. Le vague

1. *Un merveilleux malheur*, Boris Cyrulnik, Odile Jacob, 1999.

pote, la collègue, devient une personne centrale de notre vie. L'ami proche disparaît. Pouf. Ou bien agit avec maladresse.

Car en réalité on n'apprend à personne, dans la vie, à être là, à avoir la juste place, quand quelqu'un vit un drame. Il n'y a pas d'option « empathie » au bac. Alors parfois on en fait trop, parfois pas assez, parfois trop tôt, parfois trop tard. On est maladroit. On a peur de gêner. On ne trouve pas les mots.

Juillet 2015. Je revois, un soir, une de mes meilleures amies. Celle-ci a perdu de façon très soudaine sa mère, deux ans auparavant. Et je me souviens avoir été, ou en tout cas avoir eu l'impression d'être, une amie en mousse. De ne pas l'avoir assez aidée dans ses démarches, de ne pas l'avoir assez appelée. Ce soir-là, en 2015, je le lui dis. Je m'excuse. Comment n'ai-je pas réalisé le drame qu'elle vivait ? Comment n'ai-je pas su trouver les mots ? Quelle amie fait cela ? « Quelqu'un qui n'a pas perdu sa maman, me dit-elle. Tu sais, Elsa et Dorothée étaient très présentes et toutes les deux ont perdu leur mère. Toi je te voyais peu mais quand c'était le cas, tu me faisais rire en me racontant tes reportages chelous. Ça me changeait les idées. On a parfois besoin de s'accrocher à des amis qui ne changent pas, quand on a l'impression que son monde à soi est sens dessus dessous. »

Cette discussion m'a permis d'être plus indulgente envers mes proches qui semblaient « à côté de la plaque ». Et d'être particulièrement reconnaissante envers celles et ceux qui étaient là. Qui trouvaient les bons mots, les bons silences, les bons gestes. Qui savaient se montrer présents mais qui savaient aussi s'effacer. Qui avaient trouvé la juste place.

La liste de ces proches est longue. Beaucoup trop longue. Alors je n'écris que la version courte, pour éviter les remerciements mielleux de type « Oscars ».

Il y a ma grande sœur Céline que j'appelle quotidiennement pendant des semaines, des mois, après l'attentat, et qui réussit à me faire rire une fois sur trois. Un jour de mars 2015 je lui dis qu'elle est mon éponge émotionnelle. Mais qui est la sienne ? « Ben mon mec. » Et l'éponge de ton mec ? « Ben les enfants. » Et celle des enfants ? « Ben le chien ! »

Il y a mon amie Louise qui m'apporte, quatre jours après l'attentat, un joli panier en osier avec à l'intérieur des super bons gâteaux, des fruits secs, que des bonnes choses. Avec son joli accent américain, elle doit me dire un truc du genre : « Quand ça va mal il faut manger des bons cookies. » J'emmène ce panier à *Charlie*, hébergé dans les locaux de *Libération*. Une heure plus tard il n'y a plus rien à l'intérieur. Louise n'a, je crois, jamais récupéré son panier.

Il y a Peggy et Marie, un couple d'amies qui, une semaine après le 7, passent une journée à cuisiner des plats, et qui nous les déposent près de chez nous, dans un panier. Jusqu'ici on se nourrit de pâtes au thon.

Bouleversés, épuisés, on pleure, le soir même, en mangeant leur délicieuse tarte aux pommes.

Il y a mes amies Camille et Noémie, qui un soir de mars 2015, lors d'un dîner chez Noémie, me prennent dans leurs bras et me demandent ce qui ne va pas. Je suis en larmes. Quand je leur explique que je viens d'apprendre que je suis enceinte mais que vu le contexte, c'est absurde de garder cet enfant, elles me répondent, direct : « Tu fais comme tu veux, mais vous êtes amoureux, vous avez traversé tout ça, c'est pas des couches et des nuits courtes qui vont vous faire peur. »

Il y a Valérie, une amie de mon mec, qui nous prête sa maison de vacances, au soleil et près de la mer, en juin 2015. C'est là-bas, dans ce cadre apaisé, que je reprends, enfin, l'écriture.

Il y a Nick et Mathieu, qui nous accueillent si souvent chez eux, moi et mes névroses.

Il y en a tant d'autres.

La conclusion de ce passage, c'est que dans la vie, quand un de vos proches traverse un drame affreux, un événement brutal, il faut lui apporter un panier en osier avec de la nourriture dedans. C'est même le message principal de ce livre. Je rigole, mais pas tant que cela. Le geste juste, la juste distance.

Après juin 2015, la relation à mes proches a changé, et ceci à cause de l'exil. Pour mon mari, l'éloignement géographique n'a pas été une souffrance. Il avait perdu son meilleur ami dans l'attentat, et il avait souvent du mal à se sentir « lui-même » quand il revoyait des amis d'avant. Surtout ceux qui étaient liés à un contexte festif. Ne plus les voir, quelque temps, fut donc un soulagement. Pour moi ce fut plus dur à vivre, je me sentais extrêmement seule.

Par la suite, l'échiquier, qui avait été secoué dans tous les sens, s'est petit à petit stabilisé. Avec cependant un changement majeur. Un double changement, même : je suis devenue beaucoup plus sensible aux deuils et drames traversés par les gens, mais également plus insensible aux « petits drames du quotidien ». J'ai ainsi pleuré toute une journée après l'attentat dans la boîte de nuit gay à Orlando, aux États-Unis, le 12 juin 2016. Ma peine était démesurée. J'ai même envisagé de m'y rendre (ce qui était absurde). Par contre quand une amie m'a récemment dit : « J'ai déménagé deux fois cette année, ça m'a traumatisée », je n'ai pas pu m'empêcher de lever (discrètement) les yeux au ciel. J'ai lu, comme tout le monde, des articles « psycho », comme quoi après le deuil et le licenciement, le déménagement serait, à en croire les études, l'une des situations les plus stressantes de l'existence. Je n'en doute pas. J'ai déménagé huit fois en cinq ans. Cependant j'ai du mal à sincèrement compatir au « trauma » de mon amie. C'est comme si elle me parlait de son ongle incarné alors que je venais de guérir d'un cancer.

Je ne peux pas nier que depuis 2015, le curseur, sur l'échelle des souffrances, a bougé. Et avec lui mon rapport aux autres. C'est également ce que m'a raconté Maisie, la femme de Simon, quand je l'ai interviewée :

> Il n'y a pas longtemps, un très bon ami à moi m'a dit : « J'ai peur de ne pas avoir assez d'argent, je voudrais gagner environ 8 000 euros par mois, et là je ne gagne que 4 000. Tu ne comprends pas, Maisie, car vous, vous avez beaucoup d'argent. » J'ai répondu : « Écoute… on échangerait tout cet argent, reçu en réparation post-attentat, pour ta santé à toi. Donc ferme ta gueule s'il te plaît. »

Elle a éclaté de rire après m'avoir raconté cette anecdote. Que faire en effet à part en rire ?

Un jour de mars 2015, j'appelle une amie, pour lui demander de l'aide. Toujours cette histoire angoissante d'appartement. Elle possède plusieurs biens immobiliers à Paris. Mais elle me raconte, pendant vingt minutes, des histoires d'impôts, de fisc au cul, etc. Je n'y comprends rien. Et elle conclut :

> Non mais parce que, Camille, on parle beaucoup du terrorisme islamiste en ce moment, mais le terrorisme fiscal, on en parle ?

Dans le monde sans dessus dessous dans lequel nous vivons, au milieu de la tornade dans laquelle nous sommes ballottés, la vie des gens continue. Avec ses problèmes d'augmentation de salaire, de travaux qui n'en finissent pas, de chagrins d'amour. Et de fisc.

Namasté

Gnagnagna la peur. Gnagnagna la solitude. Et gnagnagna les gens qui ne comprennent rien…

Il est temps de clore ces chapitres. J'ai peur de tomber dans un insupportable discours victimaire.

Parlons de choses positives. Des outils qui m'ont aidée – et qui m'aident parfois encore – à traverser des épreuves, à être un ricochet pas trop amoché. Des outils qui m'ont ou bien apaisée ou bien donné de la force et du courage, et qui donc, par ricochet, en ont de fait donné à mon proche, victime directe. Des outils de résilience telle que la définit le neuropsychiatre Jean-Didier Vincent : « la capacité à réussir, à vivre, et à se développer positivement, de manière socialement acceptable, en dépit du stress ou d'une adversité qui comportent normalement le risque grave d'une issue négative[1] ».

Il y a un autre discours qui m'insupporte tout autant que le discours victimaire : c'est celui du

1. *La Chair et le Diable*, Jean-Didier Vincent, Odile Jacob, 1996.

développement personnel issu de la psychologie positive. Comme si le bonheur s'apprenait, moyennant l'achat de livres de « self help », d'applis de coaching, et de stages de reconnexion à son utérus. Cette « industrie du bonheur », qui brasse des milliards d'euros, promeut « l'obsession égocentrique de l'amélioration de soi », analysent la sociologue Eva Illouz et le docteur en psychologie Edgar Cabanas dans leur livre *Happycratie*[1]. Au sein de ce système de pensée, les émotions négatives n'ont plus de place. « Le bonheur n'est qu'une question de choix personnel et donc la souffrance l'est tout autant. En clair, si une personne souffre, c'est parce qu'elle n'a pas fait les bons choix. » Rien à voir avec l'environnement, les inégalités sociales, les injustices. Ou un attentat terroriste qui te tombe sur la gueule.

Tu es malheureuse ? Ne fais pas la révolution, camarade. Ne tente même pas de changer quoi que ce soit autour de toi. Cette application de coaching te permettra de te créer une *morning routine* pour t'offrir sérénité et confiance en toi.

Donc voici maintenant mes « 5 trucs faciles à faire pour retrouver le bonheur en tant que victime par ricochet ;–) ».

Non. Et puis quoi encore ?

---

1. *Happycratie – Comment l'industrie du bonheur a pris le contrôle de nos vies*, Eva Illouz et Edgar Cabanas, Premier Parallèle, 2018.

Les outils de développement personnel sont normés, simplificateurs, culpabilisateurs, et souvent basés sur des pseudosciences. Les recherches sur la résilience, elles, proposent, selon les mots de Cyrulnik, « une méthode comparative qui permettrait de chiper à nos héros résilients deux ou trois idées pour mieux tenir le coup, et même rebondir ».

Je vais parler d'outils et non d'individus. Car c'est évident que l'amour réciproque de certains de mes proches, et celui de mon mari et de ma fille, sont une de mes principales sources de bonheur et de résilience. Mais comme c'est une évidence, je ne vais pas l'évoquer ici. Et puis si je commence à décrire ma puissante addiction à l'odeur de la nuque de ma fille de 5 ans, au réveil, sous ses petits cheveux, cette odeur douce et âcre, cette fabuleuse odeur de cœur de brioche, mais de brioche qui aurait un peu transpiré pendant la nuit, eh bien on n'a pas fini.

Bref. Premier outil donc : l'écriture. Cela a été une de mes bouées de sauvetage quand je me sentais submergée par les événements. Pendant toute une période, je ne pensais qu'à la santé psychologique de mon mec. C'était une obsession. Comment il va ? À quoi il pense ? Quels sont ses rêves ? L'écriture m'a permis de décentrer mon regard. Il ne se portait plus sur mon mari, mais sur d'autres. Et de ne pas me perdre dans l'obsession du bien-être de l'autre, obsession qui aurait pu l'étouffer, ou bien m'enfermer dans un rôle d'infirmière psy. Le travail a aussi permis de créer un continuum. Comme la corde d'un bateau, qui aurait été abîmée par une tempête, mais qui relierait encore le navire à la terre, grâce à quelques fils tortillés, ça m'a maintenue à quai.

La psychothérapie, j'en ai parlé, a aussi été un outil de réparation. Je n'ai commencé celle-ci qu'en mars 2016. Soit un an et deux mois après l'attentat. C'est long, mais je ne suis pas la seule victime par ricochet à avoir pris ce temps. Maisie, la compagne de Simon, n'a commencé à consulter qu'en août 2015. Arnaud, le frère de Philippe Lançon, a mis plus de six mois à le faire. On ne peut le faire que quand on sent que l'autre s'en sort à peu près, comme en témoigne Arnaud. « Au départ je n'en ressentais pas le besoin, car j'étais dans l'action. » Dans mon cas, ce n'est qu'après avoir accouché, et après avoir constaté que mon mec et ma fille étaient relativement en sécurité, physiquement et psychologiquement, que j'ai été prête à m'occuper de ma mémoire, et de mon avenir.

Un autre de mes « remèdes à la mélancolie », pour reprendre le titre de l'émission de radio de France Inter, est la fiction. Le roman le jour dans les transports, et la série le soir dans mon lit, avant de m'endormir avec un petit filet de bave qui sèche sur la joue droite. La fiction est magique : elle met en pause mes perceptions. Dans son essai *Pourquoi la fiction ?*[1], Jean-Marie

1. *Pourquoi la fiction ?*, Jean-Marie Schaeffer, Le Seuil, 1999.

Schaeffer parle de « l'immersion fictionnelle », dont une des caractéristiques est « l'état d'activation imaginative ». En état d'immersion fictionnelle, les relations entre perception et activité imaginative se trouvent inversées. Alors que, dans la vie ordinaire, notre activité imaginaire accompagne nos perceptions et nos actions comme une sorte de *bruit de fond* mineur, dans la situation de fiction, l'imagination l'emporte nettement sur la perception sans pourtant l'annihiler. Ainsi, chez Proust, le narrateur enfant qui lit au jardin entend à peine sonner les heures à l'horloge du village. Blottie sous la couette, devant ces séries, je n'entends presque plus le bruit des sirènes dans la rue.

Le yoga et la boxe sont également des éléments centraux de ma résilience. Depuis neuf ans que je le pratique, le yoga m'apprend trois choses : la souplesse, l'équilibre et la force. Au niveau physique et au niveau psychique. Souple je pense l'être. Forte ça dépend des jours. Équilibrée, ça se discute… Dix jours après le 7 janvier, j'ai vite voulu reprendre les cours. Je me disais que cela pouvait contrebalancer le fait que j'avais douze milles pensées intrusives par minute, et que mon corps n'était qu'un bloc de muscles noués par l'angoisse et la fatigue. Ça a été un échec total.

J'étais au fond de la salle. Tout se passait normalement, pendant une vingtaine de minutes, jusqu'à ce que l'on doive faire le chameau. Ustrasana. Non, il ne s'agit pas de mettre ses lèvres en avant et de blatérer.

Positionné sur les genoux, il faut aller totalement en arrière, et poser ses mains sur ses pieds. C'est une posture de niveau intermédiaire, qui étire le dos et ouvre à fond la cage thoracique. La région du cœur. J'étais dans cette position depuis quelques secondes quand j'ai repensé à l'attentat. Plus précisément aux rescapés qui étaient dans les locaux. En me relevant, j'ai éclaté en sanglots. Pas les petites larmes qui coulent sur les joues. Les énormes sanglots, bruyants, qui secouent tout le corps et qui font que tout le monde se tourne vers toi et que tu dois quitter la salle en catastrophe.

J'ai attendu un peu plus d'un an avant de reprendre la pratique. Et c'est redevenu quelque chose de central dans ma vie. Autant que la parentalité, la lecture, l'écriture, ou les roulages de pelles. Le yoga permet certes de préparer à la méditation mais il développe aussi les muscles de ce qu'on appelle le *core*, le tronc. Le *core* musclé fonctionne comme un corset : il maintient, il stabilise. Lorsque je traverse des moments de fragilité ou de peur, j'ai besoin de sentir que mon corps, lui, au moins, est solide. La boxe anglaise, que j'ai pratiquée quelque temps, m'a aussi permis de sentir cela. Et aussi de frapper comme une maboule sur des sacs, ce qui est un des trucs les plus jouissifs au monde, il faut bien l'admettre.

N'imaginez pas que j'ai, après l'attentat, mis en place un planning journalier serré avec réveil à 6 heures, yoga, petit déjeuner et écriture. Ce n'est pas du tout le cas. Un des outils de résilience que je n'aurais pas imaginés avant cela mais qui s'est révélé important est : la lenteur. Tous les précieux instants non productifs, oisifs, lents, et doux. Les très nombreuses siestes, les balades sans but précis, les trajets silencieux en train ou en avion, les heures passées en terrasse à regarder les gens. Les premiers temps après janvier 2015, j'ai eu besoin de ces temps de « rien ». Finalement, la métaphore de mon ami, « c'est comme un oreiller en plumes qui a explosé en l'air, il faut du temps pour que les plumes atterrissent au sol », était juste. Je me laissais régulièrement flotter. Le besoin de retravailler à plein temps pour regagner ma vie, ainsi que l'éducation de ma fille a mis un terme à cette période « méduse ». Pour autant, j'apprends justement à ma fille que parfois le « rien », ou le « pas grand-chose », permet de se ressourcer. « Viens, on se blottit dans le lit, on ne bouge plus trop, on s'ennuie un tout petit peu, tu vas voir c'est super… »

J'en profite pour sentir sa nuque.

Le dernier outil de résilience dont je veux parler est particulier, puisque c'est un remède qui s'est transformé en poison. Il s'agit de l'alcool. Du vin, en particulier.

Mes proches qui me connaissent depuis des années savent que je n'ai pas eu besoin d'un attentat pour me servir trop de verres de vin, dans la vie. Je bois régulièrement depuis mes 18 ans. Apéros avec des amis ou ma famille, dîners, fêtes. Rien de très anormal pour une

Française, je dirais. Avant 2015, je bois un peu plus que certains de mes potes, un peu moins que d'autres. Jamais seule, pas tous les jours, et pas systématiquement dans l'excès. Après l'attentat, cela change : je vais progressivement vers une consommation excessive, et ceci dans deux contextes.

Tout d'abord en duo, le soir. On boit du vin pour « décompresser » après une journée difficile, pour se détendre. Rien d'anormal a priori. Le souci, c'est qu'en ce qui me concerne, un verre devient rarement suffisant. Il m'en faut plus. Et tous les jours.

Ce comportement n'est pas surprenant : on ne s'est pas rencontrés lors d'un événement « Pilates et Quinoa ». Notre couple était, à la base, assez alcoolisé. S'il est arrivé en retard à la conférence de rédaction le 7 janvier, c'est entre autres parce qu'on avait bu trop de (mauvais) vin la veille.

Après l'attentat, le vin est devenu notre anxiolytique. Ni l'un ni l'autre ne prenons de médicaments. Par contre, dès le 7 janvier au soir, vers 22 heures, alors que les policiers nous ramenaient chez nous après le passage au Quai des Orfèvres, je leur demande de s'arrêter devant une supérette. J'y achète deux bouteilles de vin rouge. Que nous buvons le soir même. En fumant un paquet de cigarettes chacun évidemment. Mon cerveau, ce jour-là, associe « vin rouge » à « moment d'accalmie, enfin ». Les jours d'après, rebelote, une bouteille minimum. C'est ainsi que l'on arrive à s'endormir. Ce n'est que lorsque j'apprends que je suis enceinte, fin mars 2015, que j'arrête l'alcool. Avec difficulté, les premières semaines.

Quelques semaines après avoir accouché, je reprends le rythme. En me donnant toutes les excuses du monde. « Avec tout ce qu'on traverse, je peux bien m'autoriser ce plaisir… », me dis-je. Le vin est un réconfort, un truc qui calme mes angoisses, mais qui petit à petit devient quelque chose d'envahissant. Autant mon mec ne développe pas cette addiction, il peut se passer de l'alcool plusieurs semaines de suite, autant moi je pense au verre de l'apéro tous les jours, dès 17 heures. Je vérifie qu'on a bien des bouteilles en stock. Je passe du désir de consommer au besoin de consommer. Ce qui est terrible c'est que ça ne se voit pas. Je tiens bien l'alcool. Je gère très bien mon travail et mon job de mère. J'ai un peu plus de cernes, certes, mais c'est tout. Avec mon corps mince, je fais illusion. Par contre intérieurement l'impact est fort : trop souvent je me réveille extrêmement fatiguée et anormalement triste.

Oh et autre conséquence malheureuse : si je bois un peu trop en compagnie de mon mari et qu'on a un débat politique, je deviens de droite. Les Gremlins se changent en monstres s'ils mangent après minuit. Moi je me transforme en ersatz de Nadine Morano si je bois un verre de trop. C'est extrêmement gênant.

Après 2015, quand je vais travailler à Paris et vois des amis le soir, tout devient également plus excessif. J'ai du mal à m'arrêter. Je ne veux plus que la nuit se termine. Je veux recommander du vin ou de la bière, peu importe, mais je ne veux pas rentrer, pas encore. Je suis comme une enfant qui ne veut pas aller se coucher. Une enfant bourrée et très bavarde. Car dans ces moments alcoolisés, il m'arrive de ne plus maîtriser ma parole. Même après plusieurs verres, je suis assez lucide pour ponctuer mes récits de distance et d'humour. Mais il y a au fond de moi une colère, une tristesse, que je noie dans le chardonnay. Ou dans le pinot noir, ça dépend. Je me rassure en me disant que j'assure à chaque fois, les lendemains, mes rendez-vous professionnels.

J'ai du mal à parler de cela autour de moi. « Nan mais ça va, t'es pas alcoolique, tu ne bois pas une bouteille de vodka au réveil », me dit-on. Ce n'est que tout récemment, pendant l'écriture de ce livre, que je décide de tout stopper. Alcool et cigarettes. Je prends la décision de faire un truc totalement punk pour moi : devenir sobre. Ce n'est pas simple du tout. Cette difficulté me confirme même ma dépendance psychologique à cette substance.

Ce rapport compliqué à l'alcool, cette forme d'addiction, est probablement un de mes principaux troubles post-traumatiques liés au 7 janvier. Et c'est pourtant celui sur lequel j'ai fermé les yeux le plus longtemps. J'ai accepté les pensées intrusives. J'ai assumé les périodes courtes de dépression. J'ai analysé les sentiments négatifs, comme la colère, envers les autres. J'ai compris le sentiment de détachement envers certains de mes proches. Mais j'ai mis cinq ans à voir que ce qui me semblait être une simple habitude de « bonne vivante » était en réalité une dépendance qui me faisait souffrir. Ce que je croyais être une béquille était un piège à loup. 2015-2020. Cinq ans. C'est long. Est-ce que le fait d'être « ricochet » a retardé ma clairvoyance sur ce trouble ? Je devrais poser la question à un psy…

Ceux et celles qui ont lu mes précédents ouvrages, où il est question principalement de sexualités, se posent peut-être, à présent, la question suivante : mais pourquoi diable ne parle-t-elle jamais de sexe, ou d'érotisme, dans les outils de résilience ? Qu'ils se rassurent : j'y viens.

Éros et Thanatos

Retour au 30 décembre 2015. Je publie une chronique dans L'Obs.fr intitulé « Attentats à Paris : 2015, l'attaque de l'intime[1] » suite aux attentats du 13 novembre 2015. Je tente d'analyser le lien entre la sexualité et les attentats. Après un passage où je m'interroge sur la peur de la liberté sexuelle entretenue par l'islam radical, et sur le lien entre terrorisme et frustration sexuelle, j'aborde la question de la sexualité des rescapés et de leurs proches.

> J'ai lu des textes sur la sexualité après un inceste, après une agression sexuelle, après un viol. Des textes sur les traumatismes sexuels liés à la maladie, ou aux accidents de la route. Des essais sur le stress post-traumatique. Mais le sexe post-traumatique ? Comment baise-t-on quand on a échappé de peu à la mort

1. Source : http://leplus.nouvelobs.com/contribution/1463064-attentats-a-paris-2015-l-attaque-de-l-intime.html

et/ou que l'on est toujours menacé ? On demande aux survivants : est-ce que vous dormez comme il faut, est-ce que vous mangez correctement ? On leur demande rarement comment ils font l'amour, comment ils jouissent. Pourtant c'est, je le crois, au cœur de la sexualité que se niche la pulsion de vie, et la lutte contre la folie ou la dépression.

(...) Un attentat, c'est un viol des défenses psychiques. Les terroristes ont tout bouleversé, dans notre vie, et notre esprit. On ne dort plus comme avant, on n'a plus le même imaginaire, on n'a plus les mêmes rapports avec nos familles et nos amis, on sursaute à chaque bruit suspect, on ne peut plus voir de scène de fusillade dans les films et les séries (et il y en a beaucoup). Mais notre désir, notre envie d'aimer, de jouir, d'embrasser, de lécher, de sucer, de caresser, de faire jouir l'Autre, ça, ça a été préservé.

Nous avons sûrement de la chance : le sexe était, avant le 7 janvier, quelque chose de fondamental, de vital même, je dirais, dans notre vie et dans notre couple. Mais qu'en sera-t-il dans quelques années ? La peur de perdre l'autre, le besoin de se reconstruire, mais aussi les problématiques de protection rapprochée, font que nous nous sommes retrouvés à être tout le temps ensemble. Jour et nuit. Cette extrême proximité, ce besoin de « voir » l'autre, de le toucher, de le sentir, est nécessaire à notre reconstruction psychologique. Mais elle est, à terme, je le pense, dangereuse pour notre érotisme. Celui-ci, comme le feu, a besoin

> d'un peu d'air. Or la moindre distance, dans le temps ou dans l'espace, est encore source d'angoisse.
>
> Il sera donc intéressant de voir l'évolution sur le long terme de cette pulsion érotique jusqu'ici préservée. Il faudrait également interroger les couples chez qui le désir était compliqué, les personnes traumatisées et célibataires, celles qui ont été blessées physiquement et psychiquement. Et qu'en est-il, enfin, de tous ceux et toutes celles, en France et ailleurs, qui ne sont pas des victimes directes des attentats, mais qui ont été légitimement bouleversés par ceux-ci ? Vivent-ils une sexualité nouvelle, un rapport au désir différent ? (…) L'orgasme plus fort que la haine ?

« Qu'en sera-t-il dans quelques années ? » écrivais-je en 2015. Eh bien je peux y répondre, désormais : cela a changé. Je considère toujours que la sexualité est la grande oubliée des thérapies, notamment dans le cadre des attentats. Je pense encore qu'une des « réponses à la barbarie se trouve dans les vertus du sexe[1] », pour reprendre les mots de la sexologue Magali Croset-Calisto. Mais je serais moins affirmative sur la magnifique préservation du désir sur le long terme. Pourquoi ? Pour une raison qui est aussi une très bonne nouvelle : la vie « normale » a repris le dessus. Et avec elle, une sexualité « normale ». Certes, cela ne veut rien dire : à part le

---

1. *Moins de stress grâce au sexe*, Magali Croset-Calisto, Albin Michel, 2019.

cadre obligatoire qui est celui de relations entre adultes consentants, il n'y a pas de norme, dans le sexe. Alors disons une sexualité moins investie symboliquement.

La première année, après le 7 janvier 2015, mon désir n'était pas seulement intact : il était surinvesti. Je me souviens qu'à chaque fois que je touchais la peau de mon mec, je me disais, plus ou moins consciemment, que j'aurais pu, à quelques minutes près, ne plus jamais la toucher. C'était une sexualité rescapée. La nouvelle pulsion érotique était liée à la conscience de la mort. Il y avait bien un lien entre Éros et Thanatos. Mais ce n'était pas Éros contre Thanatos, mais Éros car Thanatos. La vie, et avec elle le désir, était amplifiée par la nouvelle expérience de la possible perte.

Cinq ans plus tard, je ne pense plus à la mort quand je vois mon mari en slip. Et depuis, autre donnée importante : on a eu une enfant. Soit un élément extrêmement perturbateur dans la vie sexuelle d'un couple. Surtout quand cette enfant a désormais un lit de « grande », qu'elle se lève quasiment toutes les nuits pour venir dormir entre ses deux parents et prendre au final la moitié du lit. Ceux qui savent, savent.

Bref, comme tous les couples, on a une libido qui fluctue. Elle est parfois joyeuse et créative, parfois flemmarde et timide. Souvent une soirée Netflix et pizza me fait plus rêver qu'une soirée sadomaso et tralala.

Il y a aussi des périodes pendant lesquelles on investit plus nos pulsions, notre énergie, dans la réalisation de nos travaux respectifs de dessin ou d'écriture que dans la réalisation des 64 positions du Kamasutra. Freud appelait cela la sublimation. Concrètement cela se traduit par : « Pas ce soir chéri(e), j'ai un livre à finir. »

Blague à part : oui le sexe semble avoir été en 2015 pour notre couple un remède de choix face au traumatisme. Et oui je pense toujours qu'il faut mener plus d'études psy sur ce « sexe post-traumatique » en y intégrant notamment l'absence totale de celui-ci, vécu par certaines victimes directes et indirectes.

Mais aujourd'hui, je comprends que le bouleversement de notre sexualité, après l'attentat, ne peut se résumer à un slogan soixante-huitard de type « l'orgasme plus fort que la haine ». Je crois que le désir déchaîné que l'on a vécu n'est pas uniquement une réponse joyeuse à la terreur. Ce n'est pas si simple. Il est aussi sûrement « un des symptômes forts d'une modification intime profonde », comme le dit Claire Marin dans son essai *Rupture(s)*[1].

> Il ne s'agit pas du retour du désir de vivre, d'une avidité à vivre mais au contraire de l'expression du néant désormais engrammé en nous. (...) Cette sexualité dévoratrice est comme la reprise en soi du néant et l'acceptation de sa présence, désormais centrale dans notre vie. Quelque chose de la violence subie s'est immiscé. Il reste en nous la trace de la brûlure, de la morsure du néant. Dans cette fureur à jouir, le

1. *Rupture(s)*, Claire Marin, Éditions de l'Observatoire, 2019.

sujet éprouvé se déleste d'un peu de cette tension destructrice qui l'anime. Il devient malgré lui principe de violence, la reprend à son compte. La libido débridée dit quelque chose de la violence qui nous a traversés et en partie détruits, presque anéantis. Elle dit quelque chose de ce néant fiché en nous. Elle est l'expression par le corps et dans la relation à autrui de l'expérience de la perte par ailleurs si difficilement communicable.

Cette analyse, contre-intuitive, est moins naïve et plus riche que celle que je développe dans mon article dans L'Obs.fr. Et encore une fois, elle est porteuse d'une bonne nouvelle. Le retour à un désir non déchaîné est peut-être signe d'un retour à une sexualité réellement tournée vers Éros, et non plus Thanatos. Je ne fais plus l'amour à un rescapé, désormais.

Intermède V : les plantes

Alors, les oiseaux en général : non. Les campagnols : non plus. Les diamants mandarins : probablement pas. Et si j'allais voir du côté de la botanique ? me dis-je, en ce beau mardi de printemps fleuri.

Je crois que j'ai besoin de parler avec quelqu'un qui n'a aucun rapport avec les attentats. J'ai lu ces derniers jours plusieurs témoignages de victimes de l'attaque de l'Hyper Cacher, porte de Vincennes, le 9 janvier 2015. Je commence à connaître par cœur le déroulé de l'attaque. Attaque pendant laquelle les proches des victimes ont vécu ce préjudice d'attente dont m'a parlé l'avocate Florence Boyer. La prise d'otages a duré plus de quatre heures…

Je repense au 11 janvier. Aux « Je suis Charlie », beaucoup plus nombreux que les « Je suis juif » ou « Je suis flic ». Comment les proches de victimes ont-ils vécu la différence de traitement médiatique et la différence de compassion collective entre d'une part le 7 janvier et d'autre part le 8 janvier (la policière Clarissa

Jean-Philippe, tuée par Coulibaly à Montrouge) et le 9 janvier (l'attaque de l'Hyper Cacher) ? Je trouve cela absolument terrible. Et injuste. Mes quelques mails envoyés à certains de ces proches ne trouvent pas de réponses. Peut-être parce que j'écris un livre en lien avec le 7, et que justement ils ont peut-être besoin que leur douleur, leur parcours, soient considérés « en dehors » de *Charlie Hebdo*. Encore une fois je ne peux pas insister. Je ne le veux pas. Leur histoire leur appartient, je ne suis pas la porte-parole universelle des victimes par ricochet.

Je reprends par contre la recherche d'un nouveau thème. C'est moins douloureux.

Je contacte Alain Baraton, jardinier de Versailles et grand spécialiste mondial des plantes, des arbres et des fleurs. Je l'ai rencontré une fois, début 2015, chez lui, lors d'un déjeuner avec Luz, Patrick Pelloux, et des amis à lui. Il nous avait fait visiter des endroits cachés de Versailles, alors que le parc était fermé au public. C'était magique. On s'était retrouvés seuls tous les deux quelques instants dans un magnifique petit pavillon de Marie-Antoinette. Enfin seuls… avec les deux flics de la protec bien sûr. J'avais fini cette journée ivre morte. Ceci dit je garde un excellent souvenir de cette rencontre.

Je lui explique au téléphone ma recherche. Pendant trente minutes, Alain me raconte de fabuleuses histoires, avec sa belle voix grave. Le lierre, qui contrairement aux idées reçues est très complice de l'arbre. La fougère corne d'élan, une sorte d'orchidée, qui n'est pas une plante parasite mais qui au contraire permet à des arbres de stocker des nutriments. Il me raconte l'histoire du chêne de Marie-Antoinette, abattu après que des vents violents ont couché les arbres autour, qui avant le protégeaient. En Afrique les acacias siffleurs hébergent des fourmis, pour ne pas être mangés par les éléphants. J'écoute, fascinée – car il a un grand talent de conteur –, les histoires d'arbres et de plantes de Baraton. Mais aucune ne correspond à l'expérience de ricochet.

Au moins il a peuplé mon imaginaire de lierre, d'éléphants, de reine, et de fourmis. Contrairement à tout ce que je lis ou entends quotidiennement, depuis des mois, pour ce livre, à propos des attentats, ce sont des trucs que je peux raconter à ma fille avant de dormir.

« Il était une fois un éléphant très gourmand… »

Le retour à soi

Puisque je suis partie pour raconter des trucs intimes, il y a quelque chose qui m'a fortement marquée, dans mon comportement post-attentat, mais que j'ai mis du temps à assumer, c'est « le retour à soi ». Que je pourrais aussi nommer le rien à foutre des autres, ou le chacun pour sa gueule.

Je suis historiquement ce que j'appelle une féministe de canapé. Je suis militante, oui, mais mon combat passe par l'écriture, et non par le terrain. En gros, je défends via mes enquêtes, mes écrits, une certaine vision du féminisme « sexe positif », je manifeste le 8 mars, je relaie des initiatives, mais je ne vais pas tous les samedis soir aider dans une association de femmes victimes de violences conjugales. Pourtant, après 2010, tandis que mes sujets d'écriture deviennent de plus en plus politiques, l'envie de collectif, d'action de terrain, se fait sentir. J'aimerais pouvoir mieux défendre ce en quoi je crois, et pas seulement dans mes articles ou mes livres.

La question de l'éducation sexuelle des ados, la lutte contre le VIH, et les droits des travailleuses du sexe, sont notamment les domaines dans lesquels je souhaite de plus en plus m'engager. J'en suis là, en 2014.

Et puis le 7 janvier arrive. Toute velléité de m'engager dans le collectif disparaît. Pouf. Ce qui compte ? La survie, physique et psychique, de mon mec. Puis de nous trois. Lui, moi, notre fille. Le reste ne m'importe plus. Certes, je publie des essais qui ont l'ambition de faire bouger certaines frontières mentales, et j'écris un roman ado dans lequel il est question d'éducation sexuelle, mais c'est le maximum d'engagement que je peux offrir.

La journaliste Lucile Berland en parle dans son livre *En/Vie*[1]. « Les rescapés évoquent le besoin de retrouver du temps pour eux ou pour leurs proches, avec un soupçon de culpabilité. Une sorte d'"égoïsme honteux". Et pourtant, du point de vue de la psychanalyse, ce mouvement de retour à soi est au contraire vu comme quelque chose de sain et signalant le début d'un mieux-être. Ce faux repli égotique serait en fait le passage obligé vers la réouverture au monde. » Je ne suis pas rescapée, pourtant « ce faux repli égotique » est un vrai vécu. Et il est troublant. Car il ne dure pas quelques semaines, mais beaucoup plus longtemps.

L'écrivaine Sigolène Vinson, rescapée de l'attentat de *Charlie*, a écrit un très beau texte dans *Charlie Hebdo*,

---

1. *Op. cit.*

en janvier 2020. Elle se demande où sont passés ses engagements.

> Comme si l'acte de survivre constituait un militantisme plus fort que celui qui m'avait poussée, en 1995, à coller des affiches de Robert Hue sur les murs de Paris. Tiens, je sais encore rire. Je crois même que je ris avec plus d'éclat. Je sais aussi beaucoup pleurer. Mince, mon chagrin m'a fait déserter la vie de la cité et l'action collective.

Le mouvement de retour à soi et à son cercle proche est-il quelque chose de commun aux victimes indirectes ? Je le crois oui, mais il dure plus ou moins longtemps.

Isabelle, la maman d'une rescapée du Bataclan, raconte, dans une émission de France Culture[1], son expérience. C'est elle que sa fille, alors enfermée avec des dizaines d'autres spectateurs dans les loges, a appelée le soir même, pour lui dire d'appeler la police. C'est elle, quelques jours plus tard, qui a écouté pendant des heures sa fille lui faire le récit de l'horreur vécue, à tel point qu'elle a eu la sensation « d'y être ». C'est elle aussi qui l'a soutenue pendant des mois. Cette mère raconte comment, quatre ans après, sa tête à elle va mieux, mais comment son corps est « encore dépositaire de tout ça ». Et elle témoigne de ce « retour à soi et sa famille ».

1. Source : https://www.franceculture.fr/emissions/lsd-la-serie-documentaire/vivre-avec-le-terrorisme-14-les-mots-des-survivants

Je commence tout juste à me réintéresser à ce qui se passe autour de moi. Mais pendant trois, quatre ans, je me suis coupée de tout. Dans ma voiture c'est France Musique. Les infos c'est le moins possible. Pour pouvoir tenir et insuffler à ma fille et à mes enfants une envie de vivre, il faut que moi je me coupe de ce qui peut me parasiter ou me rendre triste. J'ai fermé un certain type d'empathie. Je ne pouvais pas être en empathie avec toutes les victimes des attentats qui ont suivi, par exemple. J'ai ma limite de pauvre petit être humain ! J'avais une priorité, c'était ma fille et ma famille. Et je me suis autorisée à le faire.

Parfois après ce besoin vital de se préserver, de s'occuper de la victime directe et de soi, il va y avoir un besoin d'engagement, alors qu'il n'existait pas auparavant. C'est ce qu'a vécu Arnaud Lançon, le frère de Philippe Lançon. Philippe a été très gravement blessé au visage lors de l'attentat de *Charlie Hebdo*. Une blessure comme ont pu en subir les « gueules cassées » de la Première Guerre mondiale. Arnaud a été la personne la plus proche de Philippe, pendant les premiers mois après l'attentat. Et cela a commencé dès les premières heures, comme le raconte Philippe dans son très beau livre *Le Lambeau*. Quand il se réveille à l'hôpital, son frère est la première personne proche qu'il revoie.

On avait repeint mon frère aux couleurs de ma nouvelle vie et on l'avait rajeuni du même coup, du cœur

> même de la fatigue et de l'angoisse, rajeuni et affermi dans la mission qu'il acceptait et entamait. Cette mission allait faire de lui mon jumeau et mon directeur de cabinet pratique, administratif, social, intime, pendant plusieurs mois. L'ordre en a été lancé, malgré lui et malgré moi, dans ce premier échange de regards[1].

Philippe va subir de très nombreuses opérations, douloureuses et épuisantes. Son frère, accompagné d'un cercle d'amis très proches, s'organise pour lui faciliter au maximum la vie. Il gère beaucoup de choses administratives, mais aussi les relations avec les proches, comme il me le raconte quand je l'appelle.

> Il était très sollicité. Forcément, il avait pris une balle dans la gueule. Littéralement. Il y avait donc beaucoup de gens qui appelaient pour le voir. C'était un peu délicat, voire difficile, mais ces premières semaines j'ai dû dire à un certain nombre de gens : non il ne vous verra pas. Pas parce qu'il n'a pas envie, mais parce que ce n'est pas possible : le temps disponible pour voir des gens est très limité.

À l'époque Arnaud est père de deux enfants, et gérant d'une PME de dix personnes. Sa femme, directrice de maternelle, n'a pas les moyens de faire vivre toute la famille avec son salaire. Il gère donc sa boîte, et va à

1. *Op. cit.*

l'hôpital tous les jours. C'est difficile, mais pas insurmontable, car c'est clair pour lui. « Ce que je privilégie, c'est Philippe. Tout le reste passe au second plan. » On lui dit beaucoup : « Faut te protéger, etc. » Il met ça de côté pendant longtemps. Il est dans l'action. Mais c'est justement quand cette action se ralentit, quand quelques mois plus tard Philippe va mieux et change d'hôpital, qu'il vit un véritable contrecoup. Il va voir une psy.

> Tout d'un coup, ça n'allait plus. Le truc qui est hallucinant, c'est qu'il y avait une espèce de manque. Le manque de la mission. Je me suis posé beaucoup de questions. Quand l'intensité a baissé, tout me paraissait « plat ». Le retour à la vie normale n'avait plus cette intensité… C'était étonnant. Il y avait l'envie de trouver quelque chose qui aurait plus de sens. Sur la dernière séance, avec ma psy, j'ai exprimé ce sentiment de « manque ». Ce n'était pas simple à dire parce qu'on se dit : « Ça va mieux, ça doit être super. » Et c'est la psy qui m'a dit : « Vous n'avez plus de mission, et celle-ci vous manque, c'est normal. » Cela m'a permis de passer un cap, d'avancer.

Et puis le livre *Le Lambeau* sort, en 2018. Arnaud découvre réellement tout ce que Philippe a vécu psychologiquement, et devient de fait un personnage central de ce récit. On le sollicite pour témoigner : il dit oui. Il décide de s'engager.

Je témoigne, dans des collèges et autres. Avant la sortie du *Lambeau* je n'étais pas du tout là-dedans. Aujourd'hui je suis dans une dynamique d'échange, de témoignage. L'objectif, c'est quelque part de personnaliser le terrorisme, en présentant des victimes. Montrer réellement qui elles étaient. On témoigne toujours à deux. L'idée est de travailler sur les notions de tolérance, d'ouverture. Parfois on va dans des quartiers dit « sensibles ». On ne voit que trois, quatre, cinq classes dans l'année, donc ce n'est pas grand-chose. Mais cela a une vraie importance pour moi.

Jusqu'à notre conversation, il se présentait comme une victime indirecte, auprès de ce jeune public. Je lui apprends le terme de « ricochet », qu'il trouve plus juste, plus adapté.

Ce que je trouve important à dire, c'est que c'est en nous. On est victimes par ricochet, mais on est victimes. Et ces interventions, ça me permet de dire ça, ça permet de montrer qu'au-delà des victimes directes, il y a d'autres personnes touchées. Ce qu'on a vécu, cette violence-là, personne d'autre ne l'a vécue. Même si on n'était pas dans la salle, on était au cœur du truc. Par rapport à ce qu'a vécu et ce que vit Philippe, évidemment je ne suis pas sur le même plan, il n'y a même pas de débat possible. Cela n'a rien à voir. Mais en même temps, entre moi et quelqu'un qui n'a pas vécu ça, cela n'a rien à voir non plus.

> C'est cette place intermédiaire qui est difficile à faire comprendre.

Je suis d'accord avec lui, bien sûr. Je ne peux pas m'empêcher cependant dans la discussion de lui rappeler que les expériences sont différentes. Luz n'a pas perdu plus du quart de son visage à cause de balles de kalachnikov…

> Que notre proche ait été mal physiquement ou qu'il ait été plus bas que terre psychologiquement, finalement, peu importe. En tant que proche on doit le supporter dans le bon sens du terme. L'aider, l'accompagner. Et finalement, de la même façon. Moi je crois qu'il y a une espèce de fil invisible, entre les victimes, qu'elles soient directes ou indirectes. On a un truc en commun. Un lien. J'ai très peu de relations avec les gens de *Charlie*. À part Sigolène. Mais quand je croise des gens qui ont traversé ça, comme par exemple Michel Catalano, le responsable de l'imprimerie, il y a une intensité, dans l'échange. On se dit les choses. Il n'y a pas la crainte du jugement.

Ce fil invisible… ce lien… c'est ce que je cherche, plus ou moins consciemment, depuis des mois.

Les premiers mois après janvier 2015, nous avons eu quelques occasions sociales avec des proches ou des rescapés de *Charlie*. Et ça a été très fort, à chaque fois. Je me souviens notamment d'un dîner absurde avec une vingtaine de gens du journal, au ministère de la Culture. C'étaient les premières « retrouvailles », hors locaux de *Libération*, hors enterrements, et hors 11 janvier. Au départ tout le monde était un peu coincé, dans cet immense salon doré, assis droit comme des piquets sur ces fauteuils Napoléon. Qu'est-ce qu'on foutait là ? Et puis à la fin, ivre mort, tout le monde dansait, fumait des clopes et des pétards autour de la table, avec l'accord de la ministre, et sous les yeux ahuris et furax du responsable du protocole. « Faut nous excuser, tout le monde est en décompensation », lui avais-je dit, pour tenter de le détendre, avant de quitter en titubant le chic salon du ministère. Je me souviens d'un dîner émouvant chez la formidable Béatrice, la sœur d'Elsa Cayat. Je me souviens enfin de cette folle journée avec Patrick Pelloux, chez son ami Alain Baraton, à Versailles.

Je comprends le besoin, l'urgence même, qu'a ressentis mon mari de s'éloigner des « gens de *Charlie* », hormis quelques personnes. Tout ce qui lui rappelait ses amis morts, et sa vie d'avant, lui était extrêmement douloureux. C'était donc plutôt sain, de sa part, de s'en couper. Mais j'ai, moi, besoin de rencontrer des gens avec qui je peux partager des réflexions, des pensées, sur la « vie d'après » les attentats. Pas forcément tous les jours. Pas avec tout le monde. Pas de façon morbide. Mais le fil invisible dont parle Arnaud, j'ai besoin de le toucher du doigt. La véritable fin du « retour à soi » ne peut que passer par là.

J'ai précisé « pour moi », car ce cheminement m'appartient. Il n'est pas du tout commun à l'ensemble des ricochets. D'ailleurs, c'est tout ce qu'a fui Pascal, le conjoint de Laurent.

Laurent Léger, journaliste d'investigation, était dans la salle de rédaction de *Charlie Hebdo*, le 7 janvier 2015 matin. Aux premiers tirs, il s'est réfugié sous une table et a miraculeusement survécu, sans blessures physiques, à l'attentat.

Je le rencontre après le 7 janvier, dans les locaux de *Libération*. Puis, au printemps 2016, il organise avec son conjoint une grande fête réunissant leurs amis. Cela se passe sur une île, en Grèce, où ils ont retapé une petite maison. Ils nous y invitent. C'est notre premier voyage avec notre fille de six mois. Mon mec y fait une crise de paranoïa, persuadé que les drones qui survolent l'île sont en train de le filmer. Ce n'est pas vraiment l'ambiance « vacances j'oublie tout ».

Mais à part ça, le séjour se passe bien. Laurent et Pascal semblent heureux, et c'est très émouvant de les voir aussi bien entourés, et aussi amoureux. Ils se sont construit un nid, un écrin blanc et bleu, où se ressourcer. On les revoit ensuite une ou deux fois à Paris. Lorsque j'appelle Pascal, via Skype, en avril 2020, c'est la première fois que l'on discute uniquement tous les deux, en tête à tête. Je n'ai absolument aucune idée de ce qu'il va me dire, mais je pense bêtement qu'il va répondre à la dizaine de questions que j'ai préparées. En fait il va surtout parler. Et me surprendre.

Le 7 janvier matin, il était à son bureau, quand Laurent l'a appelé, pour lui dire : « On nous tire dessus, appelle la police. » Puis ça a coupé.

> Je suis diabétique. Je suis alors tombé en hypoglycémie et je ne savais plus ce que je faisais. En pensant appeler les flics, j'ai appelé la SNCF. Le 3635. Et j'ai eu la messagerie SNCF. Je ne comprenais rien. Il y a un mec qui était à côté de moi au bureau, qui a vu que je n'allais pas bien. Je lui ai demandé de me trouver le numéro de la police. Quand je les ai appelés, ils m'ont dit : "On est au courant." Une fois dehors, dans la rue, ça a recommencé, j'étais désorienté. J'ai dû appeler la sœur de Laurent pour avoir l'adresse de *Charlie Hebdo*.

À l'Hôtel-Dieu il refuse de voir un psy. Une fois Laurent rentré, ils boivent un verre de whisky et se couchent. Le lendemain, son téléphone n'arrête pas de sonner : ce sont des journalistes qui tentent de joindre Laurent. Ça le rend dingue. Il dit à Laurent : « Je ne peux pas vivre ça », et part quelques jours plus tard en Italie, pour un déplacement professionnel. Ses amis lui disent : « Mais tu laisses Laurent tout seul ? » Il répond qu'il ne peut pas faire autrement. Laurent commence à répondre à la presse, et ça le terrorise. D'autant plus qu'ils n'arrivent pas à parler ensemble.

On a eu un passage très compliqué. On ne parlait pas de ce qui s'était passé. Dans notre relation c'était tendu. Ça nous avait comme figés l'un et l'autre. On a mis du temps à se redécouvrir. Ça a pris au moins six mois. Ce qui m'étonnait, c'était son analyse assez froide, après ce qu'il avait vécu. J'avais aussi l'impression parfois qu'il était loin. Quand je commençais à lui parler il se fermait. Je ne voulais pas forcément savoir tout ce qui s'était passé, mais je voulais savoir comment il vivait les choses. Et ça, ça a mis cinq, six mois avant de se mettre en place. Maintenant ça va.

Alors que je m'apprête à lui poser des questions sur leurs outils de résilience, Pascal me demande si je me souviens quand nous les avions croisés pour la première fois en Grèce, dans le bateau. Oui, je m'en souviens vaguement.

J'ai vu la tête de Luz, j'ai vu qu'il n'allait pas bien, et ça m'a complètement angoissé. J'ai dit à Laurent : « Je crois que je ne vais pas y arriver. » J'avais l'impression de replonger là-dedans. Le lendemain, à la maison, il avait une autre tête, c'était une autre personne, ça allait mieux. Mais la veille j'avais dit à Laurent : « Je ne veux pas de ça, je ne suis pas programmé pour ça. » Et ça, ça m'a marqué. J'ai toujours cette image du bateau. Je voyais, dans son visage, l'après-attentat. Mais ça a été aussi peut-être une façon de tourner une page, que je n'avais pas tournée avant. Les angoisses

> que j'ai maintenant, c'est plus quand on regarde des séries où il y a de la violence, par exemple on a regardé *Fauda* il n'y a pas longtemps. Ça me donne des cauchemars, des insomnies. Alors que lui pas du tout ! Il me dit : « Mais quand même, c'est un film ! » Et le bouquin de Lançon, je n'ai pas pu le lire. En fait, tout ce qui est en rapport avec *Charlie*, je ne peux pas. Les BD, les reportages… Et tu vois, depuis, je n'ai jamais pu acheter un numéro de *Charlie*. C'est bizarre. Je n'y arrive pas.

Quand je lui demande si l'attentat a bouleversé sa vie, il me répond que ç'aurait pu être le cas, si leur couple n'avait pas réussi à surmonter ça. Pendant plusieurs mois, c'était vraiment difficile, me répète-t-il. Notamment parce que Laurent se battait pour créer, avec d'autres membres du journal, un nouveau *Charlie Hebdo* géré par les salariés. Pour Pascal, qui dit ne pas « avoir une âme de combattant », il valait mieux que ça continue, mais sans Laurent. C'était difficile parce qu'ils ne communiquaient plus.

> Laurent n'était pas là. Il était ailleurs. Le fait qu'il ait vu un psy, ça a permis de recommencer un dialogue. Moi je ne voulais pas être son psy, je ne voulais pas rentrer dans le détail de ce qui s'est passé en dessous de la table. Tu sais, Camille, je ne suis pas *Charlie*. Je comprends le truc, mais je ne suis pas *Charlie*. Je ne veux pas rentrer dans cette pièce. Ce qui s'est passé

en Grèce, le premier jour quand on s'est vus, ça m'a renvoyé à ça. Et comme je l'ai dit à Laurent, c'est ton histoire à toi. Ce n'est pas mon histoire.

Il a vraiment été marqué par la tête de Luz dans le bateau en Grèce ! Il devait avoir un visage très fermé, très angoissé. J'avais l'habitude de le voir ainsi, pas les gens qui ne l'avaient pas vu depuis des mois. Même si je commence à me douter de la réponse, je demande à Pascal s'il se considère comme une victime par ricochet.

Non. Ce que j'ai vécu, ce n'est rien. Le truc que Laurent a vécu, pour moi, c'est inimaginable, donc je me suis toujours dit : « Tu vas prendre sur toi, t'es en vie, t'étais pas dans cette pièce. » Je me suis dit : « Tu vas aller de l'avant. » C'est une éducation, qui vient de ma mère, on ne s'écoute pas, on va de l'avant, il faut voir du positif sur le négatif. Le terme de victime est trop fort, par rapport à ce que j'ai vécu. J'aurais l'impression de minimiser ce que les gens ont vécu autour de cette table. Je me suis toujours mis à l'écart de ça, volontairement. Je n'en ai jamais parlé. Je lui ai dit « je ne suis pas Charlie ». Je comprends la volonté de défendre la liberté, etc. Mais quand je dis « je suis Charlie », je me mets dans cette putain de pièce. Et ça je n'en veux pas. Quand je dis « je suis Charlie », ça me provoque trop d'angoisse, j'ai du mal à respirer, ça me noue les tripes. J'ai l'impression de rentrer dans cette pièce. Quand Laurent fait des interviews, ou bien les dates anniversaires, ça me replonge dans cette pièce où je n'étais pas.

(silence)

Même là quand on en parle, je suis essoufflé, j'ai une boule dans la gorge. Cette nuit j'ai fait des cauchemars. Je savais qu'on allait en parler. Cette semaine, toutes les nuits, j'ai mal dormi. Je savais que ça allait remuer des choses. Pourtant je n'étais pas menacé. Je n'ai jamais eu peur pour ma vie. Je crois que c'est l'énorme différence entre vous et nous. Je n'ai jamais eu peur pour Laurent. Même après l'attentat, je ne me suis jamais senti en insécurité. Je n'avais qu'une envie, c'est qu'on tourne la page de *Charlie*, et qu'il arrête d'y aller.

Tu sais, on a vécu un truc de dingue. On revenait d'une soirée chez des filles du journal, et Philippe Lançon était là. Il venait de sortir de l'hôpital, il avait la gueule complètement fracassée. Donc on était dans le taxi, il y avait Solène, Philippe, Laurent et moi. Et le taxi a parlé de l'attentat en disant : « Non mais de toute façon tout ça c'est des *fake news*. Tout ça c'est un montage. » Y avait Lançon, et Laurent, dans le taxi… C'était fou. Après cette soirée j'ai dit à Laurent que je ne voulais plus faire ce genre de soirée. Encore une fois le truc de « Je suis Charlie », je ne me reconnais pas dans ce slogan. Cela me ramène dans cette putain de pièce.

Chaque année, Pascal fait un album photo. Dans celui de 2015, il y a la photo d'une affiche « Je suis

Charlie », prise en Italie. « Après coup, je ne le referais pas », me dit-il. J'avance l'hypothèse qu'au moment où il a fait cet album, cela avait peut-être du sens. « Peut-être oui. » J'observe via l'écran du Skype son visage et son cou légèrement congestionnés. Son regard agité. Son angoisse est physiquement palpable. Je lui pose des questions sur leurs prochaines vacances en Grèce. On finit là-dessus et on se salue.

« Je ne veux pas être dans cette pièce, sous cette table. » C'est ce que répète sans arrêt Pascal lors de notre discussion. Il n'a pas été voir de psy après 2015. Il ne se considère pas comme victime par ricochet. Mais pourtant rien que le fait de discuter avec moi le met dans un état psychique douloureux. Et le fait d'avoir vu le visage stressé de Luz, en 2016, l'a totalement angoissé. Son angoisse se focalise sur quelque chose de très concret : la position physique de son compagnon, pendant l'attentat. Sous un bureau, dans la salle de rédaction.

Cette interview me bouleverse. Déjà parce que je comprends que celle-ci coûte beaucoup à Pascal. Or il n'avait aucune obligation d'accepter de me répondre. Et par ailleurs il me fait réaliser que notre comportement post-attentat, si différent, est bien évidemment directement lié au vécu de notre conjoint pendant l'attentat. Ce qu'il ou elle a vu, pas vu, fait, pas fait.

Laurent était sous un bureau. Il a pensé mourir, puis a vu tous ses collègues et amis morts et blessés. Mon mec, arrivé plus tard, était dans la rue. Il a vu deux terroristes, qui venaient de massacrer les gens du journal, tirer en l'air avec leur kalachnikov. Il leur a échappé en se cachant. Ce qui angoisse encore Pascal, même si bien sûr, comme il le dit, ça va mieux aujourd'hui, c'est d'être Charlie, d'être sous ce bureau, dans cette pièce. Ce qui m'angoisse, ce n'est pas d'être Charlie. Au contraire, vu que je n'associe pas ma terreur aux locaux du journal. Non, moi ma peur s'est focalisée sur le monde extérieur.

Ce qui a tourné dans nos têtes en 2015 alors qu'on était sous le choc, continue probablement, plus ou moins, à nous obséder.

> « Il était sous un bureau, à *Charlie*. Ça a dû être terrible. Il était dans la salle. Sous un putain de bureau… »

> « Il était où ? Il a vu les terroristes dans la rue. Ils sont encore là ? Ils vont le chercher ? »

Dans *Panser les attentats*, la psychologue Marianne Kédia, spécialisée en psychotraumatologie, explique qu'en cas de situation traumatogène, comme un attentat, l'être humain a des réactions cérébrales très rapides et très intenses, qui se traduisent par trois types de comportements : le combat, la fuite ou la paralysie (en anglais « *fight, flight or freeze* », les « 3 F »).

> Comme tous les mammifères, nous avons un véritable « tableau électrique » pour nous aider à gérer

> le danger. Mais, quand le danger et la peur sont immenses, ce tableau disjoncte et provoque des réactions automatiques de défense : le combat, la fuite ou la paralysie émotionnelle et physique. Une fois le danger passé, ces mécanismes physiologiques peuvent avoir de lourdes conséquences sur notre vie psychique : l'étrangeté de nos réactions peut nous faire culpabiliser, nous rendre honteux et même nous faire remettre en question l'authenticité de nos valeurs[1].

On peut, dans les récits des attentats du 13 novembre, dans lesquels de nombreuses personnes ont été impliquées, voir ces trois types de réaction. Ce qui est important à comprendre, c'est qu'il n'y a pas évidemment de « bonne réaction ». La paralysie peut sauver votre vie et celle de votre voisin, la fuite ou le combat les mettre en danger, et inversement. Par ailleurs, tout dépend également de la durée de l'attentat. *Charlie* a duré quelques minutes. L'Hyper Cacher et le Bataclan plusieurs heures. Certains rescapés racontent qu'ils ont eu « le temps » de traverser plusieurs de ces phases. Ils ont fui, puis se sont « battus » pour aider les autres. Ils se sont figés, puis ont fui, etc.

La docteure Catherine Wong m'explique qu'a posteriori, ceux qui ont été dans le « combattre » ne sont pas forcément ceux qui s'en tirent le mieux.

---

1. *Panser le attentats*, Marianne Kédia, Robert Laffont, 2016.

> C'est très étonnant. Ceux qui ont été tétanisés, qui ont été totalement dépassés par l'événement, ne s'en tirent pas forcément plus mal, sur le plan psychique, que ceux qui ont été dans le faire, dans l'organisation des choses. Certains qui ont été dans cette attitude-là, aujourd'hui, sont extrêmement abîmés sur le plan psychique. Et incapables, à moyen terme, de poursuivre le cours de leur vie. Ce sont aussi des gens qui ont moins cherché de l'aide après. Parce qu'ils ont compté sur eux-mêmes, et que ça a fonctionné, ils sont moins dans la recherche d'aide. Là je parle de victime directe, mais je pense qu'il n'y a pas fondamentalement de différence entre une victime directe et une victime indirecte.

Les ricochets traverseraient-ils également les « 3 F » ? La docteure Wong en est persuadée.

> Pour *Charlie* par exemple, il y a des victimes indirectes, qui ont été actives, le jour J, dans la rue. Elles ne se sont pas laissé dicter leur conduite par les autorités, par les forces de l'ordre. Et d'autres qui sont restées tétanisées. On leur a dit : vous ne pouvez pas aller dans tel endroit, ils n'y sont pas allés, elles étaient dans l'incapacité complète de penser. Comme pour les victimes directes.

Pascal, au téléphone puis dans la rue, a été totalement tétanisé. Moi j'ai sauté dans un taxi puis j'ai engueulé une flic pour pouvoir avoir accès à la rue Nicolas-Appert. Pascal n'est pas *Charlie*, dans le sens où tout ce qui est lié au journal l'angoisse profondément. Moi je passe un an de ma vie, actuellement, à faire des recherches sur les attentats et les rescapés. Pascal a été capable de réunir, un an et demi après le 7 janvier, une centaine d'amis proches, pour une grande fête, belle et joyeuse, où il était question d'amour, de poulpes grillés et d'histoires d'amitié. Cinq ans après, j'en suis toujours, lorsque j'ai trop bu, à parler de la rue Nicolas-Appert. Pascal et Laurent sont un couple soudé. Nous le sommes aussi. Pascal ne se considère pas comme une victime par ricochet, mais il a répondu à mon mail. Je tisse un peu plus, grâce à lui, ce fil invisible.

L'amor fati

« Tout ce qui ne tue pas rend plus fort. » Cette citation de Rahan, fils des âges farouches, est en réalité une citation de Nietzche. Sachez-le. Il développe ce concept appelé *amor fati*, dans *Le Crépuscule des idoles*.

Nietzche est convaincu que le chaos est bénéfique parce qu'il nous permet d'exprimer notre puissance, afin de nous épanouir. Tout événement qui survient, même le plus atroce, serait l'occasion de se dépasser et donc de se sentir plus vivant et plus affirmatif.

Dans notre cas, il a raison et tort à la fois. Notre couple n'en avait pas besoin, mais il a été renforcé par tout ce que l'on a traversé. Je n'en avais pas besoin non plus, mais je suis probablement plus solide, plus forte, plus déterminée qu'avant. Les petits tracas de la vie me touchent moins. Je ne m'embête plus à accepter des choses (professionnelles, amicales, ou familiales) par obligation. Et je suis une mère raisonnablement inquiète pour ma fille. C'est assez paradoxal : j'ai certes ces pensées intrusives, celles où j'imagine le pire, et j'ai pourtant le sentiment que je peux faire face à beaucoup de choses.

Nietzche – encore lui – parle d'une « force plastique », dans *Seconde Considération intempestive.* « Je veux dire cette force qui permet de se développer hors de soi-même d'une façon qui vous est propre, de transformer et d'incorporer les choses du passé, de guérir les blessures, de remplacer ce qui est perdu, de donner soi-même une nouvelle configuration à des formes brisées. Il y a des hommes qui possèdent si peu cette force qu'un seul événement, une seule douleur, parfois même une seule légère petite injustice les achève, comme une seule petite écorchure les vidait de tout leur sang. Il y en a, d'autre part, que les accidents de la vie les plus sauvages et les plus horribles touchent si peu (…) qu'aussitôt après, ils parviennent à un relatif bien-être, à une sorte de conscience tranquille[1]. »

Mon mari n'a pas du tout vécu de « bien-être » aussitôt après (qui vit vraiment cela ?). Cela a pris des années pour qu'il « incorpore les choses du passé ». Mais il possède clairement cette force plastique.

Et moi ? J'aime à penser que oui. Que je ne suis pas une chose fragile. Je n'ai pas de personnalité sacrificielle, je ne prends pas de plaisir à être dans une posture de sauveur. D'ailleurs j'ai été gênée quand mon mari a déclaré dans quelques médias, en 2015, que je l'avais

---

1. *Seconde Considération intempestive*, Friedrich Nietzsche (1874), Flammarion, 1998.

sauvé. Pour autant, je pense que j'ai pu être forte et guérir certaines blessures. Et ceci pour deux raisons.

Premièrement je n'étais pas anéantie par le drame. Je n'avais pas perdu un mari, un parent, ou un enfant. Mon mari n'était pas lourdement blessé. Je n'étais pas ensevelie par la douleur.

Et deuxièmement c'est assez terrible à écrire, mais j'avais déjà traversé un événement traumatisant. Le viol à New York dont j'ai déjà parlé. Compliqué d'associer les deux événements. À moins que l'agresseur ou la victime ne soient connus, le viol est un traumatisme privé. On ne lit pas dans les journaux quinze mille articles sur son propre viol. Il y a certes un discours sociétal sur le sujet, mais le viol, dirais-je, « nous appartient ». L'attentat, lui, est un traumatisme collectif. Ceci étant dit, dans les jours et semaines qui ont suivi le 7 janvier, je me suis focalisée sur le bien-être, ou plutôt le mieux-être de mon mari, avec des idées assez précises de ce qui pouvait se passer. Il allait oublier de manger et de dormir. Il allait sûrement se taper la tête contre les murs, vivre des épisodes de dissociation ou être dans le déni. Il avait besoin de suivi psy et peut-être d'hypnose ou d'EMDR. Il ne devait pas se réfugier dans les stupéfiants. Trop de risque de paranoïa. Il pouvait avoir des crises de larmes. Il aurait besoin d'en parler et besoin de ne pas en parler. Et petit à petit, avec beaucoup beaucoup de temps et beaucoup beaucoup de douceur, il allait s'en sortir.

Je n'avais pas fait des études de psy avec une spécialité en psychotraumatologie. Mais tout cela m'était arrivé en 2012. À mon « petit niveau » si j'ose dire. Donc oui, finalement, ce qui ne m'a pas tuée m'a rendue plus forte. La connaissance de ce que pouvaient traverser le corps et l'esprit suite à un drame, m'a comme « préparée » à accompagner l'autre. Je ne dis pas, évidemment, qu'avoir vécu ce viol, avant 2015, est une bonne chose. Je dis simplement que je n'aurais pas eu les mêmes réactions si je n'avais pas déjà traversé des épisodes post-traumatiques.

Enfin, ma force vient de la sienne. Le rapport entre victime directe et victime indirecte n'est pas unilatéral. Philippe Lançon décrit très bien cela. Quand il ouvre pour la première fois les yeux à l'hôpital.

> J'ai déplacé ma main vers la sienne avec une double exigence de consolation : je devais le consoler et il devait me consoler, l'un n'allait pas sans l'autre, il n'y aurait pas de consolation à sens unique[1].

Ce sont ses blagues, son écoute, sa curiosité artistique, sa façon hilarante de raconter très mal les films, sa folie douce, sa force, qui m'ont donné du courage, et qui m'ont donné le courage de lui en donner.

Là où le concept d'*amor fati* devient problématique, c'est que je ne pense pas du tout être préparée aux « prochains » drames de la vie. Au contraire.

---

1. *Op. cit.*

J'ai ainsi développé depuis cinq ans une croyance totalement absurde : celle que désormais, il ne nous arrivera rien de vraiment terrible. Hors attentat, je veux dire. Et hors « événements très douloureux mais normaux », tels que la mort de nos parents, par exemple.

Je ne crois pas en Dieu, ni au destin, mais j'ai développé une espèce de pensée magique : c'est tellement terrible et brutal, l'attentat de 2015, que désormais nous sommes immunisés contre le drame. Comme s'il y avait un être supérieur, au-dessus de notre tête, qui se disait, à propos de mon mari : « Bon, lui, là, il a eu sa dose. On ne va pas lui filer un cancer de la prostate, ce serait pas sympa, on va le laisser tranquille. » Je suis très consciente que c'est irrationnel et en contradiction avec mon athéisme. On est à la limite de la superstition. Tout ce qui ne tue pas rend plus con, non ? Au début de la pandémie de coronavirus, j'envoie un message à une amie : « Je n'ai tellement pas peur de ce truc que ça m'inquiète. En fait il nous est déjà arrivé un tsunami dans la vie, on ne va quand même pas crever à cause d'un type qui a un jour bouffé un pangolin... » Il faudrait vraiment que je me débarrasse de cette croyance absurde de pouvoir d'immunité. « La foudre ne frappe jamais deux fois au même endroit », dit l'adage populaire. Peut-être, mais l'arbre abîmé par l'orage peut très bien se faire ensuite grignoter par des insectes.

À propos d'insectes, un autre questionnement bourdonne dans mon esprit depuis cinq ans. Celui du « et si ». Ce questionnement n'est pas que personnel, il est universel. Tout le monde se pose ces questions.

Et si je n'étais pas né dans cet endroit ou au sein de cette famille ? Et si mes parents s'étaient séparés ? Étaient restés ensemble ? Et si je n'avais pas lu ce roman ? Et si je n'avais pas rencontré ce professeur ? Et si je n'étais pas tombé(e) amoureux(se) de cet homme ou de cette femme ? Et si je n'avais pas quitté tel(le) autre ? Et si je n'avais pas fait ce trajet ou ce voyage ce jour-là ? Et si j'avais quitté ce travail ? Et si je n'avais pas traversé cette rue ? Le destin est fait de déviations, de rencontres, et de ruptures. Des « et si » qui inspirent beaucoup de films hollywoodiens.

Parmi ceux-ci, il y a *La vie est belle*, de Frank Capra, sorti en 1946. Un des plus beaux films jamais réalisés dans l'histoire du cinéma. Le contexte : l'Amérique d'après guerre, tout juste soulagée d'en avoir terminé. Le décor : celui d'un conte de fées de Noël. Neige, sapin, confort douillet d'une maison bourgeoise, famille unie, de l'amour plein les yeux. Avec bien sûr un salaud, rongé par l'aigreur, qui rôde et cherche à détruire l'harmonie de la communauté.

L'histoire : l'accumulation de grains de sable qui ont grippé le mécanisme du destin du brave George Bailey, l'enfant de chœur de Bedford Falls. Elle se mue en catastrophe cette nuit-là, provoquée par un oncle distrait et ce salaud aux aguets. George en a ras la casquette, il veut se suicider.

Il faudra l'intervention du ciel et l'action d'un ange en quête de ses ailes, Clarence, pour contrecarrer ce projet. Georges dit qu'il aurait préféré ne pas exister ? Très bien, Clarence va lui montrer quelle aurait été la vie de cette communauté, sans George Bailey. Chaque destin est tragiquement différent : « La vie de chacun influence tant d'autres vies. Et chaque absence laisse un vide terrible. »

Je n'ai pas rencontré d'ange dans ma vie, mais je me refais souvent le film à l'envers. Et si le 11 décembre 2014, je n'avais pas proposé, par mail, à Anne Laffeter, rédactrice en chef des *Inrocks*, de faire pour le journal un portrait du comédien Océan, et donc de voir son spectacle le 6 janvier 2015 ? Et si nous n'étions pas allés boire du mauvais vin avec des copines, juste après le spectacle ? Et si nous avions entendu notre réveil le lendemain ? Et s'il n'y avait pas eu la queue à la boulangerie, là où il s'est arrêté sur le chemin pour acheter une galette des rois ? Et si en arrivant dans la rue, des gens à une fenêtre ne lui avaient pas crié : « Ne rentrez pas, y a des hommes armés » ?

Le « et si » va plus loin. Et si je n'avais pas interviewé Luz, fin décembre 2013 ? Et si je n'avais pas largué ce mec, quelques jours avant cette interview ? Et si nous n'étions pas tombés follement amoureux l'un de l'autre ? Qu'aurait été son destin ? Et le mien ?

Quel aurait été celui des victimes s'il y avait eu une fourgonnette avec des policiers en bas de l'immeuble, pour protéger le journal, comme c'était le cas, au quotidien, jusqu'en novembre 2014 ? Et si *Charlie Hebdo*, clairement menacé, avait été mieux protégé ?

La question du grain de sable n'est pas qu'individuelle. Elle est globale, elle est collective. Le fameux battement d'ailes du papillon au Brésil qui provoque une tornade au Texas. Et récemment une soupe de pangolin préparée au fin fond de Wuhan en Chine qui a provoqué une pandémie dans le monde entier.

Quelques semaines après l'attentat, nous avons lu, sur le site du *Monde*, un article, comme quoi les frères Kouachi avaient failli « annuler » les attaques, la veille. Car l'un des deux, Saïd, avait… une gastro. Finalement, il allait un peu mieux, le 7.

Certes, s'ils n'avaient pas pu agir le 7, ils auraient probablement tenté de « remettre ça » à un autre jour. Mais on ne sait jamais, ils auraient également pu se faire griller avant. Si on y pense, concrètement, les attaques coordonnées des 7, 8, et 9 janvier auraient pu ne pas avoir lieu, la vie d'innocents aurait pu être épargnée, et l'Histoire, française et mondiale, aurait pu avoir un tout autre visage, si le virus de la gastro avait cloué aux chiottes un criminel fanatique. Et si l'Imodium n'avait pas été inventé ?

Destin de merde.

Mustela

Souvenir d'un soir de septembre 2019, aux alentours de 20 heures. Je suis attablée à une terrasse avec trois copines, dans le 11ᵉ arrondissement de Paris. Ambiance bière et cacahuètes. Je discute en tête à tête avec l'une d'entre elles, celle que je connais le moins. Journaliste de terrain, jolie blonde aux yeux bleus, elle parle vite et sans ambages. Après avoir discuté de nos projets de travail respectifs, nous commençons à parler couple, fidélité et séduction…

— Depuis le 7 janvier, lui dis-je, je ne me fais plus draguer. Tu vois, par Facebook, ou bien dans les rares soirées où je vais à Paris, il ne se passe plus rien. Je pense que l'attentat, ça a créé comme une bulle anti-drague autour de moi. Je pense que les mecs doivent se dire que c'est indécent ou dégueulasse de draguer la meuf de Luz, alors qu'il a dit que l'amour l'avait sauvé, tout ça tout ça. C'est pas que je cherche absolument à le tromper, mais bon, pour l'ego c'est chaud quand même…

— Nan, rien à voir meuf, c'est juste que t'es devenue maman.

— Hein ?

— Ben ouais, moi mon mec n'a pas vécu les attentats. Mais depuis que je suis mère, depuis deux ans, c'est fini. Je suis sortie du marché de la séduction, du marché de la meuf baisable. Je te jure, je sors, plus aucun mec ne m'adresse un regard, je suis invisible. C'est pas que je cherche, hein, mais bon…

— Pareil. Pourtant on n'est pas connes, on est un peu gaulées, et on ne parle pas de notre enfant qui va enfin sur le pot, en soirée…

— Ouais, je sais, mais c'est comme ça. On est out.

— Attends, mais on est censées être un peu des MILF, quand même.

— Non, les MILF c'est les mères d'ados. Faut attendre quelques années. Nous on sent trop le Mustela[1], encore, pour attirer le mâle lambda.

L'ultra-violence de l'attentat a créé un piège : celui de tout analyser, tout voir, en lien avec celui-ci. Je ne me fais plus draguer ? 7 janvier. J'ai envie de donner des petites claques aux féministes pro-voile sur les réseaux sociaux ? 7 janvier. J'ai de nouvelles rides au coin des yeux ? 7 janvier. Alors que le fait de devenir mère, mon éducation laïque et universaliste, ou tout simplement le temps qui passe sont des éléments qui ont un

1. Marque de savons et crèmes pour bébé.

impact tout aussi voire plus important sur ces questions d'identité et de valeurs.

Je le sais, mais pourtant je ne peux empêcher mon cerveau d'analyser les événements via cette causalité. Et également de les percevoir dans la temporalité de l'avant- ou l'après-attentat. C'est comme un avant ou après Jésus-Christ, sauf que là c'est avant ou après *Charlie Hebdo*. Si je lis un article sur un film sorti en novembre 2014, je me dis : « Ah tiens, deux mois avant CH. » Un livre publié en mars 2015 : « deux mois après CH. »

Je ne suis pas zinzin. Dans *Un merveilleux malheur*, Boris Cyrulnik parle de ce phénomène : « Le fracas devient la valeur de référence tatouée dans la mémoire, et désormais tous les événements s'y réfèrent inévitablement[1]. »

Ce « tatouage » mémoriel va créer, pendant des années, dans mon esprit, une vision existentielle binaire. Il y aurait mon identité « d'avant » le 7 janvier, définie, claire, et qui était censée être éternelle. Soit Camille Emmanuelle, journaliste « sexe », féministe, parisienne, indépendante, qui écrit des trucs drôles mais aussi engagés, blonde, au look de pin-up. Et il y aurait celle « d'après », morcelée, floue, et fluctuante à jamais. Il m'est arrivé, souvent, de ressentir la nostalgie du futur du moi d'avant. La nostalgie du futur appelée la *saudade do futuro* en brésilien, est cette mélancolie d'un

1. *Un merveilleux malheur*, op. cit.

avenir qui n'a pas eu lieu. J'imaginais donc avec un vague à l'âme l'avenir de ce moi d'avant s'il ne s'était pas passé ce qui s'est passé en 2015.

Je parviens depuis peu de temps à déconstruire cette vision illusoire. Illusoire car avant 2015, je n'étais pas uniquement la journaliste que je viens d'évoquer. C'était juste une facette de ma personnalité, que je montrais sciemment au monde, pour mieux protéger le reste.

Et puis d'autres éléments ont fait bouger mes désirs, mes représentations, et mon apparence. La maternité, l'écriture, le temps qui passent en font partie. Qui me dit que je serais restée cette « Camille-là » s'il n'y avait pas eu l'attentat et l'exil qui a suivi ? C'est peu probable. Je me suis souvent répété que, « sans ça », on serait partis faire des reportages dans le monde entier, pour défendre la pute et l'orphelin. Peut-être. Peut-être pas. Il envisageait, fin 2014, de quitter le journal. Et de mon côté, quel média aurait concrètement financé ces reportages ?

Cette *saudade do futuro* personnelle est ambivalente. Car si l'on me perçoit simplement comme « celle d'avant », je trouve cela insupportable. À la fois je la regrette et je la fuis, cette identité. Dans son ouvrage *Rupture(s)*, Claire Marin analyse parfaitement l'« impossible fidélité à soi et autres ».

> « Je ne peux pas entretenir cette insouciance d'avant l'épreuve. (…) Je ne peux pas faire comme si

l'effraction d'un événement en moi n'avait pas modifié l'équilibre intime de ma personnalité[1]. »

Mais cette personnalité est-elle un « tout » unifié ? Claire Marin cite Henri Michaux : « on n'est peut-être pas fait pour un seul moi ». Et elle s'interroge :

> Ne sommes-nous pas faits de la succession de petites ruptures, la juxtaposition d'identités sans lien qui se combinent au gré des circonstances ? (...) Suis-je autre chose que ce que les accidents me font devenir ? Pourquoi croire à un sujet constant, n'y a-t-il pas plutôt une myriade intérieure de personnages qui surgissent au gré des aléas ?

Le 9 novembre 2017, c'est la première soirée de fin de tournage de « Crac-Crac », la nouvelle émission de Monsieur Poulpe, sur Canal+, pour laquelle je travaille depuis septembre. Comme je collabore à distance, je ne connais alors pas bien l'équipe. On m'a recrutée en tant que « journaliste cul ». Je m'entends très bien avec tout le monde, là n'est pas la question, mais pendant le tournage je me sens parfois paumée, au milieu des auteurs et humoristes souvent plus jeunes que moi. Légèreté, intelligence, humour, et sexe. Voici les mots clés de « Crac-Crac ». Parfait pour Camille de 2014. Mais ça coince dans la tête de celle de 2017. J'ai l'impression

1. *Op. cit.*

de jouer un personnage. On joue tous des personnages, particulièrement au travail. Mais disons que là, le costume me semble bien étroit, et il sent la naphtaline.

Ce soir-là de novembre, quand le bar ferme, le réalisateur de l'émission, Henri, et sa compagne, Juliette, qui est cadreuse, invitent la dizaine de derniers fêtards présents à boire des verres chez eux. Je suis de la partie.

Quelques minutes après être arrivée dans leur appartement, je remarque dans leur salon, posée sur le sol, une grande maison de poupée, en bois, joliment colorée. Je vais voir Juliette et lui demande : « Vous avez des enfants ? » Sur le même ton que pour lui demander si y a de la drogue. Elle me dit que oui, ils ont deux filles, de trois et six ans. Mon visage s'illumine. Je peux discuter, cinq minutes, avec quelqu'un de l'équipe, d'enfant. Je ne l'ai absolument pas fait jusqu'ici. Pas parce que c'était interdit, évidemment. C'est juste que moi, quand je n'avais pas d'enfant, ça me gonflait vraiment quand quelqu'un au taf me parlait pendant plus de 30 secondes de sa merveilleuse progéniture. Donc depuis plusieurs semaines, je fais comme si je n'en avais pas, je n'en parle pas. Et puis dans cette émission il est question de gens qui ont le fantasme sexuel de se transformer en meubles, de photographes de partouzes ou encore de cours de fellation avec des légumes. Ce n'est pas très *Tchoupi* comme truc. Avec Juliette, pendant quelques minutes, je parle de ma fille, qui me manque terriblement quand je suis à Paris. Son rire, nos câlins, son odeur dans le creux du cou, là… Elle m'écoute en souriant. Et me propose de me donner des fringues trop petites pour ses filles, la prochaine fois que l'on se voit. En m'autorisant à parler un peu de trucs de parentalité, elle vient sans le savoir d'ouvrir de quelques boutons le costume étriqué que je portais jusqu'ici.

À la deuxième fête de fin de tournage, dans un bar près de la rue Oberkampf en janvier 2018, je discute avec son mec, le réalisateur de l'émission, Henri. Jusqu'ici nous avons peu échangé. Si je ne parle pas de ma fille de deux ans pendant le boulot, je parle encore moins de Luz ou de *Charlie Hebdo*. Encore une fois, c'est normal : d'abord c'est le travail, et puis c'est une émission sur le sexe joyeux. Pas sur les conséquences psychologiques du terrorisme. Et puis en tant que féministe, dois-je vraiment me présenter comme « la femme de » ? Pourtant là aussi j'ai l'impression de « faire comme si ». L'impression de nier tout ce qui s'est passé. D'être dans l'imposture. D'être un pantin disloqué qui ferait semblant de sortir tout beau et tout neuf de l'atelier. Je ne me souviens plus pourquoi et comment, mais je dévoile à Henri avec qui je suis mariée. Et il me tombe dans les bras. Littéralement. Je comprends alors que ce cinquantenaire, réalisateur chevronné, est également quelqu'un d'engagé, politiquement, à gauche. Il a été plus que bouleversé par les attaques de janvier. Il ne me fait pas non plus le sketch du traumatisé. Nous discutons assez longtemps. Sans pathos. Mais avec émotion. Henri me permet de rajouter une pièce au patchwork de mon costume. Je sais que désormais, avec lui, je peux échanger librement sur « mon moi d'après », ainsi que sur le monde d'après.

Lors de la deuxième année de tournage de « Crac-Crac », en 2018, conscient de mes contraintes de non-Parisienne, le couple me propose de loger, quand je suis à Paris, dans une toute petite chambre de bonne à côté de leur appartement. Lieu que je rebaptise immédiatement « chambre de bonnasse ». Je croise leurs filles le matin au petit déjeuner. Et respire discrètement leurs cheveux, qui ont la même odeur Mustela que ceux de ma fille. Je refais le monde avec Henri et Juliette le soir. Il n'est pas vraiment question de sexe, mais plus de lectures, de combats, d'humour, et d'engagements. « La palette de mes identités est étendue », affirme Claire Marin. Une famille parisienne m'a permis, un jour, d'en révéler les couleurs.

Vive la France, et vive la République

Le confinement a ceci de positif qu'il nous pousse à faire un truc idiot : ranger ses placards. Dans un meuble du salon, je tombe sur un DVD gravé. Il s'intitule « Les filles ». Avant de me remettre à classer les films par ordre alphabétique, je le visionne. Je sais ce que c'est : une compilation de 30 minutes de films familiaux, réalisés par mon père. Cela fait longtemps que je ne l'ai pas regardée.

> Alors, en fait, je me promenais à Paris, et j'ai retrouvé Marie-Antoinette. Dans une fosse. Enfin, juste sa tête. La voilà. Je l'ai récupérée. Bon, y avait encore un peu de sang, mais je l'ai nettoyée. La guillotine était mal réglée, du coup on voit une partie de ses épaules. Vous voyez là, elle a encore son cou. Ils ont mieux réussi avec Louis XVI.

Ce monologue est issu d'une scène, filmée par mon père, donc, avec une caméra vidéo Canon Canovision 8 mm H460/E440, un soir de Noël, à La Baule.

Nous sommes en 1989, j'ai 9 ans. Comme chaque année, j'ai préparé un spectacle pour mon père, ma belle-mère, mes frères et sœurs et surtout pour la caméra Canovision. Et cette année, le thème de mon spectacle, c'est la Révolution française. Je fais croire que ma tête à coiffer, grandeur nature, au visage maquillé de poupée Barbie, à la longue coiffure blonde et synthétique, est la tête – coupée – de Marie-Antoinette. C'est extrêmement gênant, comme vidéo.

A posteriori. Car à l'époque, c'est le bicentenaire de la Révolution française et c'est mon absolue passion. J'ai demandé à mes parents de m'acheter les quatre tomes de la série BD « Histoire de la révolution française », rassemblés en coffret. *La Prise de la Bastille, La Patrie en danger, La Terreur, Vers l'Empire*. Je les ai lues 67 fois et les connais par cœur. J'organise un jeu de rôle, dans la cour d'école primaire, appelé : « Danton ou Robespierre ? » (Pas un franc-succès…) Pour le carnaval, en février, je me déguise en sans-culotte et j'apprends par cœur *La Marseillaise*, que je chante à tue-tête dans la voiture.

La passion s'étiole ensuite un peu, mais elle reste. En septembre 1993, on « monte à la capitale » avec ma mère et mon beau-père. Je suis si heureuse : ils ont acheté des billets pour le spectacle de Robert Hossein, *Je m'appelais Marie-Antoinette* au Palais des sports. J'ai 13 ans et c'est alors le meilleur spectacle de ma vie (je n'ai pas encore vu MC Solaar torse nu, sur scène, ce sera l'année suivante).

Truc de dingue dans ce spectacle : le public est le jury du procès de Marie-Antoinette. Je suis jurée ! Je dois voter pour sa mort, son acquittement, son emprisonnement, ou son exil. Étant contre la peine de mort mais aussi l'emprisonnement politique, je vote pour l'exil.

> Tu votes pour l'exil ? me dit mon beau père. Mais si elle part en exil en Autriche, elle peut revenir avec l'armée. Elle a des soutiens, dans la royauté européenne. Tu mets en danger la République, avec ton vote.

Merde. On ne touche pas à la République, peu importe si celle-ci a ensuite fait couler du sang. Je prends le jeton « prison » et le file au sans-culotte. La majorité des 4600 spectateurs a accordé l'acquittement à l'archiduchesse, ce soir-là. Ah ben bonjour les républicains…

L'affiche de la Déclaration des droits de l'homme et du citoyen de 1789 affichée dans ma chambre d'enfant. La République indivisible, laïque, démocratique et sociale pour laquelle s'est battue mon arrière-grand-père, résistant. Mes parents défendant à table l'État protecteur, garantissant l'existence de droits économiques et sociaux. L'État qui me permet d'étudier pour des frais d'inscription annuels de… 500 francs. L'État qui me soigne gratuitement. L'État qui organise des élections libres. Mes larmes d'émotion lorsqu'on me dit « a voté », pour la première fois, le 13 juin 1999, aux élections européennes. On peut dire en résumé que j'ai été biberonnée à l'esprit républicain.

Après janvier 2015, les choses changent brutalement. Je découvre tout autre chose. Je découvre, avec stupeur, l'État lâche. L'État petite bite. L'État qui, le 11 janvier, serre la main des « survivants » devant les caméras de BFM mais qui ensuite est totalement incapable d'aider ces mêmes personnes.

Besoin de louer en extrême urgence un appartement un minimum sécurisé, alors que le nôtre ne l'est plus du tout ? Démerdez-vous.

Besoin que ce déménagement en particulier, opéré par une compagnie sécurisée hors de prix, et qui ponctionne notre budget, soit *en partie* pris en charge par l'État ? Démerdez-vous. C'est en tout cas ce que l'on déduit des non-réponses aux mails.

Besoin de soutien diplomatique pour obtenir trois visas ? Démerdez-vous. « On vous a donné un contact, mais le reste, ce n'est pas de notre ressort. »

Besoin, en 2017, d'avoir des informations sur l'état de la menace actuelle concernant mon mari ? Démerdez-vous. On ne vous dit rien. Que dalle. Silence radio. Je dois écrire, sur Twitter, à un confrère journaliste, spécialiste du djihad, pour choper quelques bribes d'informations. C'est devenu mon job de faire un état des lieux des menaces terroristes en France.

Besoin que je puisse parfois, pour des questions pratiques, monter dans la voiture de protection, lors de déplacements communs ? Démerdez-vous.

En avril 2016, nous quittons notre domicile, pour nous rendre en France, pour la première fois, avec notre fille de 7 mois, afin qu'elle rencontre enfin nos familles. Lorsque nous arrivons à l'aéroport, à la sortie de l'avion, deux policiers entourent mon mari et lui disent « suivez-moi ». Super discret. Tout le monde se demande qui est ce criminel qui était dans l'avion avec eux.

Moi, je me retrouve seule, comme une conne, dans le couloir de l'aéroport, avec le bébé de 8 kg en porte-bébé, les valises, et le gros sac plein de biberons et de couches. Je les vois partir au pas de course. Je dois me démerder, seule. Sérieusement, c'est quoi cette manière de traiter les gens ? Je n'en veux pas à ces officiers de la protection. Ils font un boulot difficile, et ils suivent les ordres. J'en veux à leur direction, qui impose des protocoles absolument pas adaptés aux personnalités civiles. Et encore moins si celles-ci sont de jeunes pères.

J'ai écrit plus haut que l'État était incapable. C'est faux. Il est capable, il n'a juste pas envie. Comme un ado baraqué qui serait partant pour aider ses potes, et pour se la péter grand justicier dans la cour du collège, mais qui ferait semblant de ne rien voir quand, dans le bus, une connaissance à lui se fait emmerder et réclame son aide.

Je ne rentrerai pas dans les détails pour des questions de confidentialité, mais j'ai appris, au cours de ces dernières années, que nous étions beaucoup moins pris en compte que d'autres personnes. Pas forcément victimes ni menacées d'ailleurs. Mais plus proches des cercles du pouvoir.

L'État aide celles et ceux qui sont proches de lui, ou bien celles et ceux qui ont le pouvoir de ternir sa réputation en public. L'État est un ado égoïste et narcissique. Des citoyens qui, suite à des attentats, sont menacés et demandent non pas un traitement de faveur, mais simplement une sécurité adaptée, et un soutien, n'intéressent pas l'État. S'ils ne critiquent pas son inefficacité, s'ils ne gueulent pas contre son hypocrisie, dans une émission sur LCI, ils sont invisibles. Et comme ils ne peuvent pas et ne veulent pas le faire, eh bien qu'ils se démerdent.

C'est ce qu'on a fait. On s'est débrouillés. On se débrouille. On n'attend plus rien des « hautes instances », comme on dit. La colère intense des premiers mois a disparu, chez moi, pour laisser place à une forme de rancœur blasée. La colère était liée à la déception, qui elle-même était liée à des attentes. Quand il n'y a plus aucune attente, il n'y a plus le risque d'être déçue et en colère. C'est pratique, mais ce n'est pas simple pour autant.

Car de social-démocrate je ne vais pas devenir poujadiste, de fervente républicaine je ne vais pas devenir antiétatique ou néofasciste. La gamine qui portait fièrement son bonnet phrygien n'est plus là. Mais qu'est-elle devenue ? Qui aurait cru que le fait de se retrouver au cœur d'un tel événement d'ampleur nationale, un événement au sein duquel des millions de Français se sont retrouvés soudés, derrière des valeurs communes, allait bouleverser mon propre système de valeurs, et allait me rendre allergique au discours des politiques, qui, larme à l'œil, se félicitent de la nation française, terre de liberté, d'égalité et de fraternité ? *Bullshit...*

Le ricochet touche les systèmes de croyances et de valeurs. Si demain un metteur en scène, en hommage à Robert Hossein, remonte son spectacle *Je m'appelais Marie-Antoinette* et que je m'y rends, je sais quel jeton je mettrai dans l'urne. Acquittement. Évidemment. Pour une fois, que la République se démerde.

D'autres valeurs ont été modifiées. Je suis issue d'une famille majoritairement athée. Mon arrière-grand-père et mon arrière-grand-mère maternels étaient tous les deux instituteurs, laïcs, en Bretagne, au cœur d'un village très catholique. J'ai appris récemment que le curé du coin interdisait aux enfants de venir dans leur maison, pour jouer avec ma grand-mère alors enfant, car c'était, disait-il, « la maison du diable ». J'adore.

Mon beau-père, lui, était très anticlérical. Un jour, alors que j'avais 5 ans et qu'on visitait Rome, avec lui, ma mère et mes sœurs, il déclara qu'il ne voulait pas entrer dans les églises, parce que ça lui filait des boutons. J'ai mis des années à comprendre que c'était une métaphore. Pendant longtemps j'ai vu les églises comme un endroit super dangereux, source de varicelles à répétition.

Élevée dans une sorte de culte de l'esprit des Lumières, j'ai toujours considéré, avec un peu de condescendance certes, la religion comme un truc de gens superstitieux, peureux, incapables d'affronter la mort sans imaginer une vie après, et dotés d'une culture scientifique merdique. Je sais bien qu'il y a des scientifiques croyants. Mais ils sont rares. Et ils ne pensent pas *vraiment*, je crois, qu'il y a un gars un jour qui a ressuscité, ou qu'on risque de finir en enfer pour l'éternité si on mange une quiche lorraine aux lardons. J'ai aussi toujours pensé, en tout cas depuis que je m'intéresse au sujet, que les trois religions monothéistes, basées sur une vieille morale misogyne et liberticide, n'avaient jamais été tout à fait du côté du droit des femmes ou des LGBT (ceci est un euphémisme).

Après janvier 2015, je pense toujours cela. Mais il y a une couche qui s'est rajoutée là-dessus. Tout ce qui est lié au religieux m'insupporte, désormais. Surtout si c'est ostentatoire ou prosélyte. Je sais que globalement, sur le long terme, l'athéisme gagne du terrain dans le monde. Que le terrorisme, et les violences religieuses, sont sûrement la queue de comète d'un monde anciennement régi par ces croyances. Pour autant c'est épidermique : je me crispe dès que je suis face à un discours ou à un comportement lié à la religion.

« Dieu n'existe pas, bordel de merde, il faut vous le dire comment ? Au nom de votre Dieu à la con des tarés dans le Texas tuent des médecins qui pratiquent l'avortement, tandis qu'au nom d'un autre Dieu d'autres, dans le monde, massacrent quotidiennement des "mécréants". Religions d'amour et de paix : et mon cul c'est du poulet ? »

Voilà en gros, en toute élégance, ce qui me vient à l'esprit dès que je croise dans la rue une catho grenouille de bénitier ou un couple de salaf'. Ils ne font de mal à personne, j'imagine, mais ils me rappellent l'existence, la possibilité de « l'étape » au-dessus : celle de l'extrémisme. Alors qu'en fait, rien ne me dit qu'ils vont aller dans cette direction.

Ils vont sûrement juste au Franprix, comme moi.

Allongez-vous

Juin 2020. Cela fait des semaines que je cherche à contacter Marianne Kédia. Cette psychologue, spécialiste du psychotraumatisme, travaille à Action contre la faim. Elle a écrit en 2016 un livre passionnant, *Panser les attentats*[1], dans lequel elle analyse les conséquences post-traumatiques des attentats. Parmi celles-ci elle insiste sur quelque chose dont on entend généralement peu parler : les changements de valeurs, que je viens d'évoquer. Elle a à peu près mon âge, elle intègre dans ses interviews références psy et références culturelles pop, elle a un phrasé moderne et sans ambages. Je sens que je vais louper quelque chose si elle ne répond pas à mes questions. Cette fois-ci je mets mon pied dans la porte, j'envoie douze mails pour obtenir le sien.

Quand enfin je réussis à la joindre par Skype, je décide de ne plus faire semblant d'être une journaliste « neutre » face à un sujet lambda. Je n'ai pas eu la chance

1. *Op. cit.*

ces cinq dernières années d'être suivie par une psy formée au traumatisme. Il y a plein de réponses que je n'ai pas eues. J'ai aujourd'hui enfin une psy experte du traumatisme en face de moi ? La journaliste a des questions. La potentielle patiente aussi. En plus c'est gratuit.

Mais alors… c'est une interview ou c'est une séance ? Un peu les deux. Ce n'est pas déontologique, oui et alors ? J'invente un nouveau truc : le journalisme sur le divan. Allongez-vous avec moi. Enfin… divan n'est pas le bon terme. Quand je commence à parler à Marianne Kédia, je comprends qu'elle n'est pas très branchée psychanalyse. Selon elle, la France a été pendant des années bouffée par la psychanalyse, au niveau psy, et il y a eu un déni massif de ce qu'était le trauma, notamment celui des victimes indirectes. Le Bataclan a fait évoluer les choses. Le nombre d'études se multipliant, le PTSD[1] secondaire commence à être de plus en plus accepté dans la communauté psy. « Le trauma vicariant également. » J'ai vu ce mot passer régulièrement dans mes recherches, souvent associé aux soignants. Marianne Kédia m'explique que cela ne concerne pas uniquement les soignants. Cela veut dire « par observation ».

> Quand on parle de trauma secondaire, on parle des symptômes : des flashbacks, des cauchemars, le

1. Post-traumatic stress disorder, ou syndrome de stress post-traumatique.

développement de certaines phobies, etc. Ce sont les symptômes du PTSD classiques. Sans avoir été exposée, la personne a les mêmes types de symptômes, par empathie avec la personne dont elle est proche. Le trauma vicariant, lui, va un peu plus loin. Il y a tous ces symptômes-là, mais il y a aussi la façon de voir le monde qui change. Dans le traumatisme vicariant, il y a l'idée que c'est la personnalité du proche qui est modifiée. Sa façon de voir le monde, son optimisme par exemple.

Marianne collabore beaucoup avec des travailleurs sociaux qui sont eux en contact quotidien avec des demandeurs d'asile. Elle me raconte que quand ils font cela pendant des années, la façon dont ils voient l'État français, ou la violence entre les gens, change. Ils travaillent avec des gens qui ont été torturés en Libye, ou bien qui ont été esclaves sexuels. Ça va au-delà de « juste » faire des cauchemars. Ils ont du mal à avoir des conversations légères au quotidien avec des amis qui vont se plaindre parce que la nounou est à la bourre, ou parce qu'ils n'ont pas trouvé le carrelage qu'ils voulaient pour leur salle de bains. En termes de valeurs, cela va complètement les décaler. La psychologue précise que ce changement peut avoir aussi des aspects positifs : ces expériences traumatiques, que ce soit pour les victimes directes ou pour les victimes secondaires, peuvent créer autre chose : on revient à l'essentiel, on est sensible à des choses qui nous paraissaient être des évidences, des acquis.

Je lui raconte que j'ai un peu fait une sorte de diagnostic des symptômes vécus par mon mari. Des épisodes de dissociation, des hallucinations visuelles, de l'hypervigilance, des pensées paranoïaques, des cauchemars, beaucoup d'insomnies, et également un repli sur soi, une difficulté à être avec les autres. De mon côté, j'ai eu beaucoup de pensées intrusives. Elle me demande lesquelles. Je lui explique que dès que mon mari n'était pas là, et que j'envoyais un message sans réponse immédiate, je me faisais tout un film. Cela m'arrive beaucoup moins souvent qu'avant, mais cela arrive encore.

> C'est ce qu'on appelle de l'hypervigilance, c'est un des symptômes du PTSD. Il vous est arrivé quelque chose de très grave. Donc votre système mental, votre amygdale, qui contrôle la peur, vous dit : « Attention, absence de nouvelles veut dire danger. Éloignement veut dire danger. » Avec en plus si j'ai bien compris votre situation, un danger qui a continué. Contrairement à quelqu'un qui aurait vécu un événement unique, circonscrit dans le temps, et pour qui cette hypervigilance ne serait « pas rationnelle ». Si j'ai eu un accident de voiture, il n'y a pas de raison pour que je me fasse écraser quatre jours après, la probabilité est faible. Que chez vous, votre hypervigilance soit maintenue, ça me paraît complètement normal.

C'est la première personne, psys inclus, à me dire cela en cinq ans. C'est taré non ? Je comprends que je peux aller plus loin dans l'interview confidence, dans l'interview Mireille Dumas. Je lui explique que si mon mari a des troubles du sommeil, ce n'est pas du tout mon cas. Je dors comme un bébé. Par contre je pense avoir développé une addiction à l'alcool. Alors que lui non. J'en déduis que les troubles du proche de la victime ne répondent pas forcément à ceux de la victime directe. Elle me le confirme. À travers le récit et la souffrance de la victime directe, le proche va se construire sa propre représentation. Et c'est cette représentation-là qui va générer des symptômes, comme certaines phobies ou de l'hypervigilance. Tout cela passe par le mécanisme de l'empathie, ou de la sympathie quand on est face à un proche. On se synchronise, on se connecte émotionnellement avec l'autre. Il y a comme une contagion. Si je suis avec quelqu'un qui sursaute tout le temps au moindre bruit, il est probable qu'il y ait un mimétisme, et que j'apprenne à être vigilante aux mêmes déclencheurs. Mais je vais aussi créer mes propres émotions qui résonneront avec mon histoire personnelle. Du coup mes symptômes vont m'être propres.

J'ai clairement manqué de clairvoyance, sur ces symptômes, lui dis-je. Parce que ce n'était pas moi la victime, parce que je ne me sentais pas légitime, parce que je n'étais pas là, physiquement, lors de l'attaque. Cela ne fait que quelques mois que je reconnais une forme d'addiction à l'alcool. Est-ce que c'est juste moi, ou est-ce que le fait d'être ricochet, ça ne retarde pas une certaine prise de conscience ?

Ça retarde la prise de conscience, mais ça retarde aussi les manifestations. Parfois ce n'est pas l'événement en soi, finalement, qui va être déclencheur pour la victime secondaire. C'est l'état de la victime directe. Donc le côté contagieux retarde la manifestation des symptômes ou des changements plus profonds dont on parlait tout à l'heure. Il y a aussi un côté cumulatif dans le trauma vicariant. C'est l'accumulation de la peine, de la charge mentale que ça peut représenter. C'est la chronicité de ces difficultés qui va à un moment donné faire un changement qui est beaucoup plus insidieux. Ce n'est pas du jour au lendemain que je me mets à boire beaucoup plus, par exemple. Cela augmente progressivement et puis je l'installe dans des moments où je ne vais pas bien, mais je ne m'en rends pas forcément compte tout de suite. C'est marrant parce que c'est à une heure particulière de la journée, et il se trouve qu'à cette heure-là il s'est passé ça, etc. Il y a des tas de trucs comme ça qui sont beaucoup moins flagrants que les syndromes de PTSD purs. »

Je bois chacune de ses paroles. Mais pourquoi ce n'est pas elle qui me suit depuis cinq ans ? Bon je sais pourquoi : parce que j'ai quitté Paris. Et que je ne connaissais rien à la psychotraumatologie. En l'écoutant, je me rappelle le prospectus destiné aux victimes directes, des conseils de choses à faire ou à ne pas faire, distribué à l'Hôtel-Dieu, le 7 janvier après-midi. Il était notamment écrit : « Ne pas parler aux médias pendant les premières heures. » Je l'ai relu depuis. Il est aussi indiqué : « Ne pas consommer d'alcool ou de produits stupéfiants. » Bon, apparemment j'ai zappé le côté alcool. On a bu le soir même, en rentrant chez moi. C'était comme un médicament. Je crois que j'ai associé ce moment, sur mon canapé, où on était enfin en sécurité, chez moi, tous les deux, avec la consommation de vin. Aujourd'hui si je devais conseiller, juste après un trauma, une victime ou un proche de victime, je lui dirais : « Ne réponds pas à Europe 1, ok, mais surtout vraiment évite toute substance, les premières heures. » Marianne Kédia me dit que c'est une recommandation qu'ils font pour deux raisons.

> La première c'est que quand vous vivez un événement difficile, directement ou indirectement, vous allez secréter plein d'hormones de stress. Le corps est plutôt bien fait, parce que la tendance naturelle, ça va être d'éliminer progressivement ces hormones-là, en quelques jours. Si vous rajoutez là-dessus une molécule extérieure, notamment le grand classique du médecin traitant c'est de vous prescrire du benzodiazépine – « prenez donc un Lexo ça ira mieux » – ou bien de l'herbe ou de l'alcool, ça donne un sentiment immédiat de détente. Ça déconnecte, ça donne un relâchement. Et donc ça peut créer du coup une association, classique dans les addictions, de « ce produit me procure tel effet donc dès que je me sens dans tel état, je le prends ». Ça devient une automédication.

> Mais les molécules que l'on va rajouter, comme le Lexomil, ou l'alcool, ou la beuh, vont perturber les processus naturels du cerveau. Donc on perturbe nos mécanismes naturels de récupération en prenant ces produits-là. Et on aggrave les pronostics. C'est pour ça que les recommandations, aujourd'hui, c'est de ne surtout pas donner du Lexo aux urgences après un choc traumatique. Le seul médicament sur lequel on fait des tests aujourd'hui, c'est des bêtabloquants, ce que prennent les personnes qui ont des problèmes cardiaques. On mesure votre fréquence cardiaque, et si elle atteint un certain niveau on va vous donner un médicament qui va la ralentir. Ça n'intervient pas sur le cerveau, mais ça fait que le cœur pompe moins vite, et donc il y a moins d'adrénaline. Ça améliorerait le pronostic.

Ça c'est le jour J. Sur le long terme, un événement traumatique peut bouleverser les valeurs. Et dans un sens qui ne nous plaît pas forcément. On nous offre souvent des récits de résilience, de personnes qui deviennent « meilleures » après cela. J'explique à Marianne Kédia que j'ai reçu une éducation de gauche, certes anticléricale mais pas forcément antireligion. Or je suis désormais devenue intolérante à tout discours ou comportement religieux. Ça ne m'a pas transformé en Gandhi, cette histoire. Comment on fait pour réconcilier ses valeurs d'avant avec celles de l'après-trauma ?

Cela pose une première question très importante, c'est celle de la résilience. J'ai adoré Boris Cyrulnik pendant une grande partie de mes études. C'est quelqu'un pour qui j'ai un profond respect, il a fait un super boulot de vulgarisation. Toutefois, on a beaucoup caricaturé la notion de résilience. Moi j'ai plein de patients qui me disent « je ne suis pas résilient parce que j'ai tel ou tel symptôme ». Mais ce n'est pas ça la résilience, ce n'est pas l'absence de symptômes. Il y a mille et une définitions du terme. En France on a appelé ça résilience, dans la recherche anglo-saxonne ça a d'autres noms qui recouvrent des concepts un peu différents. La résilience ce n'est pas un état. Ce n'est pas : « Bim je suis résilient, et je le suis parce que j'ai eu une maman ou une nounou très affectueuse quand j'étais petit. » Ça compte beaucoup, mais la résilience, ça se construit, ça se développe. Et qu'il y ait des changements non réversibles après un événement traumatique, je ne trouve pas que ce soit un problème en soi. Mes valeurs peuvent évoluer au cours de ma vie. Ce qui est un vrai problème, dans le trauma, pour les victimes directes ou indirectes, c'est quand mes valeurs pré-trauma et post-trauma sont en conflit. C'est un vrai sujet. J'avais une patiente qui était militante au PS, et qui dans les années 2005 avait emménagé à Stalingrad, à Paris, quartier ultra-populaire à l'époque. Elle l'avait fait dans une démarche de mixité sociale, en se disant « merde, je vais pas aller vivre dans le 15e ». Un jour elle est chez elle, et il se trouve que son appartement était anciennement occupé par une toxico. Celle-ci débarque, six mois après, sous crack, pour fouiller les toilettes, pour retrouver de la drogue. Ma patiente a été agressée physiquement, ça a été très lourd. Par la suite elle se disait qu'elle ne pouvait pas rester dans ce quartier qu'elle voyait alors comme dangereux. Soit l'inverse de qu'elle défendait avant. Sur un exemple comme ça, on doit travailler à distinguer ce qui est de l'ordre de la valeur, et ce qui est de l'ordre de la phobie post-traumatique.

Mon mec, lui, au niveau des valeurs, n'a pas beaucoup changé. Il reste très critique mais aussi très curieux. Tous les dimanches matin il met France Culture, et il écoute « Questions d'islam ». Puis « Orthodoxie ». Puis « Service protestant ». Puis « Talmudiques »… (C'est un peu relou à la longue, mais vu que moi je lui impose « Affaires sensibles », de Fabrice Drouelle, sur France Inter, absolument tous les soirs de la semaine, je peux difficilement me plaindre.) Marianne Kédia m'explique que cette différence entre nous deux n'est pas anodine. Lui ne dormait pas la nuit, moi oui. Mais l'impact sur moi a été plus insidieux, et plus de l'ordre du trauma vicariant que du PTSD.

Après, les questions que vous vous posez, elles sont aussi légitimes, elles sont aussi philosophiques. Ressentir une certaine colère dans certaines situations, c'est adapté.

Je vais vous donner un exemple personnel. Je suis allée en Birmanie pour mon travail, pour Action contre la faim. Je me suis retrouvée dans des camps de réfugiés de musulmans, qui étaient en train de crever. Dont mes collègues, car ils vivent dans ces camps. Ma sœur est super bouddhiste, et ça me rend folle. Ça me rend tarée. J'ai des réactions épidermiques vis-à-vis des bouddhistes qui ne sont pas appropriées, qui ne sont pas justifiées. Honnêtement, quand je les ai, j'essaie de travailler dessus. Bon je ne vois pas des bouddhistes tous les jours donc ça ne perturbe pas trop dans ma vie. Mais je continue à penser que les bouddhistes birmans sont de gros connards qui commettent un génocide. La question c'est : est-ce que vous arrivez à avoir de la nuance, et est-ce que vous avez envie de vous en donner plus ou pas.

J'interviewe cette psychologue depuis plus d'une heure. Il est temps de conclure. Je n'en ai aucune envie. Je lui demande s'il y a un sujet important que je n'ai pas abordé avec elle. Elle me répond oui : celui des enfants, celui de la transmission du traumatisme. Car nous avons une fille. Elle ne veut pas être dramatique et ne veut pas me faire croire que mon enfant va être traumatisé. Mais elle trouve la question intéressante. Notamment l'influence sur la parentalité.

Évidemment que j'y pense, depuis des mois, depuis que j'ai commencé l'écriture de ce livre. Et même auparavant. J'ai lu à ce sujet des articles de vulgarisation, dans la presse grand public, qui disaient en gros : « Chez les rats, on a observé une transmission des traumas, donc ça existe sûrement chez les humains aussi. » Je caricature, mais c'est ce que j'ai retenu. J'ai lu aussi des choses sur la transmission intergénérationnelle, sur les petits-enfants des rescapés des camps. Mais pour l'instant je ne creuse pas. Cela me fait un peu peur. Je me demande même si ce n'est pas un sujet assez tabou, entre victimes directes ou indirectes, qui ont eu des enfants après les attentats de 2015. Peut-être qu'on n'a pas envie d'enfermer nos enfants dans un truc trop symbolique.

C'est une question que je me pose surtout aux dates anniversaires. Ce sont des moments où l'on ne va pas bien, évidemment. Il y a une forte tension, une tristesse lourde, dans l'air, plusieurs jours avant, et plusieurs jours après. Notre fille le ressent forcément. C'est aussi pour cela que j'ai créé l'album photo, avec des photos de nous avant, une photo du 11 janvier, etc. Pour lui raconter son histoire. Pour qu'il y ait une continuité. Le but étant d'en parler, et qu'elle ne découvre pas tout ça à 9 ans, dans son livre d'histoire.

Je reviens à mon obsession linguistique. Je demande à Marianne Kédia ce qu'elle pense du terme « victime par ricochet ». Elle le trouve très explicite et ça lui parle. Même si ce n'est pas celui qu'elle ou ses collègues emploient. Ils disent « victime secondaire », ou « victime par procuration », ou encore « victime vicariante ».

> En fait je ne m'attache pas tant que ça aux termes. Tous les termes psy, dans le langage courant, sont détournés. Je trouve ça insupportable quand on me dit « les Français sont traumatisés par le confinement », ou « la population française a été traumatisée par les attentats ». Mais bon c'est comme ça. Par ricochet, je trouve que c'est la plus jolie de toutes les expressions.

Elle a raison. Je vais définitivement garder « ricochet ». De toute façon je suis déjà dans le transfert psy, Marianne est ma nouvelle idole, donc elle m'aurait dit : « Mmh… moi j'appellerais plutôt ça le syndrome du concombre de mer », je lui aurais répondu : « C'est brillant… Vous êtes brillante… »

Lorsque l'interview se termine, j'ai l'impression d'avoir découvert l'Amérique alors que ça faisait cinq ans que je ramais sur mon vieux rafiot, en pleine tempête. Elle a éclairé en quelques minutes de nombreux questionnements. Par exemple avec le concept de « vicariant ». Je ne l'avais pas creusé, persuadée qu'il ne concernait que les soignants.

Avant de la quitter je lui demande pourquoi elle a choisi la trauma comme spécialité. Elle me raconte qu'à 20 ans, elle a fait son premier stage au sein d'un groupe de parole de victimes de viol, au Centre du psychotrauma à Paris. Il s'est passé deux choses. Elle s'est rendu compte de la double peine que vivaient ces femmes (la maltraitance des psys, de la police, etc.).

Et deuxièmement une des psys avait une façon de faire qui n'était pas du tout ce qu'on lui apprenait à la fac, soit la figure du psy qui ne dit rien, qui par neutralité ne commente pas, etc. Elle l'a vue ne pas fermer sa gueule, et dire : « Vous avez subi des violences qui ne sont pas normales, qui sont injustes, parfois de la part d'institutions. Moi je vais vous dire que c'est normal que vous trouviez cela injuste. » Elle a compris alors qu'être psy ce n'était pas seulement écouter les gens, c'était aussi, à un moment donné, être objective sans être neutre.

Mon enquête n'est pas neutre, elle n'est pas objective non plus. Elle est même, soyons juste, principalement introspective. Comprendre ce qui s'est passé depuis cinq ans. En chercher le sens. En chercher la reconnaissance, aussi. Auprès de personnes travaillant au quotidien avec elles. Pour créer un lien. Pour ne plus être seule.

Des pâtes et du vin

Comme je l'ai écrit auparavant, malgré quelques tentatives, je n'ai pas réussi à joindre des proches de rescapés de l'Hyper Cacher. J'ai pensé également à interviewer des proches de rescapés du 13 novembre 2015. Après tout, il y a un lien, on dit désormais « les attentats de 2015 ».

Je me suis retrouvée face à un problème morbide. Au Stade de France, sur les terrasses parisiennes, et au Bataclan, il y a eu 130 morts et 413 blessés. Combien de blessés psychologiques, sachant que rien qu'au Bataclan il y avait environ 1 500 spectateurs ? En 2018, le fonds de garantie avait indemnisé 2 625 victimes : personnes blessées, familles des personnes décédées, et ceux qui ont subi un traumatisme ou un préjudice. Qui, parmi ces personnes indemnisées, est une victime par ricochet de rescapés ? Combien le sont, mais n'ont pas fait de démarche auprès du fonds de garantie ? Des centaines probablement. C'est vertigineux. Dans ce cadre, pourquoi poserais-je des questions à tel proche et pas à tel autre ? J'ai bien tenté de rentrer en contact avec une ex-petite amie d'un rescapé, un auteur que j'aime beaucoup, mais sans succès. J'ai aussi envisagé de contacter quelqu'un de Life for Paris, une des associations créées après les attentats du 13 novembre 2015. Mais la même question s'est posée : pourquoi interviewer cette personne et pas une autre ?

Et puis un jour je lis un article dans *Le Monde* sur un livre qui va sortir, *Journal d'un rescapé du Bataclan*[1], de Christophe Naudin, historien et prof d'histoire. Dans cet article, il raconte sa reconstruction, ses crises de panique, mais aussi le profond malaise qu'il ressent lorsqu'il prend conscience que « ses soutiens les plus enthousiastes manifestent trop souvent de l'indulgence à l'égard de l'islamisme ». Dans son livre que je lis quelques semaines plus tard, il raconte également l'effet dévastateur de l'actualité sur ce rescapé du Bataclan : « Je sature de ceux qui font ami-ami avec Tariq Ramadan, le Parti des indigènes de la République et toute cette nébuleuse, parce que l'islam serait la religion des dominés. » Sachant que cette complaisance se nourrit de son pendant : le discours de l'extrême droite. Il décrit ainsi dans son journal l'ambiance de 2016 :

> D'un côté, une volonté de se servir de la réalité djihadiste pour imposer une France sécuritaire à

---

1. *Journal d'un rescapé du Bataclan – Être historien et victime d'attentat*, Christophe Naudin, Libertalia, 2020.

tendance islamophobe ; de l'autre, une négation ou une minimisation du djihadisme et de l'islamisme (quand ce n'est pas une légitimation), pour affirmer que le seul vrai danger est l'islamophobie et l'extrême droite. Deux idéologies à la fois opposées et se nourrissant l'une l'autre.

Je me reconnais totalement dans la colère de cette « homme de gauche giflé par la réalité », colère que j'ai peu vue décryptée avec lucidité par ailleurs. Je contacte Christophe Naudin, pour le remercier. Et je lui explique que, bien que seulement victime indirecte, depuis cinq ans je deviens folle de rage quand j'entends des connaissances sortir des « oui mais quand même les caricatures c'est offensant », ou « *Charlie* était islamophobe non ? », ou bien « l'ennemi, c'est l'État patriarcal raciste, point ». Bref, je ne suis pas devenue zemmourienne, loin de là, mais je me sens souvent trahie par certaines personnes qui se disent progressistes. Il me répond que mon message a du sens. Sa mère, « qui est la personne la plus gentille du monde (trop sans doute) », lui fait parfois peur quand elle lui parle des gens de son quartier, et le rejet, voire la haine qu'elle ressent parfois, devant ce qu'elle considère comme des provocations (port ostensible d'une voile, y compris intégral, regards de défi, etc.). Elle sait que « ce n'est pas bien », mais ce qui est arrivé à son fils met à rude épreuve sa conscience et sa culture de gauche. « Je sais qu'elle a évidemment été traumatisée, et le fait qu'elle ne soit pas reconnue comme victime, au contraire de parents qui ont perdu leur enfant, lui a fait beaucoup de mal. Comme si l'horreur de l'attente, puis de m'avoir recueilli en pleine nuit en mauvais état n'était pas considéré comme un traumatisme. » Ils n'en ont jamais vraiment parlé ensemble. Mais moi j'ai envie d'en parler avec lui…

Il était au concert des Eagles of Death Metal au Bataclan avec deux amis, dont un a été tué sur place. Sa mère l'a vu débarquer chez elle à 3 heures du matin. Elle avait suivi ce qui se passait sur les réseaux sociaux, elle savait qu'il était au concert. Il a retrouvé, plus tard, sur son Facebook à elle, des échanges, des posts, donc il a quelques bribes de connaissance sur la soirée qu'elle a vécue, elle. Mais ils n'en ont jamais parlé directement. Et donc il a débarqué chez elle avec son jean et ses chaussures pleins de sang, et « apparemment avec une tronche assez spéciale ». Quand il est arrivé ils se sont serrés dans les bras, puis il a demandé des pâtes et du vin. C'est exactement ce que mon mari et moi avons consommé le 7 janvier au soir.

Ensuite il s'est mis devant la télé et devant Internet. Dans son souvenir, et aussi d'après ce que sa tante, proche de sa mère, lui a dit, il l'a presque ignorée. Il était ailleurs. « J'étais encore dans mon cagibi… » Elle ne lui en a pas voulu bien sûr mais elle a eu l'impression qu'ils n'avaient pas pu partager ce moment. Les jours qui ont suivi, il a logé chez elle. Mais il a passé aussi beaucoup de temps avec ses amis, et il est allé dans la famille de son ami Vincent, qui était mort. Elle n'était jamais vraiment présente, comme s'il l'avait mise de côté sans faire exprès.

> Pour en avoir parlé après avec ma psy, ça s'est vu dans les réactions qu'elle a eues dans les mois qui ont suivi, où elle avait des réflexes de victime directe. Ma psy m'a dit : c'est normal, elle essaie de s'identifier à vous pour partager la chose que vous n'avez pas pu partager.

Quand il a essayé de lui en parler, elle fondait en larmes. Sa psy lui a donné un contact, pour elle, mais ça n'a pas accroché. Après il l'a poussée pour qu'elle fasse des démarches auprès du fonds de garantie mais elle n'a pas été considérée comme victime indirecte. Parce que j'avais eu la chance de m'en sortir. « Ça l'a beaucoup marquée. » Christophe me raconte qu'il connaît plein de cas similaires. Même pour les victimes directes.

> En tant que victime directe, au Bataclan j'ai eu la « chance » d'avoir une place de concert et de l'avoir gardée. Sans la place, j'aurais eu du mal à être indemnisé. Alors qu'il a été difficile pour des gens de « prouver » qu'ils étaient sur les terrasses.

Il a senti que sa mère avait été blessée de ne pas avoir été considérée comme victime indirecte. Elle ne le lui a pas dit clairement mais en a parlé à la tante de

Christophe. « Symboliquement ça lui pèse. » Dans son mail Christophe parlait de changement de valeurs politiques, chez sa tante et chez sa mère. Je lui demande des précisions sur ce sujet.

Depuis des années sa mère vit dans un quartier très populaire « où il y a pas mal de femmes voilées, et de "barbus" comme on dit ». Depuis le 13 novembre 2015, elle s'y sent moins bien. Il ne s'est rien passé de particulier dans son quartier, pourtant « elle est devenue moins tolérante vis-à-vis des "musulmans visibles" », et cela l'attriste. Il essaie de la convaincre de déménager dans la maison familiale, dans la Nièvre. Il pense que ça lui ferait vraiment du bien.

Autre chose : elle regarde beaucoup les chaînes d'infos, tout en sachant que c'est de la merde. Elle ne le faisait pas avant. C'est comme une addiction. Elle sait que ça va l'énerver et lui faire du mal mais elle le fait quand même.

Physiquement, il a aussi vu des changements chez elle. « Elle n'a pas de gros soucis de santé, hors ceux de son âge, car elle a 70 ans. Mais, même si elle fait plus jeune, je l'ai vue prendre un coup de vieux. Au niveau de ses cheveux, qui du jour au lendemain se sont ternis. Ses yeux se sont beaucoup creusés aussi en 2016. »

Enfin dans son rapport avec son fils, ça a changé aussi des choses.

> On a toujours été très proches, mais là elle se fait sans arrêt du souci pour moi. À chaque attentat, comme pour une victime directe, les émotions sont exacerbées.

Je pense que ça lui pèse quasi quotidiennement. Je ne dis pas que si elle avait été reconnue officiellement par le fonds de garantie ça aurait tout changé, mais peut-être que, comme m'a dit ma psy, elle aurait trouvé sa place. Il y avait aussi chez elle une forme de culpabilité. Elle aurait pu être au concert avec moi. On a fait pas mal de concerts ensemble, notamment les Queens of the Stone Age. À la base pour le 13 novembre j'avais un billet pour une amie, qui n'a pas pu venir. J'ai hésité entre lui proposer à elle ou à David, et c'est tombé sur David. Elle se dit donc « j'aurais pu y être ».

Elle n'a pas de psy, elle n'en parle pas à son fils. À qui se confie-t-elle ? « Elle ne parle à personne sauf à notre chat. En plus il lui répond (*rires*). Elle parle un peu à ma tante mais comme elle vit désormais à Tahiti, ce n'est pas simple. »

Je sais que mon mari me dit parfois qu'il est désolé de me faire « subir » tout ça. Il se sent coupable des effets indirects de son traumatisme direct. Je demande à Christophe si lui aussi culpabilise vis-à-vis de sa maman.

J'ai beaucoup moins culpabilisé que vis-à-vis de Vincent, qui était avec moi et qui a été tué. Mais la culpabilité vis-à-vis d'elle, c'est surtout le fait de ne pas pouvoir communiquer, de ne pas pouvoir l'aider.

Il y a eu pourtant des occasions. Elle l'a accompagné au concert des Eagles of Death Metal à l'Olympia en février 2016. Il a invité sa mère aux commémorations de 2017, 2018, et 2019. Elle était « contente » d'être là les deux premières fois. Mais en 2019 elle a eu un malaise, devant le Bataclan. Elle a chancelé. Le Samu lui a donné un peu de sucre et ça allait mieux, mais c'est la première fois qu'il la voyait comme ça. Comme il le dit dans son livre, il a l'impression que chaque année c'est de plus en plus dur émotionnellement. Christophe considère que les victimes par ricochet sont les oubliés des attentats.

> Les associations se battent pour ça, mais sinon j'ai l'impression qu'il n'y a aucun discours officiel ou médiatique. Quand il y a les commémorations, j'ai l'impression que pour certains médias, les proches de victimes, c'est comme une aubaine. Chic on va avoir la parole d'un proche d'une victime, comme ça on va savoir ce que vit la victime. Mais le ou la proche n'est pas considéré en tant que victime indirecte. Même mes amis ou mes collègues, c'est très rare qu'ils me demandent comment va ma mère. Le seul qui m'a demandé ça, c'est mon pote Maxime qui est un ami de longue date, et un ami de Vincent, qui a été tué. Lui il me dit : « j'espère que ta mère va bien », mais c'est quelqu'un qui est directement concerné. Les gens moins directement impliqués sont moins conscients de l'onde de choc que cela provoque au-delà de la victime elle-même. Et on ne pense pas beaucoup aux parents.

Je confie à Christophe qu'en tant que proche de rescapé, on ne s'autorise pas à aller mal, puisque la personne dont on est proche est vivante. Il y a ce truc de « de quoi je me plains ». Cela ne l'étonne pas, et en plus sa mère a ce type de caractère. Elle se dit : « Je suis là pour le soutenir et moi peu importe. » C'est pour ça qu'il pense qu'aller vivre dans la Nièvre la « forcerait » à penser à elle-même. Et pas juste à lui.

Son livre, il l'a écrit aussi pour elle. Pour qu'elle sache exactement ce qu'il avait traversé, mais aussi pour ouvrir le dialogue sur comment elle avait vécu les choses.

> Quand je vais chez elle, dans son salon, il y a une bibliothèque avec mon bouquin qui est mis de face. On ne voit que lui. Mais on n'en a jamais parlé. J'ai besoin qu'on parle de l'attente terrible qu'elle a vécue et du moment où je suis arrivé chez elle. J'ai été dur sans le vouloir. J'ai juste demandé des pâtes et du vin.

Finistère

8 juin 2020, 5 h 51. La veille, dans mon interview/séance psy, j'ai dit, littéralement, à Marianne Kédia : « Je dors bien et n'ai jamais cauchemardé à propos du 7 janvier. » Et voilà que la nuit d'après, je me réveille en sueur : je viens de rêver de *Charlie Hebdo*. Je viens de cauchemarder sur le 7 janvier. C'est la première fois que cela m'arrive en cinq ans.

J'étais assise autour d'une grande table, dans une spacieuse salle de rédaction, à la lumière blanche. Tout le monde était là. J'étais entre Wolinski et Tignous. Charb était en face de moi. Il portait une écharpe marron assez moche. Il y avait aussi Valérie, l'ex-éditrice des Échappés, la maison d'édition de *Charlie Hebdo*. Les terroristes débarquaient soudainement. Mais au lieu de tirer sur tout le monde, ils ne faisaient « que » menacer. J'essayais de parler aux deux attaquants. Nerveux, agressifs, ils ne m'écoutaient pas vraiment. Ils tournaient autour de la table, en parlant de vengeance du prophète, de Dieu, de mécréants. La prise d'otages durait très longtemps. Tout le monde restait à sa place. Sauf Valérie qui réussissait à s'échapper de la pièce. Je ne craignais pas pour ma vie dans ce rêve. Je n'étais pas visée. Je devais juste retarder les choses, pour éviter le massacre. C'était mon but. J'étais le narrateur omniscient de ce rêve : je savais que chaque personne risquait de mourir ou d'être blessée. À moi de parler, sans cesse, aux deux terroristes, pour qu'ils n'enclenchent pas leur kalachs. Parler, les écouter, détourner leur attention (*sic*). Jusqu'à ce que les policiers arrivent.

Ils ne sont jamais arrivés. Mais personne n'a été tué. Car je me suis réveillée à temps. En sueur, après ce rêve horrible et étrange.

Je cherche depuis un an à m'identifier à un oiseau, un mignon petit rongeur, ou à un arbre. Mon inconscient vient tout simplement de me faire jouer le rôle d'un négociateur du Raid : le gars avec un gilet pare-balles, un talkie-walkie et des sourcils froncés.

Mais peut-être est-ce que mon cerveau m'emmène là où je refuse d'aller depuis des mois : rue Nicolas-Appert.

Depuis cinq ans, quand je repense au 7 janvier, mes souvenirs sont mêlés à ceux de mon compagnon. Ceux que j'ai entendus, quand j'étais à ses côtés, quand il en a fait le récit à une psy, dans cette petite pièce de l'Hôtel-Dieu. Ceux qu'il a dessinés dans sa BD *Catharsis*. Il y a aussi tout ce que j'ai lu ou vu, depuis cinq ans, et particulièrement depuis plusieurs mois. Des articles, des reportages télé, des récits, des documentaires. Il est temps que je retourne, seule, dans cette rue. Je fixe une date précise : le 15 juin 2020.

Deux jours avant cette date, alors que je suis chez moi, assise dans mon salon, sur notre canapé rouge, en train de jouer au jeu des sept familles avec ma fille et que je la laisse un peu gagner parce que sinon c'est le drame, je reçois un message d'un ami proche, qui habite Paris. Appelons-le Éric.

Artiste dans sa quarantaine, Éric galère pour vivre de son art, mais c'est un travailleur acharné. C'était juste un pote en 2014. Il est depuis 2015 devenu un ami. Prévenant, attentionné, très gai, j'aime correspondre avec lui et j'essaie de le voir régulièrement quand je viens à Paris. J'aime aussi beaucoup sa compagne.

Il me demande de l'appeler, car il va mal. C'est la première fois dans notre histoire d'amitié.

Je l'appelle. Il me raconte l'enfer qu'il vient de traverser et qu'il vit encore. Il a littéralement pété les plombs pendant le confinement. Il est tombé gravement malade, un truc aux poumons mais pas lié au Covid-19. Il a cru qu'il allait y passer. Et il a fait des crises d'angoisse violentes. Pendant deux mois, seul chez lui, à tourner en rond, à rationner sa bouffe pour ne pas sortir au supermarché, il a vécu dans la peur totale. Il a pensé qu'on allait tous tomber comme des mouches pendant le déconfinement. Il était persuadé que ça allait être une hécatombe et qu'il allait mourir.

Et donc en une semaine il a vendu toutes ses affaires, lâché l'appart qu'il louait très peu cher et qui lui servait d'atelier, et est parti en courant chez sa copine en province. Depuis il est en grave dépression. Il a perdu 17 kg. Il se rend compte que les rues de Paris ne sont finalement pas jonchées de cadavres. Il est assis toute la journée à regarder un mur blanc et à se dire qu'il est con, qu'il a foutu sa vie en l'air. Il n'a plus de logement personnel, plus de lieu de travail, plus d'argent. Il touche le fond, il le sait, mais il a peur d'aller en clinique psychiatrique.

Pourquoi je raconte cette histoire ? Déjà peut-être pour rappeler que le confinement n'a pas seulement consisté à s'échanger des recettes de pain maison et des vidéos LOL sur Instagram. Qu'il y a des gens qui ont psychologiquement énormément souffert. Mon ami semblait solide, équilibré, et pourtant cette situation exceptionnelle a dû réveiller en lui des fantômes, des névroses liées à la maladie ou à la mort.

Et par ailleurs son appel m'a aussi bouleversée parce qu'il voulait me parler de son amoureuse. Il la voyait démunie, épuisée, il la voyait souffrir énormément de sa souffrance à lui. Il s'en voulait. Je n'avais pas été proche d'un homme en dépression, mais d'un homme en stress post-traumatique, endeuillé, et paranoïaque. Il le savait. C'est notamment pour ça qu'il m'appelait.

Sans me prendre pour sa psy, j'ai dit à mon ami Éric les choses qui me paraissaient essentielles. Les choses qu'on ne m'avait pas dites.

D'abord qu'elle souffrait, mais que la priorité, c'était sa santé psychique à lui, très atteinte. Comme me l'avait dit Maisie, la compagne de Simon : « C'est le principe du tri, aux urgences, on soigne le plus mal en point. » Elle l'aidait et il ne devait pas culpabiliser à ce sujet. Ceci étant dit, elle devait si possible être entourée, ne pas gérer cela toute seule. Une fois qu'il allait aller mieux, ce serait bien qu'elle soit elle aussi accompagnée psychologiquement, ou bien qu'elle trouve un espace de parole, ou n'importe quel outil de résilience lui correspondant. Son « lac psychique », à vide, aurait besoin d'être de nouveau empli. Accompagner quelqu'un dans la guérison de sa dépression, soudaine et brutale qui plus est, c'était une épreuve dont il ne fallait pas nier l'impact potentiel sur son propre psychisme et son propre corps. Puis je lui ai dit que ça allait bien se passer. C'était un couple amoureux. Il ne s'en rendait pas compte, là, maintenant, mais il allait s'en sortir, et ils allaient s'en sortir. Avec des cicatrices, mais peut-être plus forts qu'avant. Enfin je l'ai prévenu que j'allais prendre de ses nouvelles à lui, mais que j'allais prendre de ses nouvelles aussi à elle. J'allais régulièrement lui demander : « comment ça va », sans attendre forcément qu'elle me réponde « bien ».

C'est à eux, et aussi à nous, que je pense ce lundi matin, en me levant à Paris, et en m'installant à un petit bureau pour écrire. Je ne pense pas à la rue Nicolas-Appert, où je dois me rendre dans la matinée.

Je ne pense pas au 7 janvier 2015. Je pense à l'après. À ces journées passées à consoler et à prendre soin d'un homme blessé. À ces moments d'espoir où j'ai vu ses sourcils être un peu moins froncés que d'habitude. À ses grands éclats de rire quand notre fille fait ou dit un truc drôle. Soit à peu près quatre fois par jour. Je pense à ce parcours de maboules, à ces épreuves de tarés qu'on a vécus ensemble. J'ai traversé tout cela *par* amour, certes, mais aussi *pour* quelque chose. Pour ce livre. Maintenant je sais ce que c'est qu'un ricochet. Juridiquement, psychologiquement, métaphysiquement, intimement. Et donc je peux peut-être aider les autres. Même quand il n'y a pas de « traumatisme » au sens strict du terme. Même quand les personnalités, les blessures, les situations sont particulières.

C'est intéressant – je ne dis plus « victime par ricochet ». Je dis « ricochet » tout court. Comme Florence Boyer et Laurent Pauly, les deux avocats que j'ai interviewés il y a quelques mois.

Je suis un ricochet. Il y a des ricochets. Victimes, non-victimes, ou ex-victimes, cela dépend des parcours et de la façon dont on a envie de se définir. Mais l'impact, lui, est inscrit en nous.

En parlant de ce « nous », j'ai des nouvelles de Simon et Maisie. Leur couple va mieux, ils ne se séparent plus. Chacun a désormais un vrai suivi psychothérapeutique. Ouf, leur couple ne s'est pas brisé en mille morceaux après mon interview. Au contraire, il se reconstruit.

Le lundi matin, je sors dans un Paris qui vient de se déconfiner mais qui n'a pas changé : les trottoirs sont dégueulasses, le bruit de la circulation est assourdissant, et la pollution rend mes cheveux gras au bout d'une demi-journée. J'aime tellement cette ville bon sang…

Ma joie se calme et ma gorge se serre lorsque je passe devant le Bataclan. Le pourquoi de ma balade matinale me revient en pleine figure. Je ne vais pas aller boire un café latte en terrasse avec une copine. Je vais devant un lieu où des personnes ont été brutalement assassinées et blessées au nom d'une idéologie barbare. Comme au Bataclan. Qui n'est pas loin de la rue Nicolas-Appert, je le sais.

Je me rassure en me disant que si cela se trouve, ça ne va rien me faire. Et que je pourrais écrire ça. Qu'en soit ce serait intéressant.

Raté.

Je marche sur le boulevard Richard-Lenoir, jusqu'au passage Popincourt, là où la fliquette m'avait arrêtée. Je me revois essoufflée et paniquée. Mon souffle se fait, là aussi, aujourd'hui, plus court. Je passe devant le coin où était amassée la presse. Puis je découvre l'ensemble de la rue. Qui me semble plus petite que dans mon souvenir. Ce doit être la foule de pompiers, de policiers, et d'ambulanciers présente le 7 janvier qui a altéré mes perceptions. Car à présent je vois la rue telle que je la voyais avant les événements, quand j'y rejoignais mon mec. Une petite rue calme et banale. À part le petit théâtre, des bureaux et des logements, il n'y a rien de particulier : pas de café, pas de boutique. Je passe devant le théâtre. C'est là où on fumait des cigarettes en tremblant. Où j'avais vu la journaliste et ex-*Charlie* Caroline Fourest, adossée contre des grilles, parler au téléphone, tout en observant autour d'elle et en cachant sa bouche avec sa main. « J'espère qu'elle n'est pas en train de parler à la presse, qu'elle ne raconte pas en direct ce qu'elle voit, là… », m'étais-je dit à ce moment-là. À peine deux heures après l'attentat j'étais déjà parano.

Quelques pas plus loin et me voici devant le 10. L'immeuble est toujours aussi moche. Je sens des larmes se pointer. Et ma gorge se serrer de plus en plus. J'aurais dû apporter quelque chose. Une fleur. Un truc à laisser sur place. Pas un stylo, faut pas déconner. Mais un geste à faire. Je lis la plaque commémorative installée en hauteur. Elle est placée là pour qu'elle ne soit pas vandalisée ? Je ne sais plus quoi faire de mon corps. Il n'y a pas de banc où s'installer. Mon envie soudaine de boire un verre de blanc alors qu'il est à peine 11 h 30 me fait comprendre que je n'ai pas tout à fait réglé ce problème d'alcool.

Je vais voir de plus près le grand graffiti signé C215, représentant de façon réaliste tous les visages des victimes, tagué sur un immeuble voisin. C'est assez beau. Mais à gauche de la fresque, caché dans un petit renfoncement, je découvre également le dessin des visages de Luz et de Patrick Pelloux. Ben qu'est-ce qu'ils foutent là ? Ils ne sont pas morts… Pourquoi eux et pas tous les blessés physiques, Simon, Philippe, Fabrice, Riss, etc.

Pourquoi eux et pas les blessés psychiques, les rescapés, ceux qui étaient sur place, pendant l'attaque, Laurent, Coco, Sigolène, Luce, Angélique, etc. Pourquoi pas ceux qui sont arrivés juste après ou ceux qui devaient y être ? Catherine, Zineb, etc. Étrange… Certes ces deux-là étaient sûrement plus médiatisés. Mais pas plus traumatisés que les autres. Je râle mais je suis heureuse que cette fresque existe. La vie a continué mais il y a encore des traces.

Je retourne sur le trottoir d'en face. Il y a toujours ces larmes que je retiens. Mais si j'ai été plongée le 7 janvier matin au cœur d'un scénario de film d'horreur, on n'est pas à Hollywood. Il n'y a pas d'épiphanie. Il n'y a pas de rayon de lumière qui descend du ciel et vient jusqu'à moi au moment où j'ai une révélation. Il n'y a pas de musique dramatique façon solo de piano derrière. Il y a juste moi qui marche dans la rue. Qui erre plutôt. À droite, à gauche. Gauchement.

Je vois deux personnes rentrer dans l'immeuble du 10. Je n'ai aucune intention d'y aller. Pas par peur. Mais parce que ce qui s'est passé à l'intérieur, dans cet immeuble, dans ce bureau, n'est pas mon histoire. C'est la sienne, c'est la leur. Par contre tout ce qui s'est déroulé après, dans cette rue, fait bien partie de mon histoire de ricochet. C'est là qu'elle a commencé. Il a fallu écrire ce livre pour que je me sente légitime d'en parler. Et il a fallu écrire ce livre pour que je me dise qu'il était temps que je la quitte, cette rue. Que je lui dise au revoir. Pas adieu bien sûr, mais au revoir. Et que je dise au revoir, en même temps, à cette fille au manteau bleu. Celle qui tremblait sous le choc émotionnel mais qui devait être solide. Aujourd'hui je porte un perfecto en cuir, et je tremble juste de froid.

Avant de quitter la rue je découvre sur le mur d'un immeuble des collages de slogans contre les féminicides et le sexisme. De grosses lettres noires tracées sur des feuilles blanches, comme on en trouve beaucoup à Paris et dans les grandes villes françaises depuis quelques mois. Les collages ont été déchirés mais on en devine un où il était écrit « L'armée d'Adèle ». Ça n'existait pas en 2015, évidemment, ces collages. Le mot féminicide ne faisait même pas partie du paysage médiatique. Il n'y avait pas eu #MeToo, et tout le reste. Près des collages y a un crétin qui a tagué : « faites plus chier » mais aussi « predator », et « cougards ». Les mots du type me font rire. On sent le mec hyper vénère contre les féministes, notamment et particulièrement depuis qu'il s'est fait larguer par sa meuf qui lisait *Causette*.

« Charb aurait merveilleusement bien dessiné ce type de con », me dis-je en souriant avant de tourner au coin de la rue. C'était vraiment sa spécialité, se moquer des cons. Les hommes – et les femmes – énervés parce qu'on touchait à leurs croyances et pratiques moyenâgeuses… Les religieux, les patriotes, les militants FN, les marchands d'armes, les misogynes et les chasseurs. Entre autres.

Je suis sonnée, mais ça va. Je vais rejoindre Juliette, l'éditrice de ce livre, dans le 6ᵉ arrondissement. Petit à petit ma gorge se desserre. Je passe devant Notre-Dame. Je la revois pour la première fois depuis l'incendie, d'aussi près, aussi abîmée. Courage, meuf, t'as pris cher, mais tu vas te reconstruire, lui dis-je. Je vois l'île de la Cité. Et je repense à cet inspecteur de police, dont j'étais passionnément tombée amoureuse en 2011. Il travaillait dans un bureau, sur l'île. Tiens, c'est drôle que je pense à lui, et pas au 36 quai des Orfèvres, là où j'étais le 7 janvier au soir. Si ce con avait à l'époque eu le courage de divorcer de sa femme, et si moi j'avais eu le courage de le lui demander eh bien… eh bien rien en fait. La vie aurait tout simplement pris un autre chemin.

Arrivée rue Saint-André-des-Arts, je croise Ali, le vendeur ambulant du *Monde*, le même que je voyais tous les jours quand je suis arrivée à Paris à 23 ans, et que j'étais stagiaire aux éditions du Seuil. C'est fou qu'il soit encore là. « Ça y est Macron il a dit on peut s'embrasser. Même sur la bouche ! » lance-t-il à la cantonade en brandissant le journal.

Lorsque je rejoins Juliette, je pense à ces mois de stage au Seuil. L'époque où, jeune provinciale débarquée à Paris, j'avais l'impression d'être habillée comme une plouc. L'époque où à la fois j'étais folle de joie de vivre enfin à Paris, mais où je pleurais le soir dans mon 14 m^2, accablée par le sentiment de solitude et d'anonymat. Le midi, je regardais avec admiration les éditrices, toujours chic, qui partaient déjeuner avec leurs auteurs, et qui m'adressaient à peine un regard, tandis que moi je mangeais un panini-poulet-curry devant mon ordi. Vengeance sociale à deux balles : je suis aujourd'hui l'auteure qui déjeune avec une éditrice de Grasset.

Le soir, avec deux amies, Camille et Sylvie, nous passons une soirée brétéchérienne. Nous parlons de nos boulots, de nos gosses, et de notre cellulite (en concluant qu'il faut arrêter d'en parler). Contrairement à d'habitude, je ne veux pas recommander trois bouteilles de vin. Contrairement à d'habitude, je ne ressens pas le besoin de parler, bourrée, de mon expérience de ricochet. Il semblerait que j'aie bouclé quelque chose. Que ces 24 heures parisiennes m'aient comme apaisée. Que je ne sois plus triste ni angoissée.

Jusqu'à ce coup de fil de ma mère, à minuit, alors que j'ai quitté mes amies et que je suis dans le taxi.

« Ma chérie ? Tatie est morte. »

Elle est morte ce matin, alors que j'étais rue Nicolas-Appert. Tatie c'est ma grand-mère.

Elle avait 90 ans, elle était en EHPAD à Nantes et s'était cassé le col du fémur quelques jours auparavant. Elle avait plein de problèmes de santé, elle perdait un peu la boule, bref elle avait une fin de vie difficile, depuis sept ans. Mon oncle et mes tantes, qui venaient la voir très souvent, souffraient de la voir souffrir. Mais c'était Tatie. Ma grand-mère bretonne et féministe, qui avait divorcé, dans les années 60, d'un mari misogyne et violent, et était partie avec ses quatre enfants. Elle s'était mariée avec lui non pas par amour, mais parce qu'elle était enceinte et elle ne devait pas être une « fille-mère ». La honte absolue à l'époque. Je l'avais interviewée, pour mon livre *Sexpowerment* :

> Quand j'ai divorcé, quand je me suis libérée, j'ai ressenti une joie terrible. Enfin j'allais pouvoir vivre ! Mais ma liberté ne plaisait pas à tout le monde. Mon père ne me comprenait pas, mais pour mon frère, militaire, qui sortait de Saint-Cyr, c'était pire : j'étais la femme à bannir. J'ai tout de suite travaillé. Mon ex-mari ne me versait pas grand-chose, en pension alimentaire, pour les enfants. Et il me disait : « Je suis tranquille, de toute façon tu reviendras, et tu me lécheras les bottes. » Il m'a aussi dit : « Fous le camp, va faire ta pute à Paris. » En province, on pensait qu'une femme seule, à Paris, c'était forcément une pute. La femme qui avait pris sa liberté était mal vue.

Elle me parlait déjà de tout ça quand j'étais petite et que j'allais la voir dans sa maison en Bretagne ou à Paris. Et aussi de son père, résistant de la SFIO et maire de Quimper. Et de ses amis francs-maçons, des valeurs de liberté, d'égalité et de fraternité. Elle me disait que je devais vivre à Paris, que c'était une ville où on rencontrait des gens formidables. Elle me disait que les femmes devaient toutes être autonomes financièrement, sans cela elles ne pouvaient être libres de leur choix. Elle avait travaillé des années dans la parfumerie, et elle me filait plein d'échantillons de parfum, des miniflacons dont je m'aspergeais pour faire comme elle. Elle avait une vitalité incroyable. Elle m'avait emmenée en Chine, quand j'avais 16 ans. Elle adorait le vin et les langoustines. Elle avait eu des amants, mais ne s'était jamais remise en couple. Elle n'avait aucun regret.

> Mes enfants ont été élevés par une femme seule, pas par un couple, c'est peut-être regrettable. Mais je n'avais pas le choix. Je ne pouvais pas ne pas me libérer de cet étau. Je ne regrette rien. J'aurais pu être une bonne épouse et une bonne mère. Mais je ne voulais pas d'une relation avec quelqu'un qui voulait m'écraser. Je sais que j'ai gêné. Mais je n'étais pas la seule.

Alors que je suis couchée, sonnée par cette nouvelle, et que je n'arrive pas à dormir, je repense à la dernière fois que je l'ai vue, quatre mois auparavant. « Et vous, vous dessinez, c'est ça ? Et vous gagnez votre vie comme ça ? avait-elle demandé à mon mari. Attention, hein, c'est pas n'importe qui ma petite-fille, elle est jolie mais pas seulement. On est des femmes de caractère dans la famille, hein », l'avait-elle averti avec son accent mi-breton mi-parisien, en souriant et en brandissant son doigt vers lui.

« La liberté, c'est la valeur que tu dois chérir, ma petite chérie », me répétait-elle sans arrêt.

Je l'avais écoutée. J'étais « montée à la capitale ». J'avais rencontré des gens formidables comme elle me l'avait prédit. J'avais beaucoup travaillé, comme elle. J'avais pris le risque à 30 ans de quitter un poste salarié pour devenir une journaliste précaire qui parlait de liberté sexuelle et d'égalité des droits. Je mettais beaucoup de rouge à lèvres, qui, comme elle, débordait parfois sur une dent. « Hommage à ma grand-mère », disais-je en souriant, quand on me le faisait remarquer.

Je ne lui ai jamais parlé de ce que je traversais, ces cinq dernières années. Elle n'était pas assez en forme. Je préférais lui parler de son arrière-petite-fille. Mais qu'en aurait-elle pensé, si on avait pu vraiment en discuter ? J'avais privilégié l'amour. Quitte à sacrifier un peu de ma liberté, de ma santé psychique, de ma carrière, de mon autonomie financière aussi. Mais contrairement à elle je n'étais pas avec un mari qui m'étouffait, ou qui me dévalorisait. Au contraire même, il me poussait à créer, à ne pas être que mère, à écrire, à voyager seule, à ne rien perdre à cause de lui. J'avais fait ce choix-là. De l'aimer, de rester avec lui, de le soutenir, et même de fonder une famille avec lui. Parce que malgré tout, malgré les emmerdes, malgré les angoisses, malgré la vie compliquée, il était inconcevable que je fasse autrement. C'était ça, ma liberté.

J'espère qu'elle aurait été fière de moi, Tatie, si elle avait lu ce livre.

Le jour suivant, après une journée de rendez-vous professionnels, pendant lesquels je fais semblant que tout va bien, je retrouve Josselin, un ami proche et collègue, pour boire des verres. En terrasse encore, mais rue Oberkampf cette fois-ci. Mais là je bois trop. À tel point que quand, vers minuit, un individu me vole mon sac à main, accroché à ma chaise, je ne m'en rends pas compte. J'avais mes clés, mon téléphone, mon portefeuille avec ma carte bleue dedans. Je me retrouve assise sur les marches menant aux toilettes du bar, en larmes. Des sanglots violents. Une jeune femme s'approche gentiment de moi : « Ça va madame, je peux vous aider ? » « Je suis allée rue Nicolas-Appert et puis j'ai plus de téléphone, et puis ma grand-mère est morte », dis-je en reniflant bruyamment. Comprenant qu'elle ne peut rien pour moi, elle me tend simplement du PQ pour que j'essuie mes larmes.

Le lendemain, avec un nouveau téléphone, j'appelle mon mec et lui raconte mes mésaventures. Il m'apprend que sa maman, en mauvaise santé, a été hospitalisée d'urgence pour des problèmes cardiaques. Elle va être opérée.

Ok. Loi des séries. Semaine de la chkoumoune. Ce devait « juste » être la semaine où j'allais voir la rue Nicolas-Appert, pour conclure mon livre, pas la semaine des drames, bordel.

Je lui envoie des messages toutes les deux heures, pour savoir comment elle va, comment son père va, comment il va. J'imagine, même à des milliers de kilomètres, son front se plisser, son visage se crisper. Je connais ces expressions. Je voudrais le serrer dans mes bras.

Je voudrais aussi qu'il me serre dans les siens, lorsque, le vendredi soir, veille de l'enterrement, alors que je loge dans un gîte avec ma famille, il y a une engueulade avec une de mes proches. C'est une tradition, l'engueulade avec elle. Depuis vingt ans au moins. Elle a des raisons d'être malheureuse dans la vie et elle a une personnalité très conflictuelle. En cette veille de recueillement, en fin de soirée, dans ce gîte breton, je suis en colère contre elle. Par respect pour Tatie, elle aurait pu se retenir, une fois dans sa vie, de provoquer un drama. Je sais ce que c'est que de souffrir de non-reconnaissance des épreuves traversées. Je viens d'en faire un livre. Mais je ne lui en parle pas. Pas tout de suite. Je remballe temporairement ma colère et lui dis que je l'aime.

Le samedi, à 14 h 30, je me retrouve devant la jolie petite église en pierre finistérienne, avec toute la famille. Le cercueil est sorti du corbillard par les gens des pompes funèbres. Une de mes tantes a demandé à un jeune membre de notre famille de jouer du biniou (une sorte de cornemuse), accompagné d'une jeune femme à la bombarde. C'est une très belle idée. Mais lorsque les premières notes de musique bretonne retentissent, je fonds en larmes. Déjà, à la base, cette musique me fait frissonner, mais alors là…

« Je ne peux pas faire mon discours, soufflé-je à ma sœur aînée, et à ma nièce, à mes côtés. C'est pas possible cette musique, c'est trop dur. »

J'ai un flash. Il y avait de la cornemuse à l'enterrement de Charb. Il adorait ça. Comme ma grand-mère dis donc. C'est sûrement à ce moment-là que j'ai éclaté en sanglots, maintenant que j'y pense…

Mais aujourd'hui il n'y a pas de ministre, il n'y a pas Mélenchon, pas de foule, pas de télé, pas de cérémonie officielle. Il n'y a pas de mort horrible. Pas de kalachnikov. Il n'y a pas d'artiste assassiné alors qu'il aurait dû nous faire rire ou nous faire réfléchir encore pendant des décennies.

Il n'y a pas de panneaux « Je suis Tatie » collés partout dans les rues de Quimper !

C'est juste une vieille dame de 90 ans qui s'en va. Mais c'est ma grand-mère. Et c'est le premier véritable deuil de ma vie. J'ai déjà perdu mes trois autres grands-parents, mais ils n'avaient pas eu la même influence, nous n'avions pas le même lien.

Je réussis à faire ce discours. Un peu troublée par le fait qu'avec les masques, je ne peux lire les expressions sur les visages de mes proches.

Je ne serre pas mon mari dans mes bras mais je serre fort mes sœurs, mon frère, mon beau-frère, mon neveu et ma nièce. Ma mère, ne vivant pas en Europe, n'a pas pu venir, à cause du Covid.

En cinq jours j'ai vécu le choc d'une nouvelle, la tristesse, le sentiment de perte (matérielle), la nostalgie, l'inquiétude pour mon mari, le stress et la colère. Mais aussi les rires. L'amour. Les embrassades. Les mots qui guérissent. Je voulais lundi, en allant à Paris, mettre un point final à mon récit. Et finalement j'ai eu un résumé de toutes les émotions vécues ces cinq dernières années, sauf que cette fois-ci il s'agissait d'événements « normaux » de la vie. Qui n'a pas perdu une grand-mère aimée, qui ne s'est pas fait voler ses affaires, qui ne s'engueule pas en famille ?

« C'est une coda », me dit mon mari quand je l'appelle et lui parle de ces cinq jours qui sont un peu comme un condensé des cinq dernières années. « C'est le passage final d'un morceau de musique. Ça reprend des éléments déjà entendus, mais en plus court. C'est surtout présent dans le classique et dans l'opéra. » Ma grand-mère Tatie m'avait emmenée, à Paris, quand j'avais 8 ans, à l'opéra Garnier. C'est d'ailleurs la seule fois où j'y suis allée de ma vie. J'avais mis une belle robe bleu foncé en velours, avec un col claudine blanc. On avait vu *Le Lac des cygnes*. C'était magnifique. Mais je m'en foutais un peu des tutus. Je n'avais d'yeux que pour le chef d'orchestre : je voulais faire ça, plus tard.

Peut-être que je devrais chercher dans le vocabulaire de l'opéra un truc qui se rapproche du ricochet ? Ce n'est peut-être pas dans le monde animal, ni dans la botanique, mais dans la musique, que je trouverai un terme adéquat ? Genre le mouvement d'un instrument de musique qui doit soudainement s'accorder avec un autre, en cas de rupture dans la partition ? Et si j'appelais une amie hyper forte en opéra ? Je me fatigue, parfois.

Ricochet c'est bien.

J'ai été le ricochet individuel d'un drame exceptionnel. J'ai voulu enquêter sur cette notion, pour mieux comprendre et mieux faire comprendre ce que cela voulait dire, psychologiquement, juridiquement, métaphysiquement et concrètement. En quoi le quotidien, mais aussi et surtout le rapport aux autres, et les valeurs, avaient été modifiés. J'ai cherché la connaissance et la reconnaissance. C'est en cherchant dans mes lectures, mais surtout en interviewant de formidables avocats, des psys brillants, et les généreux amis « ricochets » du 7 janvier que j'ai pu faire cela. Il y a, je crois, comme un lien qui s'est créé, entre nous. Il y a, je crois, un « nous ».

Un « nous » qui ressurgit parfois violemment. Lorsque commence le procès des attentats des 7, 8 et 9 janvier 2015, début septembre 2020, je n'anticipe pas du tout ce qui va se passer émotionnellement. Bêtement je me dis que c'est le procès de « tricoteurs de cagoules », pour reprendre l'expression amusée d'un proche du journal. Lorsque je reçois le 2 septembre, premier jour du procès, des messages de soutien d'amis, je me dis que c'est très gentil mais que c'est aussi bizarre. Ce n'est pas une date anniversaire, on n'est pas le 7 janvier… Mon mec n'est pas partie civile. C'est sympa de s'inquiéter, mais ça va.

Quelques jours plus tard, alors que nous sommes tous les deux plongés dans les articles, totalement effondrés, bouleversés par les témoignages des parties civiles, des témoins et des proches, je réalise l'ampleur de ce nouveau tsunami de tristesse et de colère. Pour mon mari, c'est évident. Et pour moi, c'est par ricochet, évidemment. Chaque prénom et nom des personnes témoignant m'est devenu familier depuis cinq ans. Ce qui est nouveau, c'est le récit de leur douleur, leur manière si belle et si courageuse de redonner vie à leurs proches. Ce qui est nouveau, c'est de lire ces mots de colère, de tristesse, émotions si familières. Il y a un « nous », même si physiquement je ne suis pas avec eux. Troublée, je comprends par ailleurs, à la lecture des témoignages, que ma mémoire des événements du 7 janvier est imparfaite et probablement fausse sur certains points. J'ai écrit que j'avais vu des brancards, mais qui était dessus ? Sûrement pas les blessés graves, je suis arrivée forcément après. J'ai écrit que cette femme, devant le théâtre, avait demandé à Luz si son mari était mort, mais qu'on l'avait empêché de lui répondre. À la barre, elle raconte que c'est lui qui lui a annoncé la terrible nouvelle. Et je pense qu'elle se souvient mieux que moi de cette seconde la plus horrible de sa vie. Ma mémoire, sous le choc, a reconstruit un puzzle avec des bouts de souvenirs, et celui-ci ne représente peut-être pas la pure réalité factuelle. Est-ce si grave ? J'ai tenté d'y mettre si ce n'est de la vérité, tout du moins de la sincérité.

Ce livre est aussi là pour dire que le « nous » des ricochets est encore difficile à faire admettre sociétalement. Quand on sait que l'on refuse le statut de victime indirecte à des proches de victimes du Bataclan car celles-ci n'ont pas de blessure physique handicapante, on se dit que le chemin vers la reconnaissance sociétale des préjudices subis par les ricochets est encore long.

Je n'ai pas fait d'enquête internationale basée sur une centaine d'entretiens, comme je l'imaginais au départ. Mon écriture a été plus intime que ce que j'envisageais. Je suis sortie de mon rôle de journaliste pour me mettre à nu. J'ai décortiqué mes émotions pour mieux les maîtriser. Et pour peut-être aider ceux qui ont été, sont, ou vont être des ricochets dans leur vie.

Fight, flight or freeze. Se battre, fuir ou se figer. Les trois principales réactions humaines face au stress et à l'adversité. J'ai appris lors de mes entretiens avec les psys qu'aucune n'était « meilleure » qu'une autre. Qu'elles étaient simplement humaines, toutes les trois.

Vendredi 25 septembre 2020. Alors que la veille j'ai envoyé à mon éditrice la version définitive de ce manuscrit, je reçois à 12 h 52, le message d'une amie.

> Énorme pensée pour vous. Je viens d'apprendre la nouvelle de l'attaque de la bouche de Castex en visite dans nos locaux devant les élus. Je vous embrasse fort.

Pendant quelques secondes mon cerveau me fait croire que le Premier ministre a été attaqué à la bouche… Ce que je trouve très flippant mais aussi très étrange. Puis je regarde le site du *Monde*. Il y a eu une attaque, probablement un attentat, devant les ex-locaux de *Charlie Hebdo*. Deux blessés grave.

Freeze. Je me mets sous la couette. Je ne veux plus bouger. Je veux dormir. Je veux que cette réalité disparaisse et me plonger dans des rêves, même agités. Mais il est 14 heures, je n'ai évidemment pas sommeil. Alors je me plonge dans une série sur la politique danoise. Ne plus bouger, ne plus réfléchir, ne plus ressentir. Ressentir ces émotions de peur, de colère et de tristesse. Revoir ces émotions dans le regard de celui que j'aime. Revoir les images de la rue Nicolas-Appert envahie de pompiers et de policiers. Je veux devenir un caillou.

Flight. Ne pouvant pas rester ad vitam eternam sous cette couette à me nourrir de chocolat noir aux noisettes, je prends la route, pour aller loin, pour aller au bord de la mer. Fuir le brouhaha de la ville, celui des médias, celui de mon cerveau.

Fight. Lutter contre les bourrasques de vent. Lutter contre la tristesse et la lassitude. Je me tiens droite devant la mer agitée. Le même type de paysage où le dimanche, petite, je lançais des galets dans l'océan. J'ai distribué ceux qui pesaient lourd, dans mon sac à dos, depuis cinq ans, dans chacune de ces lignes.

Ensemble, on peut en faire ce qu'on veut de ces galets. Les lancer dans l'eau. Les balancer à la gueule des cons. En faire des sculptures. En faire des abris. Les caresser. Dessiner dessus. Ou écraser des fourmis avec, comme le fait régulièrement notre fille, près de notre jardinière.

Le fantôme

Ce livre aurait pu, aurait dû, même, s'arrêter là. Sur ce paragraphe un peu poétique, un peu drôle, un peu politique. Et plein d'espoir. En mettant le mot « fin », caractère taille 16, à ce manuscrit, et en l'envoyant immédiatement à mon éditrice, je boucle une boucle. Non pas celle de l'impact sociétal et individuel d'un attentat, de la question d'être ou non victime par ricochet, ni celle de la résilience. Juste ma boucle. J'ai, à travers mon récit et mon enquête, répondu à certains questionnements, dont je ne trouvais la réponse dans aucun livre, questionnements qui peuvent, je l'espère, toucher d'autres personnes que moi.

Et puis il y a l'attentat contre Samuel Paty, à Conflans-Sainte-Honorine, le 16 octobre 2020.

Professeur d'histoire au collège, décapité par un terroriste parce qu'il avait montré à ses élèves des caricatures du Prophète, et que de sombres salauds ont relayé sur les réseaux sociaux cette « offense ».

Il y en a eu des attentats islamistes, tuant et blessant gravement des innocents, depuis 2015. Rien qu'en Europe, on peut en recenser une quarantaine. Une quarantaine en cinq ans ! Mais je ne sais pas pourquoi, l'attentat de Conflans me terrorise littéralement. Comme beaucoup de gens, la brutalité de l'assassinat et sa cible me bouleversent. Je repense à monsieur Hugonnet, mon prof d'histoire-géo en troisième, le seul prof dont je me souvienne vraiment. Je l'adorais. Il m'a donné le goût du décryptage non seulement de l'histoire, mais aussi de l'actualité. Il nous apprenait à lire la presse.

Mais au-delà du choc de l'évènement national, je sens que je pars personnellement en vrille. Je suis en panique totale. Mon cerveau tourne en boucle. Trois phrases tournent sans cesse dans ma tête. « Comment les proches de Samuel Paty vont vivre après cette horreur ? », « Cela ne finira jamais » et « Nous ne serons jamais en sécurité ». Je suis prête à faire nos valises pour partir au bout du monde.

Les pensées intrusives reviennent. Plus fréquemment, et plus violemment qu'en 2015. Car le scénario morbide que j'avais en tête après l'attentat du 7 janvier, celui d'un individu s'en prenant directement à mon mari, n'est alors plus fictif : il vient d'avoir lieu, là, en France, à la sortie d'un collège.

Je recommence à boire beaucoup, beaucoup trop de vin. Un soir sur deux. Le deuxième soir je ne bois pas parce que je suis en gueule de bois, le troisième je vais mieux et donc je cherche – et trouve facilement – un prétexte pour enchaîner les verres. Épuisée par ces lendemains de cuite, je passe mon temps, la journée, à lire sur Internet des articles sur l'attentat contre Samuel Paty. Je sursaute au moindre bruit suspect. Je guette les sons de pompiers ou de police dès que je ne suis plus chez moi.

Un soir, j'attends, au bord de la baignoire, avec une serviette, que ma fille sorte de son bain. Cela fait quatre fois que je le lui demande, elle n'écoute pas. Je lui crie dessus. Je ne lève jamais la voix d'habitude. Elle me regarde, interdite, puis pleure et tend ses mains vers moi. « Pardon maman je voulais pas te faire de mal je voulais juste faire le dauphin. » Je me retiens, moi, de pleurer, quand je l'accueille dans mes bras. « Maman est stressée en ce moment, je suis désolée ma chérie. » Qui suis-je en train de devenir ? Qui est cette mère angoissée qui pète un plomb pour rien ? (Elle fait souvent le dauphin cinq fois de suite, et ça ne me met pas dans cet état.)

On dit que les enfants sont des éponges. J'ai peur de lui transmettre mes angoisses. D'ailleurs elle se ronge de plus en plus les ongles. Ou est-ce moi qui interprète tout sous le spectre de l'attentat ? Pendant les vacances, un soir, à l'heure du coucher, dans son lit, comme elle a faim je lui donne une banane.

— C'est pas grave maman si je mets un peu de banane dans le lit ?

— Non c'est pas grave ma chérie.

— Ce qui est grave c'est quand on fait du mal aux gens.

— Oui c'est vrai.

— Et ce qui est grave c'est quand on a la tête coupée.

Je me fige et devient soudainement pâle. Pourquoi dit-elle ça ? Qu'est-ce qu'elle a entendu ? On n'a pas de télé, mais on a la radio, qu'on écoute le matin. Elle a entendu un flash info sur Samuel Paty ? Avant de la quitter, je lui dis qu'elle a raison, que c'est grave, on en meurt, mais que ça n'arrive pas souvent. Alors que je suis seule dans mon lit et que je commence à paniquer, je me souviens d'une conversation qu'on a eue toutes les deux, plusieurs semaines auparavant. C'était sur l'anatomie. Elle me posait des questions sur le handicap, sur les blessures. On avait croisé un homme en fauteuil roulant dans la journée. Elle voulait savoir si c'était grave si on n'avait plus de main, plus de jambe, etc. Je lui avais expliqué que oui, mais qu'on pouvait quand même vivre. Et elle m'avait dit alors, rassurée : « Et même si on se coupe la tête c'est pas grave ! » J'avais dû rectifier.

Même si cette fois-ci c'est un « hasard », à quel point nos obsessions sécuritaires et notre état psychologique impactent-ils le sien ? Je dis nous car même s'il ne se réfugie pas dans l'alcool, mon mec est aussi dans un état catastrophique. Il est angoissé, il ne dort plus, il a le dos en vrac. Il se réfugie dans le dessin, mais je vois physiquement qu'il est en état d'alerte permanent : son front se plisse comme avant, comme en 2015. On se demande régulièrement « ça va ? ». On se répond « oui oui », pour pas que l'autre s'inquiète. Il me voit souffrir, je le vois souffrir. Je ne suis pas un ricochet, nous sommes le miroir, silencieux, l'un de l'autre.

29 octobre 2020. Nouvel attentat islamiste, dans une église, à Nice. Trois victimes. Je recommence à tout lire dans la presse, sur Internet. Tous les faits, et les témoignages. J'ai l'impression de gratter une blessure qui cicatrise, en faisant cela, mais je ne peux m'en empêcher. J'ai toujours été une bonne élève, j'ai toujours bien préparé mes contrôles. Il faut que je sache tout sur comment se passe un acte terroriste aujourd'hui en France. Pour pouvoir être prête au cas où. Comme si on pouvait se préparer dans la vie face à un fanatique qui a un couteau de boucher. Je suis épuisée.

Un soir, alors que ma fille n'est pas là, je bois plus que de mesure. Le lendemain je suis incapable de sortir de mon lit et j'enchaîne les crises de larmes. Mon mec a un rendez-vous Skype avec sa psy. Celle-ci lui propose de me parler dans la soirée car la situation semble urgente. Comme je n'ai plus de « psy officielle », et que je sais qu'elle est à la fois brillante et bienveillante, je l'accepte volontiers. Je lui raconte ce que je traverse. Elle me dit plein de choses, j'en retiens une particulièrement. « Le 7 janvier 2015 et ses conséquences ont créé une faille dans votre vie. Une faille sous vos pieds. C'est le principe du trauma. Vous l'aurez toute votre vie. Vous avez réussi à la combler ces cinq dernières années. Mais là avec les événements, elle se réouvre et vous tombez dedans. Il va falloir qu'on reconsolide ce sol. » J'aime bien cette métaphore de BTP, elle me parle. Mais je vois mal comment sortir de mon état d'angoisse, comment stabiliser ce sol, à part en partant vivre sur une île déserte. « Il serait peut-être temps que vous soyez aidés, tous les deux, chimiquement, non ? » propose-t-elle. Comme elle est psychanalyste, elle me suggère de nous mettre en contact avec un psychiatre hospitalier qu'elle connaît, et qui, pour avoir beaucoup travaillé avec des rescapés du 13 novembre 2015, connaît bien le post-traumatisme.

C'est le cas. Dès les premières paroles échangées, je sens que ce médecin comprend ma situation. Et il me dit des choses que personne ne m'a jamais dites. Que je vis une sorte de souffrance à vouloir protéger l'autre, mais à ne pas me sentir protégée. Il y a une place impossible à prendre. Qu'il y a ce qu'on appelle l'imprégnation traumatique : on se traumatise pour être légitime dans sa souffrance. Dans la prise d'alcool telle que je la décris, il y a le désir de se faire du mal. La quête de légitimité du proche de victime peut passer par le trauma.

Il me dit aussi que notre situation a créé une situation fusionnelle, un phénomène d'identification. Mais dans mon inconscient j'en veux à mon mari. Cette dualité pourrait aussi être à l'origine de mon alcoolisme. Je ferais rentrer un tiers à travers l'alcool. « Chacun de vous devrait avoir un espace à lui, un espace d'insouciance, qui vous défusionne. Il y a un chemin de distance à prendre. » C'est fou, je pensais que cette « fusion » amoureuse, en tant que couple, face à l'adversité, était une de nos forces depuis plus de cinq ans, et voilà que ce psychiatre me dit que c'est une des causes de notre trouble. Comme j'aime les idées contre-intuitives, je l'écoute avec attention.

— Ce qui est positif, ajoute-t-il, c'est que vos souffrances sont différentes. Les failles se développent différemment. Vous semblez défusionner dans la maladie, c'est une très bonne nouvelle.

J'éclate de rire.

— Donc parce que je suis en train de devenir Sue Ellen et que lui dort trois heures par nuit, c'est une bonne nouvelle ?

— On peut dire ça oui. D'ailleurs je ne vous donnerai pas le même traitement.

Ça, c'est sûr. Mon mari doit juste prendre quelques gouttes d'huile de CBD le soir. Ce proche parent du cannabis est extrait du plant de chanvre, mais il ne produit pas les effets psychoactifs attribués au THC. Ce traitement naturel est utilisé contre l'anxiété et il devient de plus en plus *trendy* depuis quelques années. Moi, c'est plus classique, on me prescrit le duo anxiolytique + antidépresseur. Les premiers jours, après avoir reçu l'ordonnance, j'en rigole avec mon mec : « Dis donc c'est toi la victime c'est pas moi, pourquoi c'est moi qui me tape tout ce traitement de cheval ? »

Deux semaines après le début du traitement, je ne rigole plus du tout. Certes mes angoisses se sont largement apaisées – et avec, mon envie de boire comme un trou après 18 heures. Mais je suis rentrée dans une nouvelle spirale : celle de la dépression. Je n'ai plus envie de rien. Mais quand je dis rien, c'est rien. Plus envie de travailler, plus envie d'écrire, plus envie de lire, plus envie de faire l'amour, plus envie d'appeler qui que ce soit, plus envie de voir du monde (en même temps ça tombe bien on est confinés), bref, plus envie d'avoir envie comme chantait Johnny. Je n'ai plus que trois centres d'« intérêt » : dormir, m'occuper un peu de ma fille, *binge watcher* des séries débiles en jogging. Mais surtout dormir, beaucoup. Tout le reste me semble être des choses insurmontables à réaliser. Et je culpabilise de cet état. Où est passée la Camille pleine de joie, de force, d'optimisme ? Je suis une quadra en jogging gris clair qui ne voit plus aucun sens à sa vie et qui s'autofélicite quand elle a réussi à se laver les cheveux. Je suis heureusement suivie – en distanciel – par une nouvelle psychiatre, qui travaille en libéral. Elle augmente ma dose d'antidépresseurs.

Lors de l'entretien téléphonique, le psy d'hôpital, celui qui m'a prescrit le traitement, m'avait demandé s'il y avait dans ma famille des personnes ayant des troubles bipolaires.

— Ah non, côté maternel rien du tout ! Enfin un grand-père alcoolique mais il était breton…

— Mais vous savez qu'un individu est issu de gènes maternels et paternels ?

Évidemment que je le savais, mais c'est comme si j'avais été habituée à ce qu'on me pose la question de l'hérédité dans le contexte d'examens type cancer du sein. Ou bien comme si j'avais intégré l'idée – véhiculée par certains psychanalystes depuis un siècle – que quand y avait un problème, ça venait forcément de la mère. Mater culpa, mater maxima culpa.

— Côté paternel, même si c'est un tabou, il y a des troubles de santé mentale oui. Dans la génération de mon père il y a un oncle schizophrène sous traitement depuis ses 20 ans, une tante qui s'est suicidée en sautant d'un pont, et une tante dépressive qui je crois a eu des phases maniaques, et qui s'est récemment suicidée un soir à la vodka.

— Hum. Il y a du terrain donc. Il faudra voir si l'antidépresseur ne provoque pas de comportement maniaque, du style vous avez dix milles idées à la minute, vous vous sentez pleine de confiance, vous avez envie de faire bouger les montagnes…

— Excusez-moi mais vous êtes en train de décrire ma personnalité quand ça va bien, là en fait…

— Ok, mais pour caricaturer, disons que si vous voulez devenir du jour au lendemain pilote de chasse, y a un problème.

En ce début du mois de décembre, en position fœtale au fond de mon lit alors qu'il est 14 h 12 un jour de semaine, je repense à cette discussion et me dis que je suis loin de m'inscrire à des cours de pilotage… Je me sens mal également vis-à-vis de mon mari : personne n'a envie, quand on est au fond du trou, qu'il y ait des témoins de cette descente. Mais avec douceur, il tente de m'apaiser et de prendre soin de moi.

Cartésienne à la vie à la mort, je tente de trouver des explications rationnelles à ma dépression. Certes, il doit y avoir le contrecoup de l'attentat de Conflans. Quelque part aussi le contrecoup de ces six dernières années pendant lesquelles je me suis sentie responsable de la survie de mon mari. Et évidemment le trop d'alcool doit avoir ses effets. Peut-être y a-t-il un terrain génétique, aussi. Et puis il y a ce livre, *Ricochets*.

Ce n'est pas l'écriture de celui-ci qui m'a déprimée. C'est même l'inverse. Il a été un véritable objet de résilience. Mais après l'attentat contre Samuel Paty, me sentant beaucoup trop fragile, j'ai décalé de plusieurs mois, en accord avec mon éditrice, la sortie du livre. Du coup c'est devenu un livre fantôme. Un fantôme qui me fait peur : comment vais-je le défendre publiquement ? Un fantôme qui rit de moi : t'aurais pas pu continuer à écrire sur le cul ? C'était plus simple non ? Et au moins tu aidais et faisais rire les gens. Un fantôme cruel qui me dit que je ne pourrai jamais mettre de mot « fin » à ce manuscrit car il n'y a pas de fin. Il y aura toujours des attentats. Où que l'on vive. J'aurai toujours plus ou moins peur. Je ne serai sûrement pas dépressive toute ma vie. Ce n'est pas une identité. Mais je serai ricochet à jamais. À moi de gérer quand le caillou rebondit, tombe au fond de l'eau, ou revient se poser sur une plage par le mouvement une vague.

Après m'être un peu remise en forme en redevenant sobre, et le lendemain de la clôture du procès de *Charlie Hebdo*, de Montrouge et de l'Hyper Cacher, je sors de mon lit.

J'ouvre mon ordinateur et reprends le document intitulé « Ricochets ». Le fantôme est toujours là. Je lui fais un petit *fuck* en écrivant, en caractères 16, ce simple mot :

FIN

REMERCIEMENTS

Tout d'abord merci au Centre national du livre, pour la bourse de création qu'ils m'ont attribuée, et qui m'a permis de consacrer, pendant plusieurs mois, un temps plein à l'écriture de ce livre.

Merci à mon éditrice Juliette Joste pour sa confiance sans failles, son regard intransigeant, son écoute amicale, et à Simon Labrosse pour son enthousiasme et ses conseils avisés.

Merci à mes amis Josselin et Camille, pour leur lecture précieuse, attentive et critique de ce livre, alors qu'il n'était encore qu'un tout jeune manuscrit.

Merci à mes copines Anne, Anaïs et Valentine. Finalement *Ricochets* est devenu un livre, et non un podcast, comme nous en avions discuté sur une terrasse en septembre 2019. Mais grâce à vous j'ai compris que cette histoire pouvait potentiellement intéresser d'autres personnes que ma mère et moi.

Merci à Ariane Geffard pour ses conseils et sa foi en mon avenir lorsque j'en doute.

Un grand merci à ceux et celles qui ont pris le temps de répondre à des questions parfois émotionnellement difficiles. Maisie, Pascal, Arnaud, Christophe : je vous suis extrêmement reconnaissante.

Mille mercis à toutes les personnes que j'ai interviewées, qui ont éclairé par leur intelligence et leur gentillesse toutes mes questions sur les ricochets. Florence Boyer, Laurent Pauly, Catherine Wong, Marianne Kédia, Olivier Ertzscheid, Alain Baraton.

Merci à ceux et celles qui m'ont aidée dans mes recherches. Une aide si précieuse. Simon Fieschi, Lucile Berland, Patrick Pelloux, Erwan Lahrer, Sigolène Vinson, Vinciane Despret, Thomas Ricard, Marion Girard, Annie Rolland. Mille excuses si j'oublie des personnes.

Merci aux amis et membres de ma famille qui m'ont supportée, dans les deux sens du terme, ces six dernières années.

TABLE

Cet ouvrage a été achevé d'imprimer sur Roto-Page
par l'Imprimerie Floch à Mayenne
pour le compte des éditions Grasset
en juillet 2021.

Mise en pages
PCA 44400 Rezé

PAPIER À BASE DE FIBRES CERTIFIÉES

Grasset s'engage pour l'environnement en réduisant l'empreinte carbone de ses livres. Celle de cet exemplaire est de :
950 g éq. CO_2
Rendez-vous sur www.grasset-durable.fr

N° d'édition : 22085 – N° d'impression : 98555
Dépôt légal : septembre 2021
Imprimé en France